Bellena

WENN DIE ERDE BRENNT

Von Nicole Kwiatkowski

Über das Buch:

Du kannst mich nicht sehen, aber ich bin da.

Was wäre, wenn dich in deinen Träumen ein Flüstern und rote Augen verfolgen, Flammen dich umhüllen und es dir schwerfällt, die Wirklichkeit vom Traum zu unterscheiden?

Wenn du jemanden triffst, der deine Welt auf den Kopf stellt? Du auf Geheimnisse stößt, die jenseits von allem lagen, was du je für möglich gehalten hast und daran zweifelst, wem du überhaupt noch trauen kannst?

Was wäre, wenn die Welt um dich herum zerbricht, und Flammen in dir lodern, die du nicht kontrollieren kannst?

Wenn die Erde zu brennen beginnt und es deine Bestimmung ist, dies zu verhindern?

Über die Autorin:

Nicole Kwiatkowski, geboren 1986 in Stollberg/Erzgebirge, lebt heute in der Nähe von Freiberg. Sie ist glücklich verheiratet und Mutter von zwei Kindern. Bereits im Grundschulalter entwickelte sich bei ihr eine tiefe Begeisterung für Bücher. Die Bibliothek wurde ihr zweites zu Hause und ihre Freizeit verbrachte sie am liebsten im Bett, vertieft in Geschichten, die sie in eine andere Welt entführten.

Ihr erster Roman »Bellena« stammte aus einer Grundidee, die sie bereits in ihrer Jugend hatte. Doch es sollte einige Jahre dauern, bis sie ihre Gedanken zu Papier brachte, und zeigt somit, dass es nie zu spät ist, die eigenen Träume zu verwirklichen. Heute ist sie stolz darauf, ihre Leidenschaft für das Schreiben und ihre Liebe zu Büchern miteinander zu verbinden.

Covergestaltung: Lunar Coverdesign (Bildmaterial:
Depositphotos.com/Freepik.com)
1. Durchgang Lektorat: Lektorat Büchersinne
2. Durchgang Lektorat & Korrektorat: Yara Soneva
Buchsatz: Yara Soneva

Verlag: BoD · Books on Demand GmbH, In de Tarpen 42,
22848 Norderstedt, bod@bod.de
Druck: Libri Plureos GmbH, Friedensallee 273,
22763 Hamburg
ISBN: 978-3-7597-1225-7

Widmung

Für meine Töchter Lena und Isabella.

Möge dieses Buch euch daran erinnern, dass Träume nicht nur in der Ferne liegen, sondern in euch selbst. Vertraut auf euren Mut und eure Leidenschaft, denn ihr habt die Kraft, sie Wirklichkeit werden zu lassen.

Ihr seid die Schöpferinnen eurer eigenen Zukunft.

Inhaltsverzeichnis

Prolog

*D*as soll sie sein? Sie schaut aus wie eine gewöhnliche Göre. Wie kommt ihr darauf, dass sie es ist, die wir suchen?«

»Der Name, Sir. Sie nennen sie Bellena. So, wie euer Informant es gesagt hat. Und ... und sie trägt das Schmuckstück der Elemente, Sir ... und diesmal scheint es echt zu sein.«

»Was wisst ihr über sie?«

»Ihr Name ist Isabella Lena, Sir. Da *Bellena* nicht ihr Geburtsname ist, war die Suche in Archiven und Geburtenregistern reine Zeitverschwendung. Warum sie sich selbst so nennt, wissen wir bisher nicht.«

»Und weiter?«

»Sie ist sechzehn und besucht die Schule hier im Ort. Ihr Vater starb vor ihrer Geburt. Er wollte, dass seine Tochter Isabella heißt. Jedenfalls laut der Erzählungen der Mutter. Ihre Oma Lena starb vor ein paar Wochen. Von ihr ist der Zweitname. Warum man sie Bellena nennt, wissen wir nicht, Sir.«

»Das sagtest du längst.«

»Und wir wissen leider nicht, woher sie die Kette hat. Genauso, ob ihr Bruder oder ihre Mutter eine Verbindung zu unseren Feinden haben. Auch die beiden wirken nicht so, als wären sie etwas Besonderes. Sir, sind Sie sicher, dass unser Informant vertrauenswürdig ist? Vielleicht wurden wir absichtlich getäuscht? Er stand in enger Verbindung mit unseren Feinden, Sir.«

7

»Nein, das glaube ich nicht. Jetzt, wo ich sie so betrachte. Ich kann nicht sagen, was es ist. Da ist etwas Seltsames an ihr. Mein Gefühl sagt mir, dass mit diesem Mädchen etwas nicht stimmt. Sie wird noch wichtig für uns werden. Ich verlange, dass ihr alles über diese Göre herausfindet – wirklich alles. Wer sie ist, was sie denkt. Ich will wissen, was sie macht, wenn sie morgens aufwacht und bevor sie abends zu Bett geht. Wer ihre Freunde sind. Beobachtet ihre Mutter, ihren Bruder und alle, die ihr nahestehen oder standen. Buddelt den Vater und die Alte aus, wenn es notwendig ist. Nehmt ihr ganzes Umfeld auseinander und lasst sie nicht aus den Augen. Ich will wissen, warum sie so wichtig sein soll und wie wir sie für uns nutzen können. Und lasst euch bloß nicht erwischen! Wir wollen keine Aufmerksamkeit erwecken. Hast du das verstanden?«

»Keine Sorge, Sir. Ich werde mich um alles kümmern. Ich weiß schon genau, wem ich diese Aufgabe anvertraue.«

Kapitel 1

Mürrisch trat ich den Weg nach Hause an. Chrissy und Julia hatten mich schon wieder sitzen lassen und das Warten vor der Schule war endlos gewesen. Ich spürte Wut in mir aufsteigen – hatte ich wirklich nichts Besseres verdient, als auf Leute zu warten, die mich offensichtlich vergessen hatten? Bei dem Gedanken, dass zu Hause eine warme Mahlzeit auf mich wartete, auf Netflix eine neue Serie lief und ich noch einen Gutschein für Amazon hatte, den ich für Bücher in Anspruch nehmen wollte, hellte sich meine Stimmung ein wenig auf.

Dichter Regen peitschte auf den Asphalt, die Straßen waren wie ausgestorben. Kein Laut, kein Mensch weit und breit. Nur das gleichmäßige Trommeln der Tropfen begleitete meine Schritte.

Ich kramte in meinem Rucksack, um am Ende festzustellen, dass ich wieder einmal den Schirm vergessen hatte. Frustriert zog ich die Kapuze meines Hoodies tiefer ins Gesicht. Meine Schritte wurden schneller, doch der Regen schien mich zu verfolgen. Ein kaltes Kribbeln breitete sich in meinem Nacken aus. Wie so oft in letzter Zeit überkam mich das nagende Gefühl, dass ich verfolgt wurde. Um sicherzugehen, blieb ich kurz stehen und drehte mich um, lief sogar ein paar Schritte rückwärts. Doch es war niemand zu sehen, weshalb ich mich wieder zurückdrehte und dem Gehweg zur Kreuzung folgte. Kaum an der Straßenecke angekommen, hatte der Regen weiter zugenommen, sodass er inzwischen die Letzten ins Haus getrieben hatte.

Wie immer parkten vereinzelt Fahrzeuge am Straßenrand. Doch dann fiel mein Blick auf einen schwarzen BMW, den ich noch nie zuvor gesehen hatte. Die Tatsache, dass das Auto still und verlassen inmitten der leeren Straße stand, war seltsam. Zudem stach mir das Kennzeichen ins Auge.

18-09-2008

Mein Geburtstag. Für einen Moment stockte mein Atem. War das ein Scherz? Ein unbehagliches Gefühl kroch mir den Rücken hoch. Wer würde sich so etwas ausdenken? Ich schaute mich aufs Neue um und stellte fest, dass ich weiterhin alleine war. Dann sah ich ein weiteres Mal zu dem BMW. Das Kennzeichen hatte sich verändert. Bildete ich mir das ein? Erneut überkam mich ein ungutes Gefühl. Doch viel Zeit, darüber nachzudenken, blieb mir nicht. Der Regen nahm immer mehr zu und es fing bedrohlich an zu donnern. Ein Blitz zeichnete sich hinter mir ab und erhellte kurz die Umgebung.   Zum Glück hatte ich den Großteil des Weges geschafft. Zügig lief ich weiter und sah nach kurzer Zeit unser Haus. Mittlerweile war ich nass bis auf die Knochen, trotzdem blieb ich ungläubig stehen. Auf der gelben Hauswand stach die schwarze Nummer neun hervor, obwohl dort eine Fünf stehen müsste. Ich schloss die Augen für einen Moment. Als ich sie wieder öffnete, stimmte die Hausnummer plötzlich wieder. Ich redete mir ein, dass ich mich einfach geirrt hatte. Schließlich war es unser Haus, unsere Einfahrt und unser blühender Rhododendron im Vorgarten.

Über mir war ein erneutes Grollen zu hören, deswegen beschloss ich, schnellstens hineinzugehen. Zum Glück war der Hauseingang überdacht, sodass ich dort im Trockenen nach meinem Schlüssel suchen konnte.

Verdammt, Noah! *Haben die Jungs etwa ein Graffiti an unsere Tür gesprüht?* Das war mein erster Gedanke, als ich ein leuchtend rotes Dreieck auf unserer Haustür entdeckte. Heute Morgen war es definitiv noch nicht da gewesen. Vorsichtig legte ich die Hand auf die Tür, um zu prüfen, ob sich die Schmiererei abwischen ließ. Plötzlich begann das Symbol unheimlich zu leuchten und zu pulsieren, als hätte jemand einen Schalter umgelegt. So etwas hatte ich noch nie gesehen. Es sah aus, als wäre es gerade eben erst ins Holz eingebrannt worden, als ob die Hitze noch spürbar wäre. Das Leuchten wurde heller und heller, bis es beinahe die gesamte Tür erfasste. Dann, ohne Vorwarnung, schossen Flammen hervor, als wären sie aus dem Nichts gekommen. Erschrocken wich ich zurück, doch es war zu spät.

Ruckartig setzte ich mich auf. Ich konnte die Panik in jeder Zelle meines Körpers spüren. Meine Haut brannte vor Hitze und der Schweiß lief mir in die Augen. Mein Herz raste, als wäre ich gerade einen Marathon gelaufen. Es fiel mir schwer, einen klaren Gedanken zu fassen. Ich schloss die Augen und versuchte, mich zu beruhigen. Nach ein paarmal ein- und ausatmen öffnete ich sie wieder. Es dauerte, bis ich mich an die Dunkelheit gewöhnt hatte und erkannte, dass ich in meinem Zimmer war. Der Wecker auf dem Nachttisch zeigte 1:11. Ich legte mir beide Handflächen auf das Gesicht und ließ mich erleichtert auf das Kopfkissen zurückfallen.

»Diese Träume bringen mich um meinen Verstand«, flüsterte ich zu mir selbst. Mit ausgebreiteten Armen schaute ich an die Decke. Etwas bewegte sich an meinen Füßen. Zwei funkelnde Katzenaugen fixierten mich vom Ende des Bettes aus. Ihr durchdringender, beinahe wissender Blick ließ mich frösteln. Es war, als ob Sarafina mehr verstand, als sie zeigen wollte. Mit gespitzten Ohren stellte sie sich aufrecht hin.

»Entschuldigung, ich wollte dich nicht wecken«, wisperte ich ihr zu. Sie legte sich wieder hin, beobachtete mich aber weiterhin eindringlich, als ich aufstand, um das Badezimmer aufzusuchen.

Nachdem ich mir kaltes Wasser ins Gesicht gespritzt hatte, fühlte ich, wie sich die Hitze allmählich aus meinem Körper zurückzog. Ich betrachte mich im Spiegel. Meine hellbraunen langen Haare standen wild in alle Richtungen ab und die sonst bernsteinfarbenen Augen starrten dunkel, ausdruckslos und glasig zurück.

Heute lebe ich an einem friedlichen Ort, weit entfernt von den Sorgen und Ängsten, die mich damals plagten. Aber der Weg bis hierher war lang und voller Dunkelheit, die ich erst hinter mir lassen musste.

Als alles anfing, war ich sechzehn, hatte kurz zuvor meine Oma verloren, meinen besten Freund und ich hatte Träume. Doch ich rede nicht von Wunschvorstellungen in der Zukunft oder Erinnerungen, die sich doch bitte wiederholen mögen. Nein, ich spreche von bizarren Träumen in der Nacht, die mich um den Verstand brachten. Ich hatte monatelang nicht mehr ordentlich geschlafen.

Sie begannen ein paar Wochen nach dem Tod meiner Oma und verliefen immer ähnlich: Ein vertrauter Ort, eine Situation und eine Flamme, die aufloderte, unerbittlich auf mich zukommend. Jedes Mal spürte ich, wie die Hitze mich verschlang, bevor ich erwachte, mit dem Gefühl verbrannt zu werden, noch auf meiner Haut. Meine Mum schleifte mich deshalb zum Arzt, und nachdem ich meinen Freundinnen Chrissy und Julia davon erzählt hatte, bestand Julia darauf, sofort in die Bibliothek zugehen, um alles über Traumdeutung zu erforschen, was ich ständig verneinte. Nach kurzer Zeit wurde mir der Trubel darum zu viel und ich log ihnen und meiner Mum vor, dass sie einfach aufgehört hatten. Damit gaben sich alle zufrieden, obwohl Julia mich noch eine Weile skeptisch beobachtete.

In Wahrheit wurde es nur schlimmer. Jede Nacht wurden die Träume intensiver, bis ich den Unterschied zwischen Traum und Wirklichkeit kaum noch ausmachen konnte. Zuerst war es nur das Gefühl, überwacht zu werden. Dann kamen kleine Dinge hinzu – eine Hausnummer, die sich veränderte, ein Buchstabe, der plötzlich verschwand. Sie begannen, sich zu häufen, und ein dreieckiges Symbol zeigte sich am Ende eines jeden Traumes, bevor die Flammen auf mich zukamen und in die Realität zurückbrachten.

Seither spürte ich dieses Unbehagen und den Verfolgungswahn auch tagsüber. Die Schlaflosigkeit zeigte zunehmend ihren Tribut. Doch dann traf ich ihn. Nichts in meinem bisherigen Leben hätte mich auf das vorbereiten können, was ich durch ihn und seine Freunde erfuhr. Dinge, die jenseits aller Vorstellungskraft lagen und mein Leben für immer verändern sollten. Und ab da beginnt meine Geschichte.

Ich erinnerte mich noch genau an jene Nacht. Nachdem ich das Badezimmer verlassen hatte, schlurfte ich zur Küche, um mir ein Glas warme Milch zu holen. Ich nahm den Karton aus dem Kühlschrank und suchte im Schrank nach meiner Lieblingstasse. Es zeigte ein Bild, auf dem sich das Milchglas und die Schokolade mit Kissen bewarfen. Mein Freund Lukas hatte sie mir zum 15. Geburtstag geschenkt. Ich seufzte, füllte die Tasse mit Milch, stellte sie in die Mikrowelle und schaltete sie auf 30 Sekunden ein. Es musste reichen, denn es war kurz vor halb zwei. Ich brauchte Schlaf – dringend, sonst würde ich den heutigen Familientag kaum überstehen. Ich stöhnte. Es war ein Fahrradausflug geplant. Ich hasste Fahrradfahren.

Ich stütze mich auf der Küchentheke ab und schloss die Augen. Bing! Das Geräusch der Mikrowelle riss mich aus einem Sekundenschlaf. Es dauerte einen Moment, bis ich begriff, wo ich war. Ich richtete mich auf und streckte meinen Rücken durch, bevor ich die Tasse aus der Mikrowelle nahm. Dann holte ich den Honig aus dem Schrank, sowie aus der Schublade einen Löffel, den ich benötigte, um die gelbe Flüssigkeit in die Milch zu rühren. Im Anschluss platzierte ich das Glas zurück an seinen Platz und nahm die Tasse in beide Hände. Die Wärme drang bis tief in meine kalten Fingerspitzen und der süße, schwere Duft des Honigs erfüllte die Küche, als hätte er die ganze Nacht nur darauf gewartet, freigelassen zu werden. Nachdem ich einen Schluck getrunken hatte, beschloss ich, den Rest mit aufs Zimmer zu nehmen.

Ich knipste das Licht aus und lief durch das Wohnzimmer zur Treppe. Nachdem ich die erste Stufe betreten hatte, hörte ich von draußen ein Geräusch. Stirnrunzelnd stellte ich die Milch auf eine kleine Kommode im Flur ab und schlich vorsichtig in Richtung Haustür.

Ich vernahm ein unbekanntes Kichern und Noah, der flüsterte: »Psst, meine Schwester darf uns nicht hören.«

Das war mein Moment. Mit einem Ruck riss ich die Tür auf und funkelte ihn an. »Zu spät, Bruderherz«, sagte ich, die Arme fest vor der Brust verschränkt. Wenn Blicke töten könnten, wäre er erledigt.

Nervös fuhr Noah sich durch seine dunklen Haare, die deshalb wild nach allen Richtungen abstanden, bevor er seine Worte fand: »Oh, hi Bellena. Das ist Aria.« Mein Bruder zog ein Mädchen in seine Arme, deren schwarze Haare über ihren gesamten Rücken fielen. Sie trug ein rotes Kleid, das nur knapp ihren Hintern bedeckte. Durch die High Heels war sie ein wenig größer als Noah.

Ihre blauen Augen blitzten mir entgegen, als sie mir die Hand reichte. »Eigentlich heiße ich Mariella, aber meine Freunde nennen mich Aria.« Ihr Lächeln war so perfekt, dass es mir fast unheimlich vorkam.

Ich ergriff ihre Hand und erzwang mir ein Lächeln. »Alles klar, Mariella. Könntest du meinen Bruder und mich kurz alleine lassen?«

Noah warf mir einen genervten Blick zu, bevor er sich Aria zuwandte und sagte: »Okay Süße. Mein Zimmer ist die Treppe hoch und die zweite Tür links. Ich komme gleich nach.« Er zwinkerte ihr zu und drückte ihr einen Kuss auf ihre dunkelroten Lippen, den sie endlos lange erwiderte. Ich konnte ein Augenrollen nicht unterdrücken. Nachdem sie ihre kleine Showeinlage beendet hatten – ehrlich, wenn es dafür einen Preis gäbe, hätten sie beide gewonnen – lächelte Mariella mir zu und stolzierte die Treppe hinauf. Mein Bruder schaute auf ihren wackelnden Arsch, neigte leicht den Kopf und ich sah die Lust in seinen dunklen Augen aufblitzen. Er wartete, bis seine Zimmertür ins Schloss fiel. Erst dann hatte ich seine Aufmerksamkeit zurück. »Also Schwesterherz, was gibt's?«

Ich zeigte mit dem Zeigefinger auf seine rechte Halsseite. »Du hast da was. Sieht aus, als hätte dir jemand ein Veilchen verpasst.«

»Verdammt, Bellena! Was willst du?«

»Das weißt du genau, Noah. Niemand darf hier sein, wenn Mama arbeitet.« Innerlich seufzte ich. Wie oft hatten wir diese Unterhaltung schon geführt? Und jedes Mal dachte er, er könnte sich herausreden und ich würde ihn dabei weiter unterstützen. Doch diesmal kam er mir nicht so leicht davon. »Vor allem kein Damenbesuch«, flüsterte ich mit Nachdruck.

»Sie muss es ja nicht erfahren. Bis sie nach Hause kommt, ist Aria weg, versprochen.«

»Ich werde für dich nicht lügen, nur weil du wieder eine x-beliebige Tussi abschleppen musst.«

Noah blieb trotz meiner nicht ganz so netten Ansagen ruhig, was mich noch mehr auf die Palme brachte. »Sie ist nicht irgendeine Tussi. Ich mag sie und habe schon länger ein Auge auf sie geworfen.«

»Ach, du magst sie«, äffte ich, »Das ist ja mal etwas ganz Neues. Es ist jetzt, das wievielte Mal, dass du mir das sagst? Lass mich kurz überlegen ... es müsste die Fünfte sein oder?«

»Ach Bellena, jetzt übertreib doch nicht gleich wieder.«

Ich ignorierte seine Aussage und ließ meiner Wut weiter ihren freien Lauf. »Und was bedeutet, ich habe schon länger ein Auge auf sie geworfen? Ich habe sie noch nie gesehen und du hast ihren Namen bisher nicht erwähnt. Demnach kann es so lange ja nicht sein.«

»Sie ist erst vor ein paar Wochen mit ihrer Familie hergezogen. Und ich wusste nicht, dass es nötig ist, dir das alles erzählen zu müssen ...«

»... da ja nicht geplant war, dass ich euer Techtelmechtel mitbekomme«, fiel ich meinen Bruder ins Wort.

»Was bist du denn so übellaunig in letzter Zeit? Du bist ständig gereizt! Früher haben wir zusammengehalten. Da hatte es dich nicht gestört, wenn mal jemand da war. Lukas hat mich auch schon gefragt, was mit dir los ist. Ist es wegen seiner Freundin?«

»Früher bestand der Besuch aus deinen Kumpels, mit denen du an der Playstation gezockt hast. Und lass Lukas aus dem Spiel. Der hat damit gar nichts zu tun und noch einmal: Ich. Werde. Nicht. Für. Dich. Lügen.«

Ich stampfte die Treppe hinauf, um mein Zimmer aufzusuchen. Noah drängelte sich vorbei und blieb vor mir stehen. »Pass auf, stell dir vor, es wäre ein Kumpel bei mir zu Besuch, der ...«, er grinste und fuhr fort: »Der mit meinem Joystick spielt ...«

Ich riss die Augen auf. War das sein Ernst? Sofort versuchte ich die widerlichen Bilder, die in meinem Kopf entstanden sind, beiseitezuschieben. In solchen Momenten konnte ich kaum glauben, dass wir tatsächlich verwandt waren. Er zwinkerte mir zu, drehte sich um und lief grinsend in die Richtung seines Zimmers. Dabei sprach er weiter: »Und lügen musst du auch nicht, Schwesterherz. Du brauchst bloß unserer Mutter nichts zu sagen.« Ich suchte nach Worten, die ich ihm an den Kopf knallen konnte. Doch ich fand sie nicht. »Danke, kleine Schwester«, flüsterte er mir noch zu, bevor seine Tür hinter ihm ins Schloss fiel.

»Arschloch!«, rief ich hinterher, wissend, dass es ihn leider nicht mehr erreichen würde, da er die Musik aufgedreht hatte. Der Song »Houdini« von Eminem war bestimmt bis in den Keller hörbar. *Ist das sein Ernst?* Ich stürmte zu seinem Zimmer und hatte die Klinke bereits in der Hand, als er es ausstellte und eine andere Musik durch die Tür drang. So etwas hatte ich bei ihm noch nie gehört. War das ein Klavier, das da im Hintergrund spielte? *For tonight, I'm yours,* hörte ich es durch die Tür säuseln. *We'll stay behind closed doors.* Das war eindeutig nicht Noahs Musikstil, denn sie klang, als wäre sie einem Erotikfilm entsprungen. Das war mein Stichwort, schleunigst das Weite zu suchen. Lieber würde ich den Rest der Nacht mit Kopfhörern schlafen, als weiter mit Bildern einer nackten Mariella in meinem Kopf zu kämpfen, die sich in Noahs Bett rekelt. Oh Gott, das wollte wirklich niemand sehen. Ich versuchte, meine Gedanken aus dem Kopf zu schütteln, während ich in mein Zimmer ging.

Genervt nahm ich meine Kopfhörer vom Nachttischschrank und setzte sie mir auf. Das reichte, um die Musik von nebenan auszublenden.

Sarafina lag neben meinem Kissen, völlig unbeeindruckt von meinem Chaos. Offenbar war sie der Meinung, dass mein Leben schon genug Drama hatte – da brauchte sie nicht auch noch ihren Beitrag leisten. Sie schreckte hoch, nachdem ich mich rückwärts auf das Bett fallen ließ und meine Arme ausbreitete. »Verdammt, ich habe die Milch stehen lassen«, fluchte ich und schickte ein genervtes Stöhnen hinterher. Noah konnte morgen etwas erleben. Warum konnte er nicht verstehen, dass ich gerade alles andere als gut gelaunt war? Er und Lukas, sie beide waren schuld an meiner Laune. Und dann brachte Noah ihn auch noch ins Spiel, um mich mundtot zu machen. Hatte er nicht begriffen, dass ich weiterhin wütend auf ihn war, da er ihn vor mir gedeckt hatte? Und Lukas, warum fragte er meinen Bruder so etwas? So dämlich war er doch nicht. Ich hatte ihm alles anvertraut. Wir hatten so viel gemeinsam erlebt. Es war so schwer, das alles zu verarbeiten. Unsere Freundschaft fühlte sich nicht mehr wie früher an und meine Gefühle für ihn … sie waren komplizierter geworden.

Seit Wochen herrschte Funkstille zwischen uns. Warum musste er sich ausgerechnet in sie verlieben? Warum nicht in mich? Was hatte sie, was ich nicht habe? Zugegeben, sie sah gut aus, mit ihren langen blonden Haaren und ihren Modelmaßen. Aber bis auf Arsch wackeln und Titten zeigen, war da nicht viel dahinter. Ihre Lieblingsbeschäftigung war es, mit ihren zwei Freundinnen zu lästern. Zusammen waren sie die Drillinge mit den kurzen Kleidern. Wir hatten uns immer darüber lustig gemacht. Sie dachten, sie wären die Königinnen der Schule, aber eigentlich wirkten sie nur wie ein schlecht gestylter Mode-Albtraum. Wenn man es genauer nahm, war Leonie diejenige, die den Ton angab – sie war die selbsternannte Königin und hatte die anderen beiden zu ihren persönlichen Zofen gemacht. Und die zwei waren zu dumm, um es zu bemerken. Jetzt hing Lukas an Leonies Rockzipfel wie ein läufiger Hund. Sie hatte mich so verletzt und trotzdem hatte er sie gewählt. Keine andere an seiner Seite hätte mich so gestört. Warum hatte er mir das angetan? Dachte er wirklich, wir könnten einfach so weitermachen? Wie stellte er sich das vor? Früher war alles so unbeschwert gewesen – Lachen, Unsinn machen, gemeinsam abhängen. Doch jetzt war alles kompliziert und ich wusste nicht, wie ich mit ihm umgehen sollte. Ich konnte ihm nicht vorheucheln, dass mir egal wäre, mit wem er zusammen war. Nicht mit meinen Gefühlen und dem Gedanken, dass er Leonie womöglich alles preisgab. Ich hatte keinerlei Vertrauen mehr zu ihm.

Ich drehte mich auf die Seite und streichelte Sarafina. Sie fing sofort zu schnurren an, als ich mich näher an sie heran schmiegte und mich an den Beginn unserer Freundschaft erinnerte.

Ich war 10 Jahre alt, als er ins Nachbarhaus meiner Oma zog. Wir waren beide zu schüchtern und starrten uns am Anfang nur verstohlen über den Zaun hinweg an. Meine Oma brachte uns letzten Endes mit einem Trick zusammen. Absichtlich spielte sie den Federball in seinen Garten und bat ihn, uns den Ball zu bringen. Sie behauptete, sie könne nicht mehr weiterspielen und übergab ihm den Schläger. Gott stellte er sich dämlich an. Er brauchte gefühlte fünfzig Anläufe, bis er seinen ersten Aufschlag hinbekam und noch einmal doppelt so viele, bis er meine Abwehren konnte. Seit diesem Tag waren wir unzertrennlich und teilten alles miteinander, außer das Federballspielen. Ehrlich, ich glaube dieser Tag hat ihn damals so traumatisiert, dass er nie wieder einen Schläger in die Hand genommen hat. Und ich konnte es ihm nicht verdenken. Mit meinen Gedanken und Erinnerungen schlief ich ein und erst das Zwitschern der Vögel weckte mich am Morgen wieder auf.

Kapitel 2

Ich saß auf den Treppenstufen und beobachtete das Treiben auf dem Schulgelände. Nachdem es heute Morgen wie aus Eimern geregnet hatte, kitzelten nun die ersten Sonnenstrahlen des Tages sanft mein Gesicht. Ich kramte in meiner Tasche nach der Sonnencreme, fand sie allerdings nicht und stöhnte resigniert. Sie lag bestimmt in meinem Zimmer. *Super.* Schon ein paar Sonnenstrahlen reichten aus, damit meine Nase am Ende des Tages wie eine Erdbeere leuchtete und ich Trottel ließ die Creme natürlich zu Hause liegen.

Genervt schaute ich auf die Uhr. Seit zehn Minuten war der Unterricht vorbei. Von Julia und Chrissy fehlte weiterhin jede Spur. Ich hätte längst in meinem Bett liegen können, stattdessen saß ich hier und wartete. Verdammt war ich müde und ein dumpfer Schmerz in meinem Kopf übernahm immer mehr die Oberhand. Ich überlegte, ohne die beiden zugehen, doch dann fiel mir der Traum von Samstagnacht wieder ein und ich blieb lieber sitzen. Es war ja nicht so, dass Träume wahr wurden, aber da war dieses ungute Gefühl, ständig unter Beobachtung zu stehen. Und Vorsicht ist bekanntermaßen besser als Nachsicht.

Ich wippte mit dem Fuß auf der Treppenstufe und sah mich um. Niemand schenkte mir Beachtung. Bis auf Lukas, der plötzlich an der Treppe vorbeikam. Halbherzig winkte er und lächelte mir zögerlich zu. Ich blieb stumm sitzen und er schlenderte zu Leonie weiter, die bis über beide Ohren strahlte, nachdem er sie auf die Wange geküsst hatte. Ein flaues Gefühl breitete sich in meinem Magen aus. Oh Mann, warum fühlte sich das nur so seltsam an? In ein paar Wochen stand die Abschlussfeier vor den Sommerferien an und ich würde Lukas häufiger über den Weg laufen. Immer zusammen mit Leonie, schließlich waren wir alle drei an der Planung beteiligt. Das allein reichte aus, um meine Lust auf die Feier zunichtezumachen. Meine Gefühle für diese Party spielten wegen Chrissy ohnehin schon Achterbahn, da sie es sich zur Aufgabe gemacht hatte, mich mit dem erstbesten Kerl zu verkuppeln. Vermutlich war das der Grund, warum die beiden nicht hier waren. Weil sie möglicherweise wieder Pläne schmiedete: Was für ein Typ kommt infrage? Was ziehen wir ihr an? Welcher Lidschatten passt dazu? Die Haare hochstecken oder lieber offen tragen? Aber ich ließ es über mich ergehen. Ich wusste, dass sie es nicht böse meinte. Es war ihre Art, mir zu helfen. Wir drei waren seit dem Kindergarten miteinander befreundet, wir kannten uns in- und auswendig und waren immer füreinander da gewesen. Nachdem letztes Jahr meine Oma gestorben war, waren die beiden rund um die Uhr an meiner Seite, so als wären wir drei an unseren Hüften zusammengewachsen. Ich erinnerte mich daran, wie ich den Mädels unter Tränen erzählte, dass ich nie wieder meinen Lieblingskuchen essen könnte, da nur meine geliebte Oma das Rezept kannte. Daraufhin googelten die beiden nach der Anleitung und überraschten mich am darauffolgenden Tag mit einem Tränenkuchen. Problematisch daran war nur, dass der Kuchen aussah, als wäre er zweimal über den Boden gerollt. Ich war mir sicher, dass Sarafina ihn schon einmal probiert hatte, doch es war der Gedanke, der zählte. Wir hatten die ganze Zeit gelacht, während wir uns durch die Krümel kämpften. Mit einem Ruck wurde ich aus meinen Erinnerungen gerissen.

»Wieso lächelst du?«, fragte Maja mit ihrer quietschigen Stimme und schaute mich durch ihre Brille hinweg an.

»Ach, nichts weiter«, antwortete ich nur knapp, ohne sie groß zu beachten.

Sie setzte sich neben mich und starrte geradeaus. Ihre kupferfarbenen Haare hatte sie zu einem Dutt zusammen gezwirbelt. Der Pullover war ihr zwei Nummern zu groß und der Ärmel verdeckte ihre Hände. Dazu trug sie eine Baggy Hose und ausgelatschte Sneakers.

»Kann ich dir irgendwie helfen?«, fragte ich in der Hoffnung, sie schnell wieder loszuwerden. Es war nicht so, dass ich sie nicht mochte, sie war einfach nur nervig. Eine Streberin, die nie merkte, wenn sie störte. Genau wie in diesem Augenblick, in dem ich keinen Nerv für ihre Fragen hatte – und davon hatte sie viele. Über alles und jeden. Maja tauchte oft wie aus dem Nichts auf. Man hatte das Gefühl, dass sie überall war und sich unerwünscht an Gesprächen beteiligte. Sie korrigierte jeden und gab die Ideen der anderen gerne als ihre aus.

»Nein ... ich dachte bloß, du brauchst Gesellschaft.« Ich runzelte die Stirn und suchte verzweifelt, nach einer halbwegs freundlichen Antwort. Aber in meinem Kopf formten sich nur zwei Worte: Geh weg!

»Gehst du auf Melissas Geburtstagsparty am Freitag?«

Und da war sie. Die erste lästige Frage, die ich nur widerwillig beantwortete. »Keine Ahnung. Zurzeit habe ich keine Lust.« Ich schnappte mir meinen Rucksack und stand auf. »Du, ich muss jetzt los. Ich habe noch etwas was vor.«

»Oh, okay, dann mach ich mich auch mal auf den Weg.«

»Hey Bellena, möchtest du etwa ohne uns gehen?«, hörte ich Chrissy, die mit einem Schlag hinter uns auftauchte. Neben ihr stand Julia, die wissend zwischen Maja und mir hin und her sah.

»Ähm, nein.« Verlegen schaute ich zu Maja, die mir ein kurzes Lächeln schenkte und ein leises »Ich bin dann mal weg« über die Lippen brachte. Innerlich zuckte ich zusammen. Hatte ich sie vor Chrissy etwa zu offensichtlich abgewimmelt? Ich sah Maja hinterher, wie sie die Treppen nach unten lief, und ließ mich seufzend wieder auf die Treppe sinken. »Wo wart ihr so lange? Ich sitze hier schon seit Ewigkeiten!«

»Was wollte sie denn?«, fragte Chrissy und überging somit meine Frage.

»Mir Gesellschaft leisten, da ich ewig auf euch warten musste. Also, wo seid ihr gewesen?«

Julia schaute Chrissy genervt an und verzog das Gesicht zu einer Grimasse. Chrissy setzte sich neben mich und streckte ihre langen braunen Beine aus. Das Thermometer zeigte nur zwanzig Grad, aber für sie war es Grund genug, ihre kürzeste Hose aus dem Schrank zu holen. Sie lächelte mich an und ihre strahlend weißen Zähne kamen dabei zum Vorschein. »Wir haben uns frisch gemacht und über die Abschlussfeier gesprochen.«

»Und wie immer, waren wir nicht einer Meinung«, hackte Julia ein, die sich an das Treppengeländer lehnte.

Chrissy schaute Julia mit einem verärgerten Blick an und wendete sich dann wieder mir zu. »Ich glaube, dass dir mein neues Kleid super stehen würde, aber Julia ...«

»Bellena, wir müssen reden.« Mein Bruder baute sich vor mir auf.

Ich sah an ihm vorbei und entdeckte Aria, die am Fuß der Treppe auf ihn wartete. *Ah, deshalb spielte er den Coolen.* Neben mir nahm ich wahr, wie Chrissy sich anspannte. Durch die Augenwinkel beobachtete ich, wie sie Noah mit ihren rehbraunen Augen anhimmelte. Es fehlte nur der Sabber aus ihrem Mund und dann konnte sie ihm wie ein Hündchen hinterhertrotteln. So wie Noah bei Aria am Samstag. Mensch, Noah, wie blind kann man sein? Chrissy himmelt dich doch an und sie passt so viel besser zu dir, als diese Aria. Warum siehst du das nicht?

Doch er würdigte Chrissy keines Blickes, sondern ließ seine Augen eisern an mir haften. Wie eine Statue stand er vor mir. Weglaufen war zwecklos. Seine Muskeln spannten bedrohlich unter seinem Lieblingsshirt von Yakuza hervor. Der Schriftzug war passend.

Game over – Thank you for playing.

Okay, Bruderherz, lass uns spielen.

»Wie kann ich dir helfen, Noah?«, fragte ich mit einem betont freundlichen Unterton, den ich nicht ganz ohne Sarkasmus hinbekam.

Er rieb sich die Nase, bevor er anfing zu sprechen. »Wir müssen über gestern reden. Mum hat gemerkt, dass etwas nicht stimmt und hat mich ausgefragt, als du schon geschlafen hast. Ich habe ihr erzählt, dass du wegen Lukas schlecht gelaunt bist, weil ich dir das mit ihm und Leonie nicht sofort gesagt habe. Es könnte sein, dass sie dich heute darauf anspricht, also bitte sag ihr nicht, dass Aria über Nacht da war.«

Fassungslos sah ich meinen Bruder an. »Ist das dein Ernst? Du bist so ein Heuchler! Samstagabend hast du so getan, als wüsstest du nicht, was mit mir los ist, aber kaum fragt Mum dich, fällt es dir wieder ein. Du fragst, was mit mir los ist? Was ist mit dir los? Kannst oder willst du es nicht verstehen? Ich. Lüge. Mum. Nicht. An.«

»Ich habe dich verstanden. Deshalb sagte ich dir, dass eine Lüge nicht nötig ist. Du sollst es doch bloß nicht erwähnen. Und die Sache mit Lukas tut mir wirklich leid. Du solltest es von ihm erfahren und nicht von mir.« Erneut fuhr er sich unsicher durch seine dunklen Haare. »Sage ihr einfach dass wir das geklärt haben und dann vergessen wir die Sache. Es kommt auch nicht mehr vor, dass jemand, ohne Mums Wissen bei uns schläft. Versprochen.«

Seine Erklärungen und sein hoffnungsvoller Blick brachten mich endgültig zum Platzen. Ich hatte das Gefühl, mein Körper würde explodieren, als die Worte nur so aus mir heraussprudelten. »Ich soll wegen deiner neuen Tussi Mum anlügen? Ach nein, halt. Ich soll es ihr bloß nicht erzählen, so wie du mir das von Lukas und Leonie nicht erzählt hast! Möchtest du es ihr lieber selbst sagen? Oder sollte Mum besser nichts von ihr erfahren?« Mit dem Kopf deutete ich zu Aria, die mit offenem Mund da stand. Der Schreck war ihr förmlich anzusehen. Dann holte ich zum Finale aus. »Hast du nicht Angst, dass sie über dich genauso denkt wie ich?

Wieder ein kleiner Zeitvertreib, den du nächste Woche in der Besenkammer abstellst.«

Der letzte Satz hatte Noah aus der Reserve gelockt. »Dein Ernst, Bellena? Niemand kann etwas dafür, dass Lukas nicht auf dich steht. Das ist ja bei deinem Benehmen kein Wunder! Wer möchte schon mit einer Zicke wie dir zusammen sein?«, schrie er mich an und marschierte wütend davon, direkt in Arias Arme.

Ich schaute den beiden hinterher, wie sie Arm in Arm das Schulgelände verließen, und ballte die Hände so fest zu Fäusten, dass meine Nägel in die Haut schnitten. Der Drang, irgendetwas zu schlagen oder zu schreien, war kaum zu bändigen. Aus den Augenwinkeln entdeckte ich Lukas. Hatte er gehört, was Noah über ihn und mich gesagt hatte? Es war kaum zu überhören. Der gesamte Schulhof hatte sich in eisernes Schweigen gehüllt und alle Augen waren auf uns gerichtet, als wir uns diesen Schlagabtausch lieferten.

Leonie flüsterte Lukas ins Ohr, schmiegte sich eng an ihn und sah mich herausfordernd an.

Julia legte mir eine Hand auf die Schulter. »Bellena, du ...«

Doch ich hatte nicht vor, ihr zuzuhören, und stürmte ins Schulgebäude. Ich musste raus aus dieser Situation, weg von all den Leuten, die nur darauf warteten, dass ich zerbreche. Ich lief mit schnellen Schritten, schaute nicht nach rechts oder links und hatte kein Ziel für meine Flucht. Ich wollte nur weg. In meinem Kopf loderten die Erinnerungen der letzten Minuten. Warum konnte ich nicht einfach meinen Mund halten? Jedes Mal das Gleiche - sobald ich wütend werde, verlor ich die Kontrolle. Noah hatte ja recht. Ich eckte immer wieder an. »Erst überlegen und dann sprechen«, hatte meine

Oma immer gemeint. Aber wenn die Emotionen erst einmal kochten, war das leichter gesagt als getan. Gott, ich vermisste sie. Mit ihr wäre alles so viel einfacher. Der Schlafmangel brachte mich an den Rand der Verzweiflung. Zudem die Sache mit Lukas. Es war mir alles zu viel. Leonie sah mich an, als hätte sie im Kampf um Lukas den Jackpot geknackt - die Siegerin über die Verliererin. Ich hasste sie. Sie hatte fast mein und das Leben eines Lehrers zerstört, als sie behauptete, ich sei in Herrn Müller verliebt. Die Krönung war, dass sie darauf beharrte, er würde meine Gefühle erwidern, da ich privaten Klavierunterricht von ihm erhielt. Er wurde von der Schule suspendiert, bis es vor der Schulbehörde geklärt wurde. Fast alle Schüler hassten mich dafür, weil er einer der beliebtesten Lehrer war. Nach einer Woche hatte sich die Sache geklärt. Herr Müller durfte wieder unterrichten, mir aber keine Privatstunden mehr geben. Zu unser beider Schutz, um weiteren Gerüchten vorzubeugen. Dass Leonie mit einer simplen Verwarnung davon kam, weil sie mit ihrem engelsgleichen Aussehen auf unschuldig plädierte, machte es nur noch schlimmer. »Ich wollte doch bloß die Schüler beschützen«, säuselte sie damals und fast jeder, kaufte ihr diese Lüge ab.

Plötzlich wurde mein Lauf gestoppt und ich prallte gegen etwas Hartes. Bücher und ein Kaffeebecher fielen zu Boden.

»Kannst du nicht aufpassen?!«, fuhr ich denjenigen wütend an und betrachtete entsetzt das Chaos an mir. Auf meinem Shirt waren etliche Flecken verteilt und meine Schuhe schwammen in brauner Flüssigkeit. Vermutlich war der Kaffee schon eine Weile unterwegs, sonst hätte er mir Brandflecken auf die Haut gezaubert.

»Was, ich? Du bist doch in mich hineingerannt«, meinte eine raue, männliche Stimme und klang dabei amüsiert. »Das Shirt sieht gleich viel lebendiger aus. Findest du nicht, dass der Kaffeefleck mit dem Erdbeerfleck wunderbar harmoniert? Fast wie ein neues Design.«

Ich kniff die Augen zusammen, holte tief Luft und versuchte, meine Wut zu unterdrücken. Doch in meinem Bauch loderte ein Vulkan, bereit zum Ausbruch. Angriffslustig sah ich zu meinem Opfer auf und verlor mich in zwei stechend türkisblauen Augen.

Kapitel 3

*I*ch betrat die Schule und hielt die Bücher fest an meinen Körper gedrückt. So als wären sie ein Anker, an dem ich mich festklammern musste, um nicht zu fallen. Angeregt unterhielten sich die Schüler über die Abschlussfeier. »Welche Band wohl spielen wird?«, hörte ich eines der Mädchen, nahe der Toiletten sagen, die sich dabei ihren kurzen Rock glatt strich. Eine Frage, die ich selbst nicht beantworten konnte, obwohl ich die Feier mit organisierte. Aber die Schulsprecher machten daraus ein wohlbehütetes Geheimnis, so als würde der Weltfrieden davon abhängen. Die Gespräche verstummten abrupt, nachdem ich mich der Gruppe näherte. Ihre Blicke bohrten sich in mich, als wäre ich ein Fremdkörper, der nicht dazugehörte. Auch die nächste Gruppe wurde schweigsam – ein paar Jungs aus der Achten, sowie die Neuntklässler an den Spinden. Alle starrten mich an, als wäre ich unsichtbar und doch seltsam präsent.

Melissa kam mir entgegen. »Hey Melissa. Alles Gute zum Geburtstag«, sagte ich fröhlich zu ihr. Doch sie lief an mir vorbei, als wäre ich Luft. Ich drehte mich um und sah ihr hinterher. Dabei bemerkte ich, dass alle Schüler mich weiterhin regungslos anstarrten. Mein Puls raste und Schweißperlen bildeten sich auf meiner Stirn. Ich umklammerte die Bücher noch fester. Unfähig, einen klaren Gedanken zu fassen, sah ich starr zu Boden und beschleunigte meine Schritte zur Treppe. Ich sprintete zur dritten Etage hinauf, wo sich der Biologieraum befand.

Auf dem Treppenabsatz stand Lukas, eng umschlungen mit Leonie, die ihm die Arme um den Hals gelegt hatte. Seine Augen ruhten auf mir, voller intensiver, schwer zu deutender Emotionen – als wolle er mich zu einem Spiel herausfordern. Ein Knoten bildete sich in meinem Bauch und seine Mimik veränderte sich schlagartig, wurde weich und flehend. Ich streckte die Hand nach ihm aus, doch dann drehte Leonie ihn weg von mir. Nun beobachtete sie mich, während sie mit ihren Fingern durch seine Haare fuhr, sich von seinen Lippen löste und ihm etwas ins Ohr raunte. Er versteifte sich und Leonie schaute mich weiter an, als ihr Mund erneut auf seinen traf. Ihre Augen strahlten, dann wurden sie wilder, glühten auf und plötzlich färbten sie sich tiefrot wie glühende Kohlen, die vor Wut und Verachtung loderten.

»Bellena, sieh dich vor«, flüsterte eine Stimme.

Ich schrak auf, schweißgebadet und zitternd. Mein Körper fühlte sich an, als würde er glühen und hätte im Traum in Flammen gestanden. Die Hitze war schier unerträglich. Mein Puls war gefühlt auf 180 und die Atmung beschleunigt. Es dauerte einige Zeit, bis mein Körper wieder in normalem Betriebsmodus lief.

Erst dann bemerkte ich Sarafina, die neben mir lag und sich eng an mich schmiegte. Ihr Körper fing an zu vibrieren. Ich streichelte sie, was ihren Motor noch weiter antrieb. »Ach, Sarafina, was sind das bloß für verrückte Träume?«

Sie schaute auf und sah mir tief in die Augen. Ihr Blick blieb an mir kleben und sie legte den Kopf schief. Langsam breitete sich Ruhe in mir aus. In Sarafinas Nähe fühlte ich mich sicher, verbunden – als gäbe es hier keine Albträume und Zweifel.

»Bellena kommst du zum Essen?«, rief meine Mutter aus dem Erdgeschoss und unterbrach unsere Zweisamkeit.

Bevor ich nach unten ging, suchte ich das Badezimmer auf und betrachtete mich im Spiegel. Ich zuckte zusammen, als ich mein Spiegelbild sah. Dunkle Ringe unter meinen Augen ließen mich fast gespenstisch wirken. Ein Griff zur Schublade und ich holte Mums Make-up-Dose hervor und trug mir etwas auf, um sie zu verdecken. Make-up war nicht gerade mein Ding, aber heute musste es sein. Hoffentlich war Mum zu abgelenkt, um genauer hinzusehen, denn ich hatte keine Lust auf ihre Fragen. Oftmals war sie vor ihrem Dienst aber so in Gedanken, dass man meinen könnte, sie sei schon auf der Arbeit und hätte nur ihren Körper vergessen mitzunehmen. Hoffentlich würde es auch heute so sein.

Ich ging auf Nummer sicher und öffnete meine Haare, die mir lockig über meine Schultern fielen und den direkten Blick auf mein Gesicht verdeckten.

Ich seufzte. Als meine Mum vor ein paar Monaten, von den wiederkehrenden Träumen erfuhr, schleifte sie mich zu unserem Hausarzt Dr. Meyer, der ein Rezept für Schlaftabletten ausstellte. Leider brachten sie nicht die gewünschte Wirkung. Im Gegenteil. Jeden Morgen setzte ein Schwindelgefühl ein, sodass ich mir das Geld für einen Rummel sparen konnte. Nach einer Woche ging es mir körperlich so schlecht, dass die Tabletten im Müll landeten, und ich wurde zu Frau Förster, einer Psychologin geschickt. Durch die Arbeit im Krankenhaus bekam Mum sofort einen Termin. Ihre Diagnose lautete PTBS - eine posttraumatische Belastungsstörung, ausgelöst durch den Tod meiner Oma. Jetzt hatten die Träume einen Namen. Nach zahllosen

Sitzungen war das Gequatsche über meinen Gefühlszustand nicht mehr zu ertragen. Da ich mich weigerte, zu den Terminen zu gehen, war von einer Klinikeinweisung die Rede. Also ging ich weiterhin zu den Therapiesitzungen und spielte die ›brave Tochter‹ und heuchelte Besserung vor, bis ich die Träume ausradiert hatte. Jeden Tag fiel es mir schwerer, ein Lächeln aufzusetzen und so zu tun, als wäre alles normal. Schlussendlich war Frau Förster mit meiner seelischen Verfassung zufrieden, ich war glücklich über meine wieder gewonnenen freien Nachmittage und Mum war erleichtert. Umso mehr war ich gezwungen, dass sie nichts von meinen schlaflosen Nächten mitbekam. Ihre vielen Nachtschichten in der Klinik waren mir dabei behilflich. Und Noah? Der war viel zu beschäftigt mit seinen Mädels, um zu realisieren, was mit mir los war. Jedoch tauchten die Symptome der PTBS mittlerweile auch tagsüber auf und ich wusste, dass mein Versteckspiel bald auffliegen würde.

»Hast du gelernt?«, fragte meine Mutter, während sie einen großen Topf Spaghetti auf die Mitte des Küchentischs stellte.

»Ja, wir schreiben morgen Bio«, log ich. Jedenfalls was das Lernen anging, denn eine Leistungskontrolle stand wirklich an.

Sie stellte eine kleinere Schüssel mit Bolognese auf den Tisch und setzte sich links von mir. »Und welches Thema?«

Ich griff nach dem Topf und schaufelte mir Spaghetti auf den Teller. Ohne groß nachzudenken, murmelte ich: »Genetik.« Kaum, dass mir die Worte herausgerutscht waren, wurde mir klar: *Oh, verdammt, jetzt bin ich am Arsch.*

»Oh, falls du Hilfe brauchst, ich hätte ein paar Minuten Zeit, bevor ich zur Arbeit muss.« Meine Mum schaute mich erwartungsvoll an.

Genau das wollte ich nicht. Sobald sie mit mir über den Büchern hing, würde meine Lüge mit mir untergehen. Ich wusste nichts über Genetik. Null. Nada. Kein einziges Wort und selbst meine Notizen im Ordner waren lückenhaft. Die Aufzeichnungen hatte ich mir heute deshalb von Julia geliehen - und diese lagen noch unangerührt im Rucksack.

»Nicht nötig, Mum. Ich habe alles im Griff. Außerdem telefoniere ich dann mit Chrissy. Sie hat Liebeskummer.«

Das war die zweite Lüge.

»Oh, okay.« Seufzend sanken ihre Schultern leicht, als würde sie für einen Moment all ihre Energie verlieren. Einen Augenblick lang verspürte ich ein leichtes Stechen im Bauch — ich wollte sie nicht enttäuschen. Eine unangenehme Stille breite sich zwischen uns aus, bis meine Mum sie abrupt unterbrach: »Wo bleibt Noah denn?« Sie sprang auf, doch dann hörte man ihn bereits die Treppe herunterkommen und sie setzte sich wieder.

Keines Blickes würdigte ich ihm, als er zur Küche hineintrat und sich mir gegenübersetzte. Er nahm seinen Teller und klatschte eine riesige Portion Spaghetti darauf, sodass ein Teil an der Seite herunterrutschte.

Meine Mutter schüttelte nur ihren Kopf, während sie das Schauspiel beobachtete. »Oh, sehr großzügig von dir, Noah. Danke, dass du wenigstens ein paar für deine arme Mutter übriggelassen hast«, sagte sie und nahm sich eine Portion aus dem Topf.

In der Zwischenzeit verteilte Noah die Bolognese auf seine Spaghetti »Ach Mum, du weißt doch, dass ich nach dem Training immer ausgelaugt bin und eine ganze Kuh verdrücken könnte«, sagte er mit einem Grinsen im Gesicht und schob sich die Gabel in den Mund.

»Ja, oder flachlegen«, rutschte es völlig unüberlegt aus mir heraus.

Noah hörte auf zu kauen und starrte mich mit vollem Mund an. Könnten Blicke töten, hätte mich auf der Stelle ein Blitz darnieder gerafft.

Mum schaute mich irritiert von der Seite an und zog die Augenbraue hoch. »Was soll das denn heißen? Und was sind das für Kommentare, die du in letzter Zeit von dir gibst?«

Noah senkte seinen Blick und schob sich schweigend die nächste Portion in den Mund.

Ich seufzte: »Ach, das war nur so ein Spruch, den ich heute in der Schule aufgegabelt habe. Er schoss mir bei Noahs Aussage in den Kopf.«

Das war Lüge Nummer drei. Oh Gott, ich machte Pinocchio langsam wirklich Konkurrenz. Wenn ich so weitermachte, würde ich bald eine Karriere als Lügenkönigin starten können. Lügen schienen in letzter Zeit meine zweite Sprache zu werden – und heute Abend hatte ich in Rekordzeit gleich mehrere aufgetischt. Doch was blieb mir anderes übrig? All die Lügen dienten nur einem Zweck: Stressvermeidung, denn Stress mit Mum war das Letzte, was ich aktuell gebrauchen konnte. Der letzte Streit mit ihr hing mir noch sehr in den Knochen. Außerdem bereiteten mir die Konflikte mit Noah, Lukas und vor allem mit mir selbst genug Kopfzerbrechen. Mir fiel ein Zitat ein, das ich vor Kurzem gelesen hatte: *Doch*

Lügen sind wie Schmetterlinge – sie sehen schön aus, aber sobald man ihnen zu nahe kommt, fliegen sie weg.

»Also habt ihr nichts Interessantes zu besprechen?«, fragte Mum und musterte uns mit einem ernsten Blick.

Noah und ich blieben stumm. Seufzend schaute meine Mutter zwischen uns hin und her, ehe sie ihre Gabel auf dem Tisch ablegte. »Okay, was ist hier los?«

»Nichts, was soll denn los sein?«, sagte Noah, bevor ich etwas erwidern konnte. Er sah mich flehend an.

»Ich kenne meine Kinder und weiß ganz genau, wenn zwischen euch dicke Luft herrscht. Was war es diesmal?«, wandte sie sich an mich. »Hat Noah sich über deine Freundinnen lustig gemacht?«

Schweigen.

»Oder hat er in deinem Tagebuch gelesen?«

Schweigen.

»Hat er wieder Sachen von dir genommen, ohne dich zu fragen?«

»Warum werden hier nur Dinge aufgezählt, die ich angeblich falsch gemacht habe? Warum kann der zickige Engel nicht auch mal schuld sein?«

Noah starrte mich herausfordernd an, doch ich schwieg.

Ich hatte ihm nichts entgegenzusetzen.

Das Essen verlief weiterhin schweigsam. Ein paar Mal seufzte meine Mum, sah auf, um etwas zu sagen, aber ließ den Kopf resigniert und wortlos fallen und aß weiter.

Als wir mit dem Abendessen fertig waren, zog ich mich mit der Ausrede ´Kopfschmerzen´ auf mein Zimmer zurück und brachte so Lüge Nummer vier über die Lippen. Noah wurde zum Tischdienst verdonnert, während sich meine Mum für die Arbeit fertigmachte.

Erschöpft ließ ich mich aufs Bett fallen, setzte die Kopfhörer auf und kramte im Rucksack nach Julias Aufzeichnungen. Mein Ziel war es, doch noch etwas von Genetik zu begreifen, doch mein Plan hatte einen entscheidenden Haken – ich hatte Noah nicht eingeplant. Sobald Mum das Haus verlassen hatte, stürmte er in mein Zimmer.

»Bellena! Wir klären das jetzt!«, forderte er mit einem Ton, der keine Widerrede duldete. Genervt rollte ich mit den Augen und wandte mich demonstrativ ab. Auf ein Gespräch mit ihm hatte ich absolut keine Lust. Die Musik drehte ich so laut auf, dass seine Worte in den Beats untergingen. Falls er dachte, er könnte mich zu einem Gespräch zwingen, hatte er sich geirrt. Schon zweimal hatte ich ihn so abgeblockt und jedes Mal hatte er die Tür wütend hinter sich zugeknallt. Ich war mir sicher, dass es auch diesmal nicht anders laufen würde. *Soll er sich doch um seine perfekte Aria kümmern,* dachte ich bissig.

Ich lag auf dem Bett und ließ das Dröhnen der Musik auf mich wirken. Gelernt hatte ich nicht, die Unterlagen befanden sich nach wie vor im Rucksack. Auf dem Nachttisch vibrierte mein Handy. Genervt griff ich danach und spürte den Impuls, es direkt gegen die Wand schleudern zu wollen. Lukas – schon wieder. Es war seine vierte Nachricht heute. Widerwillig öffnete ich das Nachrichtenfeld. Mein Blick fiel auf die drei kleinen Punkte neben seinem Namen, hinter denen das Wort *Blockieren* lauerte. Der Gedanke, Lukas aus meinem Leben zu verbannen, ließ mich innehalten. Mein Finger schwebte zögernd über dem Bildschirm, während ich mich fragte, ob ich dazu bereit war. Ich atmete tief ein und wieder aus. Dann drückte ich den Button, um das Handy zu sperren, und warf es neben mir auf das Bett.

Zwischen Lukas und mir herrschte eisiges Schweigen, genau, wie ich es wollte. Auf dem Schulgelände nickte ich ihm höchstens flüchtig zu, während er stehen blieb, um ein Gespräch zu suchen. Doch ich marschierte stur weiter, mit erhobenem Kinn und einem ausdruckslosen Gesicht. In Wirklichkeit wollte ich nicht schweigen, sondern schreien. Ihm sagen, was für ein Arsch er war und dass er mich in Frieden lassen sollte. Jedoch hatten diese Worte etwas Endgültiges an sich und dazu war ich bisher noch nicht bereit. Die Hoffnung, dass er erkannte, welchen einen Fehler er gemacht hatte und Leonie verließ, war nach wie vor da. Doch ich bezweifelte, dass es wieder wie vorher werden würde. Zurzeit hatte ich keinerlei Vertrauen zu ihm, also strafte ich ihn mit Schweigen und ignorierte seine Anrufe und Nachrichten, in denen er sich entschuldigte und um ein Treffen bat, wo er alles klären wollte. Was will er mir groß erklären? Dass er genauso schwanzgesteuert ist wie der Rest der Kerle? Warum gibt es bloß so viele Idioten auf der Welt?

Seufzend drehte ich mich zur Seite und sah das Shirt mit dem Kaffeefleck. Unweigerlich musste ich an diesen Rüpel mit den türkisblauen Augen denken. Seit unserem Zusammenprall vor zwei Tagen hatte ich ihn nicht mehr gesehen. Ich holte mir die Erinnerung in mein Gedächtnis und ließ unser Aufeinandertreffen wie einen Film vor meinem geistigen Auge abspielen.

»Findest du nicht, dass der Kaffeefleck mit dem Erdbeerfleck harmoniert?«, drangen seine Worte in meinen Kopf.

Ich war wie hypnotisiert von den türkisblauen Augen, dass es einen Moment dauerte, bis ich meine Worte wiederfand. »Wow, was für ein Kompliment. Gibst du all deinen Dates Modetipps?«

Er lachte kurz auf und hob seine Braue. »Na ja, die Damen, mit denen ich mich sonst abgebe, haben Geschmack. T-Shirts mit Erdbeeren haben sie höchstens im Kindergarten getragen.« Dann zwinkerte er mir herausfordernd zu.

»Geschmack? Wohl kaum, sonst würden sie einen Bogen um dich machen.« Mit einem siegessicheren Grinsen ließ ich meine Worte wirken und genoss den kurzen Moment seines Schweigens.

Den halb vollen Kaffeebecher stellte er aufs Fensterbrett und bückte sich, um seine Bücher vom Boden aufzusammeln. Auch sie hatten ein paar Spritzer abbekommen, die er kurz abschüttelte, bevor er sie stapelte und in seinen Rucksack verstaute. Nachdem er ihn wieder geschultert hatte, griff er nach dem Becher und drehte sich zu mir um. »Tja, wie ich schon sagte. Sie erkennen, was gut für sie ist.« Plötzlich kam er mir so nah, dass ich seinen warmen Atem auf meiner Wange spüren konnte. Mein Herzschlag setzte einen Moment aus, als er in mein linkes Ohr flüsterte. »Aber ich glaube, etwas Geschmacksempfinden hast du doch. Du willst nur nicht zugeben, dass dir gefällt, was du siehst.«

Erneut setzte mein Herz kurz aus und ich rang nach Worten, während er sich zurückzog und durch seine braunen

Haare fuhr. »Leider muss ich unser Gespräch jetzt beenden.«
Lässig ging er an mir vorbei, ohne eine Reaktion abzuwarten.

Ich drehte mich zu ihm um und er blickte ebenfalls zurück,
lief ein paar Schritte rückwärts und rief: »Man sieht sich!«

»Hoffentlich nicht«, schoss ich zurück und hob
demonstrativ den Mittelfinger.

Er lachte, drehte mir dann den Rücken zu und verschwand
um die Ecke.

Schmunzelnd starrte ich auf die Zimmerdecke. Ja, ich gebe
es zu – es hatte mir gefallen. Endlich konnte ich meine Wut
bei jemandem abladen, ohne dass es ihn störte. Meine Worte
prallten an ihm ab und seine Arroganz faszinierte mich mehr,
als ich zugeben wollte. Er war einer der wenigen Menschen,
die mich wirklich sprachlos machten.

Plötzlich verstummte die Musik. »Jetzt reicht´s, Bellena!«,
schrie Noah wütend. »Du ignorierst mich seit Tagen und
Mum löchert mich mit immer mehr Fragen. Du weißt, wie
sehr sie es hasst, wenn wir uns streiten.«

Regungslos blieb ich liegen, die Augen fest geschlossen.
Sein Flehen prallte einfach an mir ab.

»Bellena, jetzt rede endlich mit mir. Bitte!«

Doch es kümmerte mich nicht. Ich hörte, wie er aus
meinem Zimmer stampfte. Vorsichtig öffnete ich die Augen,
nur um sie zufrieden wieder zu schließen. Na also, endlich
Ruhe.

Leider hatte er die Zimmertür offengelassen, aber das war
egal. Hauptsache, er war wieder weg. Ich wartete einen
Moment ab, mit dem Ziel, die Tür selbst zu schließen. Wenn
ich gleich aufgesprungen wäre, bestand das Risiko, dass Noah
direkt zurückkam. Erneut schloss ich die Augen und genoss

für einen Moment die Ruhe, bevor ich sie fassungslos aufriss. Hatte er das wirklich getan? Ich fuhr hoch, als kaltes Wasser mir das Gesicht herunterlief. Es tropfte in mein Haar und über meine Schultern.

Ich sah, wie mein Bruder schmunzelte. »Sag mal, spinnst du eigentlich?!«

»Ach, sie spricht. Den Trick merke ich mir.«

»Verschwinde aus meinem Zimmer, Noah«, schrie ich so laut, dass es garantiert die ganze Nachbarschaft hören konnte.

»Nö, erst wenn wir das geklärt haben.« Regungslos blieb er mit seinem Eimer vor meinem Bett stehen. Ich wurde sauer.

Wenn er nicht ging, würde eben ich gehen. Wütend stampfte ich ins Bad, um mir ein Handtuch zu schnappen, doch Noah trottete mir wie ein Schoßhund hinterher, ohne eine Sekunde mit seinem Redeschwall zu pausieren.

»Lass uns doch einfach reden. Es tut mir leid, was ich gesagt habe. Aber was du mir an den Kopf geworfen hast, war auch nicht besser. Ich mag Aria wirklich und ich springe nicht gleich zur Nächsten. Ich will einfach nicht, dass unsere Mutter erfährt, dass Aria über Nacht da war. Du weißt doch wie sie ist. Dann fängt sie wieder mit diesen peinlichen Blümchen und Bienchen Gesprächen an. Also will ich im Grunde auch dich schützen. Oder hast du Lust, die nächsten Tage das Gespräch beim Abendbrot zu führen?«

Ich lief ins Zimmer zurück, Noah mir direkt hinterher. Genervt sah ich ihn an. »Okay, Entschuldigung angenommen. Und jetzt geh bitte.«

»Nein!«, sagte Noah, während er sich aufs Bett setzte.

»Und warum nicht? Was möchtest du hören? Dass ich Mum nichts erzähle? Das habe ich bisher nicht, also werde ich es auch weiterhin nicht. Können wir das jetzt bitte beenden? Ich muss noch Hausaufgaben machen.«

Ich drehte mich zu meinem Schreibtisch und tat so, als würde ich meine Unterlagen zusammensuchen. Aus einem Augenwinkel sah ich, wie er mit einem Kissen ausholte. Blitzschnell duckte ich mich, sprang zum Bett und schnappte mir ebenfalls eins. Es war nass, aber es war mir egal. Eine Kissenschlacht wie früher. Es war so lange her, dass wir dies gemacht hatten. Als es Noah traf, flogen einige Wasserspritzer im Raum herum. Egal, wichtiger war, dass wir Spaß hatten. Die Kissen flogen hin und her, bis wir mutig genug waren, sie uns direkt um die Ohren zu hauen. Als Noah eine Vase traf, die in unzählige Teile zersprang, knallte ich ihm mein Kissen direkt ins Gesicht, sodass er seins fallen ließ und die Hände abwehrend nach oben hielt. »Okay, okay, du hast gewonnen! Ich ergebe mich.«

Völlig außer Atem ließen wir uns auf mein Bett fallen und starrten schweigend zur Decke. Nach einer Weile brach Noah das Schweigen. »Ich mag Aria wirklich und mir ist wichtig, dass du sie auch magst. Kannst du es versuchen?« Noah legte sich auf die Seite, stützte seinen Kopf auf seine Hand auf und lächelte mich an: »Und übrigens, dass mit dem ›dich mag keiner‹ war Quatsch. Lukas ist eben blind, wenn er dich nicht interessant findet. Klar, du bist manchmal etwas stur, launisch und ein kleines bisschen nervig. Aber hey, es gibt durchaus Jungs, die so etwas mögen.« Nach einer kurzen Pause fuhr er fort, während ich weiter schweigend an die Decke starrte. »So wie Jay zum Beispiel.«

Ich runzelte die Stirn und drehte den Kopf zu ihm. »Jay? Wer ist das denn?«

»Arias Bruder. Du hattest seinen Kaffee auf deinem Shirt.«

Ich riss die Augen auf und stammelte: »Ihr Bruder? Das hat er dir erzählt?«

»Ja, hat er.« Noah erhob sich von meinem Bett und ging Richtung Zimmertür. »Er hat mir deinetwegen Löcher in den Bauch gefragt. Du scheinst einen bleibenden Eindruck bei ihm gemacht zu haben. Was hältst du von ihm?«

»Er hat schöne Augen.« Ich seufzte, legte den Kopf schief und blinzelte zu Noah, bevor ich meine Fassade fallen ließ an und sagte: »Aber sonst ist er ein Arsch.«

Noah lachte laut. »Na gut, wie auch immer. Ich muss los, Aria wartet. Soll ich Jay liebe Grüße von dir ausrichten?«

Mir stieg Röte ins Gesicht. »Du spinnst doch!« Ich warf meinem Bruder ein Kissen hinterher, das von der Tür abprallte und zu Boden fiel. Von Noah hörte ich nur noch sein Lachen, das sich immer weiter entfernte. Ich schmunzelte, froh darüber, dass wir den Streit mit einer unserer heiß geliebten Kissenschlachten beigelegt hatten.

Früher gehörten Burgenbauen, Kissenwerfen und uns gegenseitig Geschichten vorlesen zu unseren liebsten Beschäftigungen. Oma Lena backte uns Kekse und stellte sie vor den Eingang unserer Deckenburg. Doch diese Rituale waren selten geworden. Nicht nur, weil sie nicht mehr bei uns war, sondern auch, weil wir älter geworden waren. Noah zog die Gesellschaft seines Fußballteams und der Damenwelt vor, ich verbrachte zunehmend mehr Zeit mit Lukas. Doch jetzt, wo auch er fehlte, weil er Leonies Gesellschaft vorzog, blieben mir nur Chrissy und Julia.

Ich schob den Gedanken von Lukas beiseite. Vielleicht hatte Noah recht? Lag es wirklich daran, dass ich oft so schlecht gelaunt war? Vielleicht braucht Lukas jemanden, der an ihm klebt und Honig ums Maul schmiert? Ein braves Püppchen, das sich nur für die neueste Mode interessiert und sich mittags schon fragt, was es morgen anziehen soll. Aber sollte er mich nicht so mögen, wie ich war, aufmüpfig und nicht auf den Mund gefallen.

»Es scheint, als hättest du einen positiven Eindruck hinterlassen«, hallten Noahs Worte in meinem Kopf wider. Jay – jetzt kannte ich seinen Namen. In meinen Gedanken blitzten seine Augen auf und ich hörte seine Worte von unserer ersten Begegnung. Seine Schlagfertigkeit ließ mich nicht los. War es wirklich nur sein Blick, der mir unter die Haut gegangen war?

Kapitel 4

Ein paar Streichhölzer oder Klebeband wären jetzt hilfreich, denn ich hatte Mühe, nicht auf der Stelle einzuschlafen, als ich an einem der hinteren Tische im Speisesaal der Schule saß. Was war dass für eine Nacht. Ein unheimliches Flüstern und blutrote Augen verfolgten mich, bis ein geflügeltes Wesen in Flammen aufging. Wieder ein Traum, der meinen Körper zum Glühen brachte.

Noch drei Stunden Unterricht musste ich hinter mich bringen, sowie diese verfluchte Leistungskontrolle, für die ich gestern sogar noch gelernt hatte. Dank Julias Aufzeichnungen begriff ich zumindest etwas. Den Unterschied zwischen DNA und RNA, ebenso die Vererbung von Blutgruppen und Augenfarben hatte ich jedenfalls kapiert. Aber ohne Schlaf konnte das nur schiefgehen und es würde wohl wieder eine Vier oder Fünf werden.

Indem ich das Treiben der Cafeteria beobachtete, versuchte ich mich wachzuhalten. Am Eingang entdeckte ich meine Freundinnen. Julia stellte sich in der Schlange an, während Chrissy zu mir herüber schlenderte. Sie sah wie immer fantastisch aus. Das weiße Trägerkleid, mit den blauen Blumenapplikationen ließ ihren braunen Hautton strahlen. Ihre dunklen Haare hatte sie lässig zu einem halben Pferdeschwanz gebunden.

»Na du. Wir haben uns schon gefragt, wo du steckst.« Mit gerunzelter Stirn schaute Chrissy mich an und wusste sofort, was los war. Heute Morgen hatte ich die Bombe platzen lassen. Beide konnten kaum glauben, dass ich die Träume vor ihnen verheimlicht hatte. Vor allem Julia schüttelte ungläubig den Kopf, als deren Inhalte wiedergab. Während Chrissy mich löcherte, hörte sie nur zu und grübelte, bis es zum Unterricht klingelte.

»Du brauchst dringend Schlaf. Solltest du nicht lieber schwänzen?«, fragte Chrissy besorgt.

»Ich kann nicht. Wir schreiben Bio in der letzten Stunde, schon vergessen?«

Sie sah mich skeptisch an und setzte sich mir gegenüber. »Und du meinst, das wird eine gute Note? Du siehst aus, als könntest du im Moment nicht mal bis zehn zählen. So kann das nicht weitergehen. Womöglich solltest du doch mal mit deiner ...«

»Nein, ich sage meiner Mum nichts.« Entschieden sah ich Chrissy an. »Und ihr auch nicht. Ihr habt es mir versprochen.«

»Ja, das werden wir auch nicht.«

Erleichtert lehnte ich mich zurück. Chrissy beugte sich näher und flüsterte »Aber wir müssen dringend etwas gegen deine Schlafprobleme unternehmen.«

»Ich bin da schon dran«, ertönte plötzlich Julias Stimme neben uns.

Chrissy und ich sahen überrascht auf, da wir nicht bemerkt hatten, dass sie an unseren Tisch getreten war.

Julia stellte ihr Tablett ab und setzte sich neben Chrissy, bevor sie mich eindringlich ansah. »Ich habe ein bisschen recherchiert. Es war eigentlich unkompliziert. Dass du da nicht selbst drauf gekommen bist?«

Ich zog eine Braue nach oben. Ein passendes Gegenargument war mir schon eingefallen, aber ich war zu müde, um es rauszuhauen.

Kurz hielt sie inne, um offenbar die Spannung zu steigern. Während sie ihn ihr Brötchen biss, sprach sie weiter, als wäre es das Normalste der Welt. »Engel.« Dann pausierte sie erneut, als erwartete sie, dass wir etwas dazu sagen würden. Jedoch sahen Chrissy und ich unsere Freundin nur fragend an. »Du sagtest doch, dass du heute Nacht jemanden mit Flügeln gesehen hast, der in Flammen aufging. Also habe ich nach geflügelten Wesen in Träumen gesucht und bin auf Engel gestoßen. Sie können nicht ohne Einwilligung in das Menschenleben eingreifen und kommunizieren stattdessen über Illusionen, Symbole oder Zahlen. Dies würde auch erklären, warum dein Haus eine andere Nummer hatte oder das Autokennzeichen dein Geburtstag war. Engel lenken unser Unterbewusstsein auf bestimmte Ereignisse wie Zahlen oder Uhrzeiten, um Botschaften zu überbringen.«

Lächelnd sah sie zwischen Chrissy und mir hin und her, bis ihr Blick auf mir ruhte. »Ich weiß, das klingt verrückt. Aber hast du nicht selbst gesagt, dass es keine normalen Träume sind? Dass du das Gefühl hast, es ist real? Du meintest, du kannst die Hitze des Feuers noch lange spüren, nachdem du aufwachst. Und dieses Gefühl, verfolgt zu werden ...«, Julia legte den Kopf schief, »Möglicherweise spürst du die Anwesenheit eines Engels?«

»Hörst du eigentlich, was du da sagst?«, ergriff Chrissy das Wort. »Du willst uns doch auf dem Arm nehmen? Du glaubst doch nicht ernsthaft daran?«

»Ich erzähle nur die Fakten. Und Fakt ist, dass es Aufzeichnungen gibt, die von Engelserscheinungen berichten«, erwiderte Julia ruhig.

»Ja, nee, ist klar. Und jetzt kommen sie zu mir? Und was wollen sie mir damit sagen, du Engelsflüsterin?«, entgegnete ich sarkastischer, als ich es wollte.

Julia holte tief Luft und nahm ihr Handy zur Hand. »Die Zahl neun, die du in deinen Träumen als Hausnummer gesehen hast, steht für die Erfüllung des tieferen Zwecks deiner Seele. Es ist ein Zeichen der Engel, dass es an der Zeit ist, mit der echten Arbeit zu beginnen.« Sie scrollte weiter nach unten. »Und wenn du deinen Geburtstag siehst, wollen sie, dass man sich auf seine Aufgabe konzentriert. Sie versuchen dir klarzumachen, dass du eine andere Identität hast und du dich nicht mit anderen vergleichen sollst.«

Grübelnd sah ich Julia an. Es ergab auf bizarre Weise Sinn, was sie da vorlas. Jedoch klangen die Bedeutungen der Zahlen genauso blödsinnig wie Horoskope aus den Klatschzeitungen. »Sorry Julia, jetzt bin ich genauso schlau wie vorher. Ich weiß auch so, dass ich anders bin. So wie ihr auch. Jeder ist einzigartig. Und mit was für eine Arbeit soll ich beginnen?«

»Vielleicht meine Hausarbeit in Geschichte? Dann muss ich sie nicht schreiben«, schlug Chrissy schmunzelnd vor und sah mich hoffnungsvoll an.

Ich zog eine Braue hoch. »Vergiss es. Die schreibst du schön selbst. Ich habe genug mit meinen eigenen Schularbeiten zu tun.« Daraufhin wendete ich mich Julia wieder zu. »Was ist mit dem Flüstern und den roten Augen?«

Sie holte Luft, doch ich unterbrach sie, bevor sie etwas sagen konnte. »Danke, dass du dich so bemüht hast Julia, aber ich glaube nicht an Engel und erst recht nicht, dass sie mir Botschaften schicken. Können wir das Thema damit bitte beenden? Meine Träume holen mich heute Nacht wieder früh genug ein.«

»Okay, wenn dich das bis jetzt nicht überzeugt hat, dann vielleicht das hier!« Julia hielt mir ihr Handy direkt vor die Nase und ich starrte sprachlos auf ihr Display. Es war meine Kette auf dem Display zusehen. Nun, nicht genau dieselbe, aber mit dem gleichen Symbol. In einem Brief hatte meine Oma mir das Erbstück hinterlassen. Darin stand, dass ich sie immer bei mir tragen sollte.

Julia ergriff wieder das Wort. »Das Symbol nennt man Metatrons Würfel. Es wird in der Esoterik häufig genutzt, um die Macht der Engel zu rufen. Metatron gilt als der mächtigste aller Engel.« Sie ließ das Handy sinken, während sie in mein sprachloses Gesicht blickte. »Vielleicht schenkst du jetzt dem Ganzen mehr Aufmerksamkeit? Du träumst von Zahlen, die Botschaften sein könnten, heute Nacht von einem geflügelten Wesen und trägst das Symbol des mächtigsten Engels um deinen Hals.«

Es zu glauben, fiel mir schwer. Hatte Julia recht? Versuchte eine höhere Macht, mit mir in Kontakt zu treten? Wenn ich mich richtig erinnere, hatte meine Oma einige Bücher über Engel. Damals hielt ich es für belanglose Lektüre. Warum sollte ich den Büchern auch eine höhere Bedeutung schenken? Es waren ein paar von vielen, denn sie hatte eine ganze Bibliothek zu Hause besessen. Ich verlor mich weiter in Gedanken. War es vielleicht sie selbst, die mir etwas mitteilen wollte? Vor meinem inneren Auge tauchten die alten Wälzer auf. Es waren Bücher über Tarotkarten, weiße Magie, Dämonen und Kontakte zum Jenseits. Bücher, die ich selbst in den Händen gehalten hatte. Im Vergleich dazu waren die Bände über Engel eher unauffällig.

»Eins ist ein Vorfall, zwei ist ein Zufall, aber drei ist ein Muster«, riss Julia mich aus meinen Überlegungen.

»Lass mich raten!«, sagte Chrissy. »Das ist aus *Teenwolf*. Die Serie ist so cool. Ist Scott nicht Zucker?« Ihre braunen Augen strahlten, während sie uns weiter vorschwärmen wollte, doch Maja unterbrach sie. »Oh ja, das ist er. Aber Stiles ist auch nicht schlecht. Er ist so charmant. Findet ihr nicht auch?«

»Öhm. Ja, doch. Er hat etwas«, stammelte Chrissy.

In meinen Kopf ratterte es. Wo kam sie so schnell her? Hatte sie etwa unser Gespräch mitgehört? Maja war wie eine Fliege. Sie tauchte immer dann auf, wenn man sie am wenigsten brauchte und los wurde man sie auch nicht so einfach. Auch dieses Mal sollte es so sein, denn sie setzte sich neben mich und begann unaufhaltsam, von der Serie weiter zu schwärmen.

Fragend sahen Chrissy, Julia und ich uns kurz an, bevor wir unsere Blicke wieder zu ihr wandten. Gedankenverloren zwirbelte sie den Finger in ihrer dicken, struppigen Haarmähne, während sie weiter plapperte und mittlerweile beim Film angekommen war, der anscheinend letztes Jahr veröffentlicht wurde. Als sich durch das ständige Zwirbeln ein Knoten gebildet hatte, zog sie kurzerhand das Haarbüschel heraus und ließ es achtlos auf den Boden der Cafeteria fallen. Im Anschluss machte sie sich an der nächsten Strähne zu schaffen. Angewidert verzogen wir alle das Gesicht und ich rückte etwas von ihr ab. Sie schien es nicht zu bemerken, denn ihr Mund redete unaufhaltsam weiter, bis sie schlagartig ihren Vortrag stoppte. »Das darf doch nicht wahr sein.« Mit der Hand schob sie ihre Brille zurecht, bevor sie entschlossen aufstand und zu einer Gruppe Jungs stampfte, die gerade ein Schulbuch als Fußball benutzten.

Das war unsere Rettung. Maja war nämlich nicht nur nervig, weil sie wie ein Wasserfall quatschte. Nein, sie war auch die Petze vom Dienst und die größte Klugscheißerin der Schule.

Wir beobachteten noch kurz das Schauspiel, bis Chrissy fragte, was wir alle dachten. »Meint ihr, sie hat uns schon länger belauscht und weiß von deinen Träumen oder Julias Theorie?«

»Ich glaube eher nicht. Sie hätte sicher Einwände gehabt und uns schon längst mit ihren schlauen Weisheiten belehrt«, sagte Julia trocken. »Okay, jetzt mal zurück zum eigentlichen Thema. Wir sollten die Kette genauer unter die Lupe nehmen und bei deiner Oma nachsehen. Was meinst du dazu, Bellena?«

»Es kann nicht schaden.« Ich bemühte mich, möglichst gleichgültig zu klingen, doch offenbar sahen meine Freundinnen mir meine Unsicherheit an, denn sie musterten mich eindringlich. Um der Situation zu entkommen, schaute ich mich im Speisesaal um. Unerwartet traf mein Blick die türkisblauen Augen von Jay, der mich interessiert musterte. Sofort senkte ich den Kopf und spürte, wie eine warme Röte in meine Wangen aufstieg.

»Was ist?«, fragte Chrissy und sah sich um. »Oh, lass mich raten. Etwa der süße Typ von Montag? Welcher ist es denn?«

»Der mit dem Trikot Nummer elf. Und außerdem ist er nicht süß.«

Nun drehte auch Julia sich nach ihm um.

»Starrt ihn doch nicht so auffällig an! Sonst weiß er sofort, dass wir über ihn reden.«

Synchron drehten ihre Köpfe sich zurück. Chrissy fiel es schwer, sich ein Lachen zu verkneifen, und Julia schnappte sich direkt schon wieder ihr Handy. »Lass uns mal nachsehen. Da steht es ja. Die Zahl elf ist eine Meisterzahl. Sie bedeutet, dass du auf deiner tieferen Intuition hören solltest. Vielleicht wirst du gleich jemanden treffen, dessen hohe Energie deine Vibration auf neue Höhen heben wird.«

Augenrollend sah ich Julia an.

»Na, wenn das nicht Noahs kleine Schwester ist. Hallo Bellena. Heute mal mit sauberem Shirt unterwegs?«

Überrascht schaute ich auf. Keiner von uns hatte bemerkt, dass Jay an den Tisch getreten war. Mein Herz raste.

»Hey, ich bin Jay«, begrüßte er Chrissy und Julia kurz und ließ dann seinen Blick auf mir haften. Meine Freundinnen erwähnten ihren Namen, ob er sie aber vernommen hatte, war unklar. Seine Augen blieben weiterhin an mir kleben, als wartete er auf ein Zeichen meinerseits. »Na, heute so schweigsam? Ich habe gehört, dass du sonst eher ein großes Mundwerk hast.«

»Es kommt und geht. Ich kann auch schweigen, wenn es nichts zu sagen gibt.« Seine Mundwinkel zuckten leicht, während ich ihn anfunkelte.

Chrissy und Julia schmunzelten sich vielsagend an. »Okay, wir gehen mal. Wir sehen uns später, Bellena. Ich schreibe dir dann später noch.« Julia schnappte sich ihr Tablett und forderte Chrissy mit einer knappen Kopfbewegung auf, sich zu erheben. Jay setzte sich mir gegenüber, während sie sich aus unserem Sichtfeld bewegten.

»Also erzähle mal. Wieso nennt man dich Bellena? Das ist doch nicht dein richtiger Name?«

»Kennen wir uns dafür nicht etwas zu wenig, um schon solche intimen Details zubesprechen?«

Jay lachte auf. »Dein Bruder hatte recht. Du weißt, was Schlagfertigkeit heißt.«

Verlegen biss ich mir auf die Unterlippe, während er mich mit einem schiefen Lächeln ansah. »Jay ist im übrigen auch nur ein Spitzname, den mir meine Mutter gab, als sie noch lebte. Eigentlich heiße ich Jason. Sie mochte ihn nicht, aber mein Vater bestand darauf. Bis heute ist er der einzige, der mich beim richtigen Namen nennt. Nicht einmal die Lehrer benutzen ihn. Wie bei dir ... Bellena. Deshalb interessiert mich, welche Geschichte hinter deinem Kosenamen steckt.«

Ich zögerte und beschloss, dass er mir mehr von sich erzählen sollte. »Und wie kam deine Mutter auf Jay?«

»Sie ließ einfach das »son« weg. Und da bei Jason nur das *Ja* übrig blieb, hängte sie ein *Y* an, wenn sie es schrieb, damit es besser aussah und da nicht bloß *Ja* stand.«

»Das ist die blödeste Erklärung, die ich jemals gehört habe.«

»Warum Bellena, die meisten Spitznamen entstehen durch Zufälle. Und wenn man ernsthaft darüber nachdenkt, ergeben sie selten einen Sinn.« Er pausierte. »Ich gebe zu, dass die Bedeutung von Jay in Indien Sieg bedeutet und das macht ihn noch ein wenig cooler, oder.« Er zwinkerte mir zu und flüsterte mir zu. »Aber behalte das lieber für dich, sonst denken alle, ich bilde mir darauf etwas ein.«

»Alles klar, du Sieger.«

»Und?« Jay schaute mich an.

»Was und?«

»Verrätst du mir nun dein Geheimnis?«

Seufzend gab ich nach. »Ich heiße Isabella Lena. Isabella gefiel meinem Vater, der kurz vor meiner Geburt starb. Lena hieß meine Oma.« Der Gedanke an sie versetzte meinem Herzen einen Stich, doch ich verdrängte ihn schnell. »Als ich klein war, konnte ich meine Namen nicht aussprechen. Alle verstanden nur Bellena und weil sie es süß fanden, hatten sie mich weiterhin so gerufen. Also du siehst, auch hierfür gibt es keinen tiefsinnigen Grund und soweit ich weiß, bedeutet er auch nichts, womit es sich lohnt anzugeben.«

»Hmm Bellena, also für mich klingt der Name wie Musik.«

Jays Blick bohrte sich in meine Augen und ich spürte, wie meine Wangen heiß wurden und ein Prickeln meinen Nacken entlanglief. Der Moment währte nur kurz, denn die Schulklingel ertönte und er sprang auf. »Sieht so aus, als müssen wir unser Gespräch später fortsetzen. Man sieht sich, kleine Schwester von Noah.«

Kapitel 5

*A*m Nachmittag traf ich mich mit meinen Freundinnen, denn Julia konnte es kaum erwarten, in Omas Bibliothek, nach Hinweisen zu suchen. In der Schule hatte sie Chrissy längst dazu überredet, auf dem Heimweg bearbeiteten die beiden dann mich.

»Komm schon, Bellena! Du willst doch auch wissen, was los ist. Wer weiß, wie lange wir noch ins Haus dürfen? Morgen könnte der Schlüssel schon weg sein.« Julia schubste mich mit ihrer Schulter an.

Doch sie übertrieb, denn so schnell würde das schon nicht geschehen. Der Verkauf des Hauses zog sich hin, da nach Omas Tod plötzlich verschollene Verwandte auftauchten und ihre Ansprüche geltend machten. Momentan kümmerten sich die Anwälte darum, bis zur Klärung sollten wir das Haus in Ordnung halten. Ein Umstand, der uns sehr gelegen kam.

Ich zweifelte weiterhin an Julias Theorien und noch weniger erwartete ich, etwas Nennenswertes zu finden. Trotzdem entschied ich mich für die Erkundungstour, obwohl ich mich lieber in meinem Bett gesehen habe. Schlafen war aber ohnehin nicht drin, denn Noah und Mum waren zu Hause und somit stieg das Risiko, dass sie etwas mitbekamen. Dieser Umstand sprach zusätzlich für Julias Idee, die Bibliothek auseinanderzunehmen. Außerdem erhoffte ich mir ein wenig Ablenkung, denn das Gespräch mit Jay heute Morgen, ging mir nicht aus dem Kopf. Die Art, wie er meinen Namen gesagt hatte, hinterließ noch immer ein prickelndes Kribbeln auf meiner Haut. Wieder und wieder spulte ich unser Gespräch im Kopf zurück. Die Art, wie er meinen Namen sagte, ließ mich einfach nicht los. Was meinte er damit? Warum klang mein Name wie Musik für ihn? Wieso hatte er seine Freunde stehen lassen, um mit mir zu sprechen? Dann noch die Geschichte über seinen Namen. Er hatte ihn von seiner Mutter sowie ich von meinem Vater und beide wurden sie uns genommen. Ging mir das Gespräch deshalb nicht aus dem Kopf, da wir ein ähnliches Schicksal teilten? Seine türkisblauen Augen und sein verschmitztes Lächeln schoben sich in meine Erinnerung, sodass mein Herz sofort mit der Beschleunigung seines Taktes reagierte.

»Hallo, Erde an Bellena.« Chrissy wirbelte mit der Hand vor meinem Gesicht herum.

»Wo bist du denn mit deinen Gedanken?«

»Ich, wieso? Was meinst du?«

Julia warf Chrissy einen vielsagenden Blick zu, trat an mich heran und legte mir sanft ihre Hand auf die Schulter. »Wir verstehen, dass es für dich immer noch schwer sein muss, hier zu sein. Immerhin befindet sich hier alles von deiner Oma. Sollen wir es lieber abbrechen?«

»Nein«, sagte ich scharf, woraufhin Julia erschrocken von mir abließ. »Entschuldige. Es ist nur ... diese Träume machen mich wahnsinnig. Ich möchte jetzt nicht aufhören. Ich muss wissen, ob an deiner Theorie etwas dran ist.«

Chrissy musterte mich. »Okay, aber wenn du eine Pause benötigst ...«

»Dann sage ich Bescheid. Hört auf, euch unnötig Sorgen zu machen. Ich bin nicht aus Zucker. Außerdem war ich in Gedanken nicht bei meiner Oma.«

»Jay oder Lukas?«, fragte Julia beiläufig und steckte bereits neugierig ihre Nase in ein Buch, mit dem Titel »Dämonen und wie sie sie bekämpfen können«.

»Wie war denn das Gespräch mit Jay in der Cafeteria?«, hakte Chrissy nach und ließ sich in den Schaukelstuhl fallen, den ich so sehr liebte.

»Wie soll es gewesen sein? Ich glaube, er wollte nur nett sein.«

»Nur nett sein? Und dafür kommt er einfach so zu uns an den Tisch? Das glaube ich nicht. Er wollte eindeutig mit dir sprechen. Und wie er dich angesehen hat.« Übertrieben klimperte Chrissy mit den Augen. »Er konnte kaum den Blick von dir lassen. Das ist dir wohl gar nicht aufgefallen?«

Ihre Vermutung traf genau ins Schwarze: »Nein«, log ich und begann ebenfalls im Regal zu suchen.

Omas Sammlung war erstaunlich, denn neben Klassikern wie Faust und Hamlet entdeckte ich Koch- und Sachbücher. Doch die interessanteste Sammlung war im hinteren Bereich versteckt. Warum war mir das vorher nie aufgefallen? Wenn ich sie besuchte, hatte ich gelegentlich ein einzelnes Buch gesehen. Doch jetzt sah ich ein ganzes Regal voll mit okkulten Bänden, von Hexenmagie bis Numerologie, Teufelsanbetung oder Götter. Ich nahm ein Buch über Engel in die Hand. Der Titel klang nach etwas, das mir weiterhelfen könnte, deshalb reichte ich es Chrissy. »Hier, befriedige deine Neugier erst mal damit.« Ich griff selbst nach einem Wälzer über Zeichen und Symbole, ließ mich auf die Sofalehne sinken und begann, darin zu blättern. Nach welchem Symbol ich suchen musste, wusste ich. Im Inhaltsverzeichnis forschte ich nach allem, was mit Feuer oder Metatron zu tun hatte.

»Das ist doch Zeitverschwendung. Die meisten Infos hier findet man auch im Internet. Wir sollten lieber nach persönlichen Aufzeichnungen suchen, wie einem Tagebuch oder so. Aber das?« Chrissy hielt das Buch nach oben und wedelte damit in der Luft herum.

»Hör auf zu nörgeln«, murmelte Julia ohne den Blick von ihrem Buch über Numerologie zu heben.

Chrissy seufzte und durchforschte weiter die Seiten, bis mein Handy unsere Recherche unterbrach. Schnaubend lehnte ich den Anruf ab. Prompt folgte eine Nachricht, mit einer weiteren Bitte um ein Gespräch. Ohne zu antworten, steckte ich es wortlos zurück in meine Gesäßtasche.

»Und wer war es?«, wollte Chrissy wissen.

»Nur Lukas. Er will reden.«

»Und, wirst du ihm antworten?«

»Nein.«

»Was, einfach nein?«

»Ja, einfach Nein.«

»Aber warum denn nicht?«

»Weil ich nicht mit ihm reden möchte. Solange er mit Leonie zusammen ist, will ich keinen Kontakt.«

»Denkst du nicht, dass du das ein bisschen eng siehst? Ja, wir mögen sie auch nicht, aber wenn er sie eben mag … Gefühle kann man sich nicht aussuchen.«

»Chrissy, ich will einfach nicht und damit ist die Diskussion beendet.«

Sie klappte das Buch lauter zu, als es nötig war, und krachte es demonstrativ vor sich auf den Tisch. Mit verschränkten Armen und einem trotzigen Blick sah sie mich an, doch ich ließ mich nicht ablenken und suchte weiter. Mein Blick blieb auf ein unscheinbares Buch haften, das mich regelrecht anzog. Es fühlte sich an, als ob es die Kontrolle über mein Handeln übernahm und mir keine Wahl ließ, es aus dem Regal zunehmen. Es war schwer, um die tausend Seiten dick und verströmte den Geruch alter Bücher. Bei jedem Umblättern stoben winzige Staubpartikel auf. Dann, plötzlich sah ich es, dass Symbol aus meinen Träumen. Es war ein Tetraeder und laut den Aufzeichnungen dem Element Feuer zugeordnet.

»Ich habe was gefunden.« Aufgeregt hob ich den Blick. Sofort kamen Chrissy und Julia zu mir und ich zeigte auf das Symbol. »Das ist das Zeichen, aus meinen Träumen.«

»Und das ist Metatrons Würfel im Hintergrund, dasselbe Symbol wie auf deinem Anhänger«, stellte Julia fest. »Zeig mal her, was da steht.« Sie las laut vor. »Metatrons Würfel enthält die Geheimformel zur heiligen Geometrie. Er ist der Schlüssel zur Schöpfung...« Ihre Stimme hallte in meinem Kopf wider und ich vernahm in mir ein Kribbeln. Was hatte meine Oma mir da hinterlassen? »Der Würfel entsteht aus der Blume des Lebens. Er setzt sich aus der zweidimensionalen Darstellung aus 13 Kreisen zusammen und in der dreidimensionalen aus 17 Kugeln. Diese sind jeweils durch Linien von ihrem Mittelpunkt aus miteinander verbunden. Daraus entstehen die Formen der heiligen Geometrie, aus denen die gesamte Schöpfung aufgebaut ist.« Julia übersprang einige unwichtige Stellen, bevor sie laut weiter vorlas. »In der dreidimensionalen Darstellung entstehen durch weitere Linienverbindungen die heiligen geometrischen Formen, die Urbausteine der Schöpfung, in einer absoluten Harmonie miteinander. Hexaeder, Ikosaeder,

Oktaeder, Tetraeder und Dodekaeder. Jedes steht für ein Element.« Erneut überflog sie einige Textstellen. »Er offenbart sich jenen, die bereit sind, Verantwortung für ihr Selbst zu übernehmen und das lebendige Sein auf höchster Ebene, durch Liebe, Worte und Taten mitzugestalten. Wenn das ewige Licht in dir erwacht,dann wird das Licht der Schöpfung dir antworten.«

»Und was bedeutet das für mich?« Die Worte klangen faszinierend und beängstigend zugleich und ich spürte, wie Verwirrung in mir aufstieg.

»Hmm, das weiß ich auch nicht«, sagte Julia und blätterte die nachfolgenden Seiten durch.

»Ich glaube nicht, dass mir das bei meinen Träumen weiter hilft«, murmelte ich.

»Vielleicht möchte der Engel dir seine Gabe zeigen. Ich habe es in dem Buch gelesen. Jeder hat eine, manche haben auch zwei, selten auch drei Fähigkeiten. Möglicherweise beherrscht dein Engel das Feuer?« Chrissy suchte nach der Seite.

»Mein Engel?«, wiederholte ich ungläubig.

»Ja, vielleicht ist er dein Schutzengel und möchte dich warnen«, sagte Chrissy und zuckte mit den Schultern.

»Warnen wovor?«

»Das ist das, was wir herausfinden müssen«, entgegnete Julia. »Bellena, du musst uns alles aus deinen Träumen erzählen. Jeder Hinweis zählt. Vielleicht setzt sich das Puzzleteil erst mit den nächsten Träumen zusammen.«

»Na toll. Ich will, dass die Träume aufhören und du sagst mir genau das Gegenteil.«

»Tut mir leid, aber das könnte wirklich helfen. Wenn du alles aufschreibst woran du dich erinnerst, haben wir vielleicht bald ein klareres Bild und kommen der Antwort näher. Lasst uns außerdem ein paar Bücher mitnehmen, damit wir in Ruhe zuhause stöbern können«, schlug sie entschlossen vor.

»Hm, das klingt nach einem Plan. Dann nehme ich alles über die Engel mit. Hier ist noch eins zu den Erzengeln und Metatron. Mit den Dreien bin ich vorerst eine Weile beschäftigt.« Chrissy nahm die Bücher aus dem Regal. Dabei fiel ein Blatt Papier heraus. Es wirkte alt und ehrwürdig, leicht braun verfärbt und zeigte eine elegante, präzise Handschrift.

Beschütze sie mit deinem Leben.
Ich verlasse mich auf dich.
M.

Langsam schlenderte ich durch die Bibliothek, ließ die Finger über die Buchrücken gleiten und drehte mich im Kreis. Der Raum, indem meine Oma sich immer am wohlsten fühlte, erfüllte mich mit einer inneren Ruhe. Tief atmete ich ein und aus, um den Geruch der alten Bücher in mir aufzusaugen. Ich sah den alten Schaukelstuhl, schloss die Augen und stellte mir vor, wie meine Oma dort saß und mir eine Geschichte vorlas.

Ich war sieben, vielleicht acht Jahre alt, hatte zwei geflochtene Zöpfe und trug mein Lieblingskleid. Es war rosa und am Rock hatte es viele bunte Blüten. Noch heute weiß ich, wie schmerzhaft es war, als es in die Altkleidersammlung ging. Meine Mum versuchte vergebens, das Kleid ein paar

Nummern größer zu bekommen. Doch all ihre Bemühungen blieben erfolglos.

Meiner Oma las aus der »Unendlichen Geschichte« vor, während ich auf ihrem Schoss saß und ihren Worten lauschte. Es war meine Lieblingsstelle, als Artreju auf den Glücksdrachen Fuchur traf. Erneut spürte ich die Aufregung, die ich damals empfand. Wie oft hatte ich mir damals gewünscht, dass Fuchur zu uns Menschen käme, so wie Bastian nach Phantasien gelangt war, und wollte durch die Lüfte mit ihm fliegen und ihn sanft hinter dem Ohr kraulen.

»Bellena«

Ich öffnete die Augen und blickte mich suchend umher. Hatte da nicht jemand meinen Namen geflüstert? Oder bildete ich mir das nur ein? Langsam schritt ich durch die Gänge und sah mich immer wieder in alle Richtungen um, doch weit und breit war niemand zu sehen.

»Bellena, sei vorsichtig.«

Erschrocken erneut das Flüstern zu hören, blieb ich stehen und spürte einen kühlen Luftzug im Nacken. Wachsam drehte ich mich über die Schulter hinweg um. In der Dunkelheit starrten mich zwei glühend rote Augen an, die regungslos in der dunklen Ecke verharrten. Schockiert wich ich rückwärts, während sie mich unverwandt fixierten. Mein Herz schlug wild in meiner Brust. Es war so heftig, dass ich dachte, es würde sich herausreißen und wegrennen wollen. Schlagartig leuchteten Tetraeder rechts und links von mir auf und eine glühende Hitze strömte auf mich zu. Ein Feuerball schoss heran und entzündete alles um mich herum in lodernden Flammen.

Noch immer pochte mein Herz unaufhaltsam gegen meinen Brustkorb, als ich mich ruckartig aufsetzte. Nach Luft japsend, glühte mein Körper, als hätte ich das Feuer wirklich durchquert. Schweißperlen liefen mir über die Stirn und mein Blick fiel auf die roten Zahlen des Weckers. Es war 1:11.

Sarafina lag an meinen Füßen und beobachtete mich mit ihren ruhigen Augen. Sie erhob sich, kam zu mir und schmiegte sich fest an meinen Körper. Instinktiv strich ich über ihr weiches, silbergraues Fell und ihr Schnurren erfüllte das Zimmer.

»Ach Sarafina, was sind das bloß für Träume?«

Sie schaute mich an, legte sich auf den Rücken, um mir zu zeigen, dass ich ja nicht aufhören sollte, sie zu kraulen. Ich tat es und spürte, wie ich mich beruhigte. Allmählich bekam ich meine normale Körpertemperatur zurück und auch meine Atmung normalisierte sich.

Als ich mich aufs Kopfkissen zurückfallen ließ, erinnerte ich mich an das Versprechen, alles aufzuschreiben. Mit einem leisen Stöhnen knipste ich das Licht an und griff nach dem Notizbuch, das ich vorsorglich auf dem Nachttisch platziert hatte. Ich durchforstete meine Gedanken nach jedem Detail, bis mir nichts mehr einfiel. Sarafina war längst wieder in tiefen Schlummer neben mir gefallen. Auch ich schloss meine Augen und glitt ebenfalls in den Schlaf.

Kapitel 6

Das Ende des Schuljahres stand bevor und heute war die Abschlussfeier. Doch allein der Gedanke daran zog meine Stimmung in den Keller. Natürlich freute ich mich auf die Sommerferien, den Abstand zur Schule sowie den dazugehörigen Schülern. Die letzten Wochen zogen sich in die Länge. Doch je näher wir den letzten Schultag kamen, desto mehr wuchs ein ungutes Gefühl in mir. Irgendetwas sagte mir, dass ich die Feier besser sausen lassen und stattdessen die Netflixserie beenden sollte, die ich vor zwei Tagen begonnen hatte. Die Gründe, zu Hause zu bleiben, könnten vielseitiger nicht sein.

Lukas und ich sprachen weiterhin kaum ein Wort miteinander. Er und Leonie waren, nach wie vor, unzertrennlich. Sie klebte an ihm wie ein Parasit. Sobald sie mich sah, begann sie ihre Zuneigung zur Schau zu stellen, indem sie ihm das ganze Gesicht abschleckte. Lukas schien es zu gefallen, denn er grinste dabei, als hätte er im Lotto gewonnen. Bei den Gedanken an die beiden kämpfte sich ein Würgereiz in mir nach oben. Erwartungsgemäß ging Lukas mir weiterhin mit seinen Entschuldigungen und Annäherungsversuchen auf die Nerven. Oftmals stand er auf meinem Schulweg in der Ecke, wartete und flehte mich an, mit ihm zu sprechen. Vor zwei Wochen war er plötzlich bei mir zu Hause aufgetaucht. Ich kam gerade von Chrissy zurück und sah ihn mit meiner Mum, bei einer Tasse Kaffee in er Küche sitzen. Wie erstarrte blieb ich für einen Moment stehen, drehte mich wortlos um und rannte die Treppe hinauf, nur um die Tür lautstark hinter mir ins Schloss fallen zu lassen. Meine Mum kam direkt hinterher, stürmte ungebremst ins Zimmer, um zwischen uns zu vermitteln. Aber ich hörte ihr nur halbherzig zu, unterdrückte meinen Ärger kaum und zischte sie an, dass er verschwinden soll. Meine Worte mussten laut genug gewesen sein, denn die Haustür fiel ins Schloss, bevor sie resigniert die Treppe hinunterging. Ich verstand einfach nicht, warum er mich nicht in Ruhe lassen konnte. Keine Stunde später blinkte schon wieder das Nachrichtensymbol auf meinem Handy.

Lukas: *Es tut mir leid. Es war falsch, einfach bei dir zu Hause aufzutauchen. Sorry.*

Ob er die Nachrichten nach dem Senden wieder von seinem Handy löschte? Wenn Leonie wüsste, dass Luke so unaufhörlich um meine Aufmerksamkeit kämpfte, würde sie bestimmt ausrasten. Nach diesem Vorfall hielt er zwar etwas Abstand, doch die Nachrichtenflut blieb. Mehrfach wäre der Button ›blockieren‹ eine willkommene Erlösung gewesen, jedoch brachte ich es nicht übers Herz. Tief in mir vermisste ich ihn doch schmerzlich.

Dann gab es noch die nächste nervige Person in meinem Leben. Jay! Jedes Mal, wenn wir uns über den Weg liefen, begrüßte er mich mit einem frechen: »Hallo, kleine Schwester von Noah.« Chrissy fragte mich einmal, was das soll und ob er sich meinen Namen nicht merken kann. Selbstverständlich kannte er ihn, schließlich war er wie Musik in seinen Ohren, aber er genoss es, mich zu schikanieren. Und ja, ich gebe zu, dass es mir ebenfalls gefiel. Bald wurde die Begrüßung zwischen uns zu einem festen Ritual. Ich ließ es mir nicht nehmen, ihn jedes Mal mit einem »Hallo Jason« zu kontern, wissend wie wenig er diesen Namen mochte. Anfangs funkelte er mich verärgert an, doch nach und nach begegnete er meinen Sticheleien mit einem breiten Grinsen. Zu Gesprächen, wie damals in der Cafeteria kam es kaum noch. Unsere Welten blieben getrennt. Er war auf dem Fußballfeld mit seinen Freunden und seiner Schwester und ich war mit meinen Mädels, Schulalltag und Abschlussfest-Vorbereitungen beschäftigt. Immer wieder erwischte ich mich dabei, wie ich hoffte, er würde mir doch noch einen seiner frechen Kommentare zu meiner Kleidung oder einen anderen blöden Spruch entgegenwerfe, den ich dann im Keim ersticken könnte. Sobald ich ihn sah, analysierte ich seine Haltung, Outfit und Gemütszustand, während mein Kopf einen Konter nach dem anderen durchspielte. Doch all diese Ideen musste ich im Hippocampus abspeichern, in der Hoffnung, dass sie eines schönen Tages zum Einsatz kamen und ich spürte, dass meine Zeit bald kommen würde. Wenn nicht auf der Party heute, dann spätestens zu Noahs Geburtstagsfeier Ende Juli. Schließlich ging Aria mittlerweile fast täglich bei uns ein und aus. Somit war sie und das gemeinsame Fußballspielen ein guter Grund für meinen Bruder, ihn einzuladen. Meine Mum hatte Aria inzwischen kennengelernt. Und ja, Noah schien sie ernsthaft zu mögen. Ich würde sogar behaupten, dass er sich Hals über Kopf verliebt hatte. Eine Feststellung, die mir für Chrissy sehr leidtat. Sie versuchte zwar, es herunterzuspielen, aber jedes Mal, wenn sie die beiden zusammen sah, konnte ich in ihren Augen sehen, wie sehr es ihr einen Stich versetzte.

Nach wie vor sprach ich kaum mit Aria. Mittlerweile hatte ich es mir abgewöhnt, sie mit ihrem richtigen Namen anzusprechen, weil es mich langsam selbst nervte. Sie war nicht wie ihr Bruder und ließ sich auf diese Neckereien nicht ein. Als ich sie das erste Mal Aria nannte, huschte kurz ein Lächeln über ihre Lippen, dass jedoch schnell verblasste. Sie war da, ich tolerierte sie und alle waren damit zufrieden. Als wir einmal allein in der Küche zurückblieben, spürte ich den Drang, sie über Jay auszufragen. Doch ich unterdrückte ihn, zumal Mum die Zweisamkeit nur kurze Zeit unterbrach. Also übernahmen wir schweigend den Tischdienst.

Vielleicht ergab sich auf der Abschlussfeier die Gelegenheit, Jay besser kennenzulernen? Die Möglichkeit ihn wiederzusehen, war der einzige Grund, warum ich mich doch ein wenig auf heute Abend freute. Ich mochte ihn nicht und verliebt war ich schon gar nicht. Aber er hatte etwas an sich, das mich faszinierte. Um den ganzen Frust der letzten Wochen loszuwerden, hoffte ich auf einen ordentlichen Schlagabtausch zwischen uns. Unweigerlich musste ich an unser erstes Zusammentreffen denken und den Eindruck, den er bei mir hinterlassen hatte. Er war ein arroganter, gut aussehender Mistkerl, der erwartete, dass jeder nach seiner Pfeife tanzte. Meine Beobachtungen der letzten Wochen, bestätigte dieser Eindruck immer wieder. Er gab den Ton bei seinen Freunden an und legte den Mädchen selbstbewusst den Arm um die Schulter. Alle, damit meine ich wirklich alle, ließen es ihm ohne Zögern durchgehen und schmachteten ihn an, als wäre er Gott höchstpersönlich. Dabei kümmerte es ihn nicht, ob sie sich untereinander die Augen auskratzen, weil er das Gleiche mit der besten Freundin am Vortag gemacht hatte. Dieses Verhalten signalisierten mir, dass ich mich von ihm fernhalten sollte. Im Gegensatz dazu war er jemand, bei dem ich mich austoben konnte, der mit meinem Sarkasmus umzugehen wusste und sich auf mein Level begab. Ein würdiger Gegner, um Dampf abzulassen, ohne mir Sorgen machen zu müssen, dass meine Kommentare ihn verletzen könnten. Ein Prellbock, den ich leider eine Weile nicht mehr sehen werde. Nicht nur, weil die Sommerferien begannen, sondern ich die Woche darauf mit Julia und Chrissy verreiste. Zwei, vielleicht drei Wochen an der See, ganz ohne festen Plan. Julias Familie hatte dort ein großes Ferienhaus, wo wir Zeit für uns hatten und noch etwas recherchieren konnten. Langsam gingen uns allerdings die Ideen aus, da wir schon alles durchforstet hatten, was uns in die Hände fiel. Natürlich hatten unsere Eltern nur zugestimmt, weil Julias Tante im Nachbarhaus wohnte und ein Auge auf uns haben würde. Es erforderte einiges an Überredungskunst, um meine Mum zu überzeugen. Nach zwei Wochen harten Verhandelns war ich endlich als Sieger hervorgegangen. Dabei blieb ich leider nicht ganz fair. Ich sagte ihr, dass sie ohnehin kaum Zeit für mich haben würde, da sie keinen Urlaub bekommen würde und eh ständig arbeiten musste. Im Nachhinein tat es mir leid, denn ich wusste, dass sie all diese Opfer auf sich nahm, um Noah und mir dieses Leben zu ermöglichen. Als Alleinverdiener ist es nicht immer leicht, ein Haus zu halten, alle Ausgaben zu stemmen und uns großzuziehen. Früher hatte sie meine Oma unterstützt, doch dies war ja bedauerlicherweise nicht mehr möglich.

Das Haus meiner Großmutter blieb weiterhin in unseren Händen. Die Anwälte hatten bisher keine Fortschritte erzielt und Details erfuhren Noah und ich kaum. Für meine Mum bedeutete es nur zusätzliche Arbeit, die ich ihr so gut es ging, abzunehmen versuchte. Da die Mädels und ich weiterhin nach Erklärungen für meine nervigen Träume suchten, durchstöbern wir mehrmals wöchentlich die Bibliothek des Hauses und suchten nach neuen Büchern, in der Hoffnung etwas übersehen zuhaben. Das Traumtagebuch war ebenfalls keine große Hilfe gewesen. PTBS bestimmte weiterhin mein Leben und bis auf wenige Nächte ließen mir die Träume keine Ruhe. Besuchten sie mich nicht in der Nacht, überfielen sie mich dafür am Tag. Ich hasste sie, denn sie wurden immer intensiver. Es reichte nicht mehr, dass ich durch einen Feuersturm aus dem Schlaf gerissen wurde. Nein, mittlerweile starben Menschen um mich herum und ich wurde von mehreren roten Augen und flüsternden Warnungen verfolgt. Der Erwartungen entsprechend handelten meine letzten Träume von der Abschlussfeier. Schüler starrten mich an, als gäbe es nur mich. Leonie, die sich über mich lustig machte, und Lukas, der in ihrer Nähe stand, ohne einzugreifen, und wie besessen von ihr wirkte. Rote Augen, die aus der Masse herausstachen und mich verfolgten. Ein Flüstern über meinen Kopf und dann erfasste ein Feuer alles um mich, bevor ich hochschreckte und erwachte. Die Träume wirkten wie eine Mahnung und ein ungutes Gefühl breitete sich in mir aus. Dass ich mehrfach vom selben Ort träumte, war neu für mich. Bei den Gedanken an die Feier stellten sich meine Nackenhaare auf. Was, wenn es wirklich eine Warnung war? Was, wenn ein Engel mir durch diese Träume sagen wollte, dass ich nicht hingehen sollte? Doch ich musste, denn Chrissy und Julia verließen sich auf mich. Sie kämen und würden mich an den Haaren dorthin schleifen. Und Julia würde, wie immer, diesen Spruch zum Besten geben: »Du musst dich deinen Ängsten stellen. Um sie zu überwinden, musst du durch sie hindurch, nicht um sie herum.«

Unsicher betrachtete ich mich im Spiegel und musterte das Kleid, das Chrissy mir geliehen hatte. Es war weiß und mit rosa Blüten verziert. Der Rock war mehrfach gerüscht, während das Oberteil eng anlag. Ja, es stand mir, irgendwie, aber wohlfühlte ich mich darin nicht. Der Rock endete nur knapp unter meinem Gesäß und zeigte eindeutig zu viel Bein. Auch meine heiß geliebten Turnschuhe würden nicht dazu passen. Chrissy bestand darauf, dass ich es unbedingt tragen sollte, denn angeblich würde ich damit allen Jungs den Kopf verdrehen. Aber mir war nicht danach, die Aufmerksamkeit auf mich zu lenken. Außerdem hatte ich dieses Kleid in meinen Träumen getragen, was mir ein ungutes Gefühl gab, weshalb ich es kurz entschlossen auszog und es aufs Bett warf. Stattdessen griff ich zum grünen bauchfreien Top und meiner weißen Jeans aus dem Schrank. Im Spiegel gefiel mir das Bild gleich viel besser. Da es am Abend kühl werden sollte, zog ich eine blaue Jeansjacke darüber. Meine Haare, die ich oft zu einem seitlichen Zopf geflochten hatte, bearbeitet ich mit dem Lockenstab und trug sie offen. Etwas Make-up, Wimpern getuscht, Lipgloss aufgelegt und fertig war ich. Chrissy würde mich sicher lynchen, weil ich ihren Rat nicht befolgt hatte. Ich warf einen Blick auf das Kleid, das auf dem Bett lag. Vielleicht sollte ich es doch anziehen? Dann würde ich dem Ärger aus dem Weg gehen und müsste mir ihren Vortrag, ich sollte mehr aus mir machen, nicht anhören. Erneut überkam mich der Gedanke, einfach abzusagen. Ich wollte Lukas nicht sehen und das galt für den Rest der Schule ebenso. Verdammt, warum hatte ich für heute bloß zugesagt? Aber ich wusste, dass meine Freundinnen sofort vor der Tür stehen würden, und dann würde ich mit Kleid, auf der Party aufschlagen.

Ich seufzte und betrachte mich erneut im Spiegel und sah von oben nach unten an mir herab. Die Locken umspielten mein ovales Gesicht, der Lipgloss ließ meine Lippen voller wirken, und die Wimperntusche betonte meine bernsteinfarbenen Augen, die im Lichteinfall golden schimmerten. Ich griff nach der Kette um meinen Hals und betrachtete das Amulett. Jetzt konnte ich deutlich die 13 Kugeln und die Verbindungslinien, die das Metatronsymbol formten, deutlich erkennen. Der Hintergrund zeigte einen Himmel in Lila, Blau und Grün, durchzogen von Wolken und einzelnen Sternen. Die Kette wirkte so unscheinbar, sodass ich mir kaum vorstellen konnte, dass sie etwas mit all dem zu tun hatte. Der Versuch, sie abzulegen, führte nicht zur gewünschten Resonanz. PTBS hatte mich trotzdem in den Nächten besucht und ich hatte das Gefühl, dass sie sogar noch bedrohlicher waren. Ich drehte das Erbstück hin und her und bemerkte feine Linien auf der Rückseite. Verwirrt stutzte ich, denn diese waren zuvor definitiv nicht da gewesen. Ich nahm die Kette ab und betrachtete das Medaillon genauer. Was für seltsame Symbole waren das? Und woher kamen sie plötzlich?

Das musste Julia dringend zeigen. Ich wollte schnell ein Foto machen, als mein Blick auf die Uhr fiel. *Oh, verdammt. Schon so spät.* Ich beschloss, ihr die Entdeckung auf der Party zu zeigen, schnappte mir meine Turnschuhe und stürmte aus dem Zimmer. Im Vorbeigehen rief ich ein »Ich bin dann mal weg« durchs Haus, in der Hoffnung, meine Mutter hätte es gehört und verschwand durch die Tür.

PLOPP. Schon blinkte eine Nachricht von Chrissy auf dem Display auf.

Chrissy: *Wo bist du?*

Ich setzte mich in Bewegung und tippte unterwegs eine knappe Antwort.

Ich: *Bin schon unterwegs. Gebt mir zehn Minuten.*

Wissend, dass ich mindestens fünfzehn Minuten brauchen würde. Mit beschleunigten Schritten bog ich um die Ecke der Hauptstraße, bis ich mit Maja fast zusammenstieß, die aus der Nebenstraße kam. *Na toll, das hatte mir gerade noch gefehlt.* Ihre Augen strahlten durch ihre Leopardenbrille und die lockige, wilde Mähne hatte sie mit einer missglückten Hochsteckfrisur zu bändigen versucht.

»Oh, hi Bellena. Bist du auch auf dem Weg zur Party?« Sie ließ mir keine Zeit für eine Ausrede. »Da können wir ja zusammen gehen.«

»Oh ja, warum nicht«, erwiderte ich kaum hörbar und ging mit schnellen Schritten voran. Maja lief neben mir her und erzählte über alles und jeden, was ihr einfiel. Ein Vorteil?! Zuhören musste ich ihr nicht, denn sie ließ einem ohnehin keine Zeit zum Antworten. Nur kurz horchte ich auf, als Lukas und Leonie Namen fielen, doch es ging nur darum, dass sie ebenfalls auf der Feier sein würden. Keine Neuigkeit für mich, also schaltete ich wieder ab, sowie die ganze Zeit schon. Kaum waren wir auf der Party, fand Maja sofort neue Opfer für den neusten Tratsch und ich war froh, sie los zu sein.

Kapitel 7

»Da bist du ja endlich!« Chrissy kam auf mich zu und stemmte empört die Hände in die Hüften. »Warum trägst du das Kleid nicht?«

»Wo ist Julia? Ich muss euch etwas Wichtiges zeigen.«

»Sie ist drinnen und holt uns was zu trinken. Sie müsste jeden Moment hier sein. Was ist denn los?«

»Wir sollten auf sie warten und uns eine Ecke suchen, wo uns keiner hört.«

Mit zwei Plastikbecher in den Händen, kam Julia auch schon durch die Tür des Vereinshauses. Sie grüßte eine Gruppe flüchtig und steuerte dann direkt auf uns zu. Auf halbem Weg rief sie mir entgegen. »Ach, hast du auch mal hergefunden?«

»Julia, wir müssen reden.«

»Aber erst hole ich dir etwas zu trinken. Oder mir. Du kannst meinen Becher haben. Ich gehe schnell noch einmal rein.«

»Nein. Später.« Ich suchte die Umgebung ab und fand eine ruhige Ecke, unweit unter einem Apfelbaum. Er befand sich etwas weiter weg von der Location, aus der jetzt der Song von *Play with Fire* nach draußen drang. »Lasst uns dort hingehen.« Ich deutete auf den Baum.

Julia schaute Chrissy fragend an. Diese zuckte nur mit den Schultern, woraufhin Julia resigniert seufzte. »Also gut, gehen wir.« Wir waren noch nicht ganz am Ziel, als mich schon die erste Frage ereilte. »Was ist los?« Sie nippte an ihrem Becher und sah mit dabei erwartungsvoll an.

»Auf der Rückseite meiner Kette sind plötzlich eigenartige Zeichen aufgetaucht.«

Julia zog die Augenbrauen hoch. »Was? Das kann nicht sein. Ich habe sie doch unter die Lupe genommen und da war nichts.«

»Tja, aber jetzt sind sie da.«

»Zeig mal her.« Sie reichte Chrissy ihren Becher, während ich die Kette löste und sie ihr gab. Ungläubig begutachtete sie das Medaillon und schüttelte verstohlen den Kopf. »Bellena, kannst du das bitte abfotografieren und mir schicken?«

»Ja klar. Hatte ich ohnehin vor, aber was sagst du dazu?«

»Was soll ich sagen, außer dass die Sache immer unheimlicher wird! Ich werde mich morgen gleich daran setzen und nachsehen, ob ich zu diesen Zeichen etwas finde.«

Bevor ich die Kette wieder umhängte, machte ich ein Foto und schickte es ihr. In der Zwischenzeit betrachteten meine Freundinnen das Bild.

»Ich finde das echt faszinierend. Ich habe mich noch weiter mit der Geschichte von Metatron und den Engeln befasst. Dass du fast immer um 1:11 aufwachst, bedeutet ebenfalls etwas. Es ist das Zeichen für einen Neuanfang. Dein Unterbewusstsein kennt bereits die Antwort.« Julias braune Augen begannen, euphorisch zu strahlen, bevor sie mit ihren Erzählungen fortfuhr. »Engel kommunizieren auf so vielen Arten und Weisen mit uns Menschen. Mit Federn, Regenbogen, Schmetterlingen und nicht zu vergessen, die Engelszahlen. Sie haben eigene Gedichte und Lieder ...«

»Julia, das klingt alles super spannend, aber ehrlich gesagt hat uns davon bisher nichts weitergebracht.«

»Ja, ich weiß«, brummte sie, woraufhin ihre Begeisterung ein wenig verflog. Sie steckte ihr Handy zurück in ihre kleine silberne Umhängetasche und verschränkte die Arme vor der Brust.

»Lasst uns einfach den Abend genießen. Morgen ist auch noch ein Tag für Engel und ihre Zahlen«, beschwichtigte Chrissy und reichte Julia ihren Becher, den sie nach einem kurzen Zögern annahm.

Klar, sie hat leicht reden. Sie kann heute Nacht ruhig schlafen.

Die Party war bereits in vollem Gange, als wir das Vereinshaus betraten. Die Menge jubelte und tanzte. Die schweren Vorhänge an den großen Fenstern ließen kein Licht von draußen hinein und die gesamte Decke war mit goldenen und schwarzen Luftballons geschmückt. Überall standen kleine Stehtische mit gleichfarbigen Tischdecken. Obwohl ich bei der Vorbereitung geholfen hatte, raubte mir der Anblick für einen Moment den Atem.

Während Julia es sich zur Aufgabe gemacht hatte, die Kellnerin zu spielen, fanden Chrissy und ich einen Tisch unmittelbar beim Eingang. Auf den Tischen brannten überall weiße Kerzen. Offenes Feuer, das hatte ich nicht bedacht. Kurz entschlossen pustete ich unsere aus.

Chrissy bemerkte davon nichts, denn sie starrte zu Noah, der mit Aria eng umschlungen tanzte. Ihre Mundwinkel verzogen sich nach unten, weshalb ich näher an sie heranrückte. »Alles okay?«

»Ja klar.« Überzeugend klang das nicht.

»Ich weiß, dass mein Bruder toll ist. Andere Mütter haben aber auch tolle Söhne. Einer davon ist sicher für dich bestimmt.« Ich stieß sie leicht mit der Schulter an und brachte sie damit zum Lächeln. Dann sahen wir wieder zu meinem Bruder. Mittlerweile war Jay zu den beiden gestoßen, mit jeweils einer Dame an jeder Seite. Zwar verdrehte ich die Augen, doch es begann sich in meiner Magengegend ein eigenartiges Gefühl, auszubreiten.

»Jay scheint ja voll in seinem Element zu sein«, meinte Chrissy nur wenig begeistert und nippte an ihrem Becher.

»Mir egal«, erwiderte ich, ohne den Blick von ihm abzulassen. Er entließ die zwei Mädels und flüsterte Aria etwas ins Ohr, bevor er mich entdeckte. In seinem Ausdruck lag etwas, das mein Herz auf eine ungute Weise schneller schlagen ließ. Das Gefühl war so intensiv, dass ich befürchtete, einen Herzinfarkt zu bekommen.

Ich wandte den Blick ab, ließ ihn durch den Raum schweifen und entdeckte Lukas, wie er Leonie innig küsste. Ihre Freundinnen standen im Kreis um sie herum und schmachteten sie bewundernd an. Abrupt fiel Leonies Blick auf mich, während sie weiterhin an meinem ehemals besten Freund hing. Es war genau wie in meinem Träumen. Mein Herz hatte sich von Jay noch nicht richtig erholt und schlug in meiner Brust nun eine weitere Oktave höher. Chrissy schien von all dem nichts zu merken, da sie immer noch verstohlen in Noahs und Arias Richtung sah. *Beruhige dich, Bellena. Alles ist gut. Sie macht das doch ständig.*

Ich nahm einen Schluck von Chrissys Cola, schloss meine Augen und atmete mehrmals tief ein und aus. Allmählich verlangsamte sich mein Herzschlag, bis meine Freundin mich von der Seite anrempelte.

»Hallo, kleine Schwester von Noah.« Jay stand direkt vor mir, musterte mich von Kopf bis Fuß. Er war so nah, dass ich seinen warmen Atem auf meiner Haut spürte. »Du siehst bezaubernd aus«, raunte er mir zu, bevor er eine von meinen Locken nahm und sie um seinen Finger drehte.

Diese Berührung ließ meinen Herzschlag erneut rasen. *Verdammt hatte er sich nicht gerade beruhigt?* Wie viel hält ein Herz aus, bevor es explodiert? Im Augenwinkel entdeckte ich Chrissys geweitete Augen, die zwischen Jay und mir hin und her wanderten.

»Was ist los? Hatt es dir die Sprache verschlagen?«, sagte er.

Fest entschlossen, ihm eine Ohrfeige zu verpassen, sah ich ihm in die Augen und stand einfach nur starr da. Nach ein paar Augenblicken reagierte mein Körper endlich wieder und ich schlug seine Hand weg. »Hallo Jason. Hast du kein Spielzeug mehr zu Hause, an dem du herumspielen kannst?«

»Nein, die anderen Spielzeuge langweilen mich. Ihre Wirkung ist vorhersehbar, du dagegen faszinierst mich. Ich bin gespannt, was du noch so zu bieten hast.«

Schwer schluckend redete ich mir zu. *Komm schon, Bellena. Sag etwas. Darauf hast du dich wochenlang vorbereitet.* Und es half. »Du meinst, du stehst drauf, wenn meine Faust dein Gesicht trifft?«

In gewohnt arroganter Art grinste er mich an. »Versuch es doch! Ich bin gespannt auf deine Treffsicherheit.« Er ging ein paar Schritte rückwärts und verbeugte sich leicht vor mir. »Man sieht sich, kleine Schwester von Noah.«

»Hast du zu viel getrunken?«, fragte ich ihn. Er lachte, drehte sich um und verpasste meinen Mittelfinger. Im

Gegensatz zu Lukas, der ihn genau sah, den Kopf schüttelte und dann direkt auf mich zukam. Wie praktisch, dass diese Geste für ihn genauso zählte wie für Jay.

»Was war das denn?« Er blieb neben mir stehen, als sei es das Natürlichste der Welt.

Ich funkelte ihn an. »Das geht dich nichts an. Was willst du eigentlich?«

»Mit dir reden.«

»Ich wüsste nicht worüber.«

»Ich dafür schon.«

Stumm zuckte mit den Schultern und schaute an ihm vorbei. Erst jetzt bemerkte ich, dass Chrissy nicht mehr neben mir stand.

»Bellena, es muss doch nicht so zwischen uns sein. Es tut mir leid, dass ich deine Gefühle nicht erwidern kann, aber...«

»Wovon redest du? Ich bin nicht in dich verliebt, falls du das denkst.«

Jedenfalls nicht mehr.

»Und warum redest du dann nicht mit mir?«

Bevor ich antwortete, atmete ich tief ein. »Wegen deiner Freundin. Warum sie, Lukas? Es gibt so viele andere. Warum ausgerechnet Leonie?«

»Komm schon, Bellena. Ich mag sie und für seine Gefühle kann man nichts. Man kann sie nun mal nicht ein- und ausschalten wie einen Lichtschalter.« Er raufte sich die Haare. »Wir können doch trotzdem Freunde sein. Außerdem ist es egal, mit wem ich zusammen bin. Du hättest bei jeder so reagiert.«

»Nein, hätte ich nicht. Und solang du mit ihr zusammen bist, können wir keine Freunde sein. Und selbst dann, wird es nie wieder so sein wie früher. Ich kann dir nicht mehr vertrauen, weil du alles zwischen uns zerstört hast. Wie sollte ich mir jemals sicher sein, dass du nicht noch mehr über mich ausplauderst?«

»Was soll ich denn über dich ausplaudern?«

»Du hast also nicht alles weitergetratscht? Zum Beispiel wie es mir nach dem Tod meiner Oma ging.«

»Ja schon, aber das ist doch ...«

»Nein, hör auf. Lustig hat sie sich über mich gemacht! Aber du willst es ja nicht wahrhaben. Du bist blind wenn es um sie geht. Unter diesen Umständen will ich nichts mehr mit dir zu tun haben.«

»Bellena, bitte zwing mich nicht dazu, mich zwischen euch zu entscheiden.«

»Das musst du nicht, du hast mich längst verloren. Also behalte sie. Ihr verdient einander. Sie ist ein verlogenes Miststück, die nur an sich denkt und du ein mieser Verräter. Hast du vergessen, was sie getan hat? Du warst doch dabei, als das Drama mit Herrn Müller seinen Lauf nahm. Und soweit ich mich erinnern kann, standest du auf meiner und nicht auf ihrer Seite. Was hat sich geändert? Ihre unnatürliche Anschwellung der Oberweite oder ist es dein Schwanz, der nach ihr ruft?«

Verdammt! Gerade in diesem Moment verstummte die Musik, weil der DJ eine Ansprache halten wollte. Der gesamte Raum sah zu mir und verpasste mir ein echtes Déjà-vu. Alle – und damit meine ich wirklich alle – starrten mich fassungslos an und tuschelten. Vereinzelt nahm ich rot aufleuchtende Augen wahr, oder waren das bloß die Lichter der

Musikanlage, die sich durch die Gesichter der Schüler vorbei kämpfte?

Ich musste von hier weg. Ein Gefühl kroch in mir hoch, dass etwas Schreckliches bevorstand. Es packte mich und ließ mir keine Wahl, weshalb ich Lukas stehen ließ und zum Ausgang flüchtete. Meine Fassade, die ich verzweifelt aufrechterhielt, begann zu bröckeln. Die angestaute Energie der letzten Tage, sie rissen mich völlig mit sich. Tränen liefen mir über die Wangen und Angst rieselte durch jede Zelle meines Körpers. Ich drängelte mich durch die Schüler, die den Ausgang blockierten und mich noch immer anstarrten. Julia rief meinen Namen, aber ich beschleunige meine Schritte, um das Gelände zu verlassen. Entgegenkommende schauten mich fragend an. Mit verlaufener Schminke und Tränen, die mir wie ein Wasserfall übers Gesicht liefen, sah ich bestimmt aus wie Joker, aus dem Film Batman. Womöglich wäre ich die perfekte Zweitbesetzung für ihn. Dank der vielen Schüler, die alles mit ihrem Handy festhielten, wäre ich zweifellos die Titelseite der Schülerzeitung geworden. Natürlich musste ich in diesem Moment auf Leonie und ihren Anhang treffen. Wo sollte sie auch sonst sein? Wäre sie drinnen, hätte Lukas wohl kaum zu mir gefunden.

»Hey Bellena. Du siehst heute besonders reizend aus.«

Ich würdigte sie keines Blickes und stürmte wortlos an ihr vorbei. Trotzdem hörte ich, wie sie mir hinterherrief. »Schau mal, jeder hat nur Augen für dich!«

Das Gelächter ihrer Freunde hallte wieder einmal in der Ferne. Nachdem Vorfall mit Noah auf dem Schulgelände vor ein paar Wochen, war ich ohnehin schon das Gesprächsthema Nummer eins. Dank Leonie war ich es gewohnt, dass die unfreiwillige Aufmerksamkeit sich wie ein Schatten über mich legte. Hoffentlich gab es nach den Schulferien wichtigere Themen. Warum musste ausgerechnet ich immer wieder in solche blöden Situationen geraten? Am liebsten wollte ich mich ins Bett legen und nie wieder aufstehen.

Auf dem schnellsten Weg ging ich nach Hause und lief den holprigen Waldpfad entlang, den nur das Mondlicht erhellte. Ein kühler Windzug fuhr mir durch die Haare. Die Meteorologen hatten sich nicht geirrt, dass es in der Nacht zu einstelligen Temperaturen kommen konnte. Trotz Jacke schlang ich die Arme um den Oberkörper, um mich noch etwas zu wärmen. Je weiter ich in den Wald vordrang, desto mehr ordneten sich meine Gedanken. Erst da wurde mir klar, was für eine Dummheit ich gerade begangen hatte, denn ich lief nachts allein durch den Wald.

Der unebene Boden und das schmale Mondlicht machten den Pfad nur schwer passierbar. Ich schaute über die Schulter, da ich ein Knacken und dann ein zischendes Geräusch vernahm. Eigentlich war ich allein, aber mein Instinkt sagte mir etwas anderes. Deshalb hielt ich inne und dachte ans Umkehren. Doch da hörte ich, wie die Frösche quakten. Das hieß, dass der See, in der Umgebung meines Hauses, nicht mehr weit entfernt sein konnte. Daraus schlussfolgernd, hatte ich den halben Weg schon hinter mich gebracht und resultierend daraus, war Umkehren genauso sinnvoll wie weiter zugehen.

Eine Wolke schob sich vor den Mond und hüllte den Weg in vollkommene Dunkelheit. Na super! Erneut drehte ich mich zu allen Seiten um, doch die Umgebung war in gänzliche

Schwärze gehüllt. Ein Ast knackte und irgendwo raschelte es. Das Gefühl nicht allein zu sein, wurde immer stärker.

»Ruhig bleiben. Es sind nur Tiere im Wald, ganz logisch Bellena« Meine eigene Stimme klang nur kläglich. Es war ein vergeblicher Versuch, mich zu beruhigen. Ich atmete tief ein, bevor ich mein Handy nahm, um es als Taschenlampe zu benutzen. Der Lichtkegel ließ den Weg ein wenig ausleuchten. Dann sah ich sie direkt vor mir. Eine dunkle Gestalt mit feuerroten Augen, die mich anstarrten. Mein Herz raste wie unter Höchstleistung. Der Druck in meiner Brust wurde so stark, dass das Dröhnen meines Herzschlags in meinen Ohren widerhallte. Mein Kopf sagte mir, dass ich mich bewegen sollte, aber mein Körper wollte nicht gehorchen. Ich war gelähmt vor Angst.

»Hallo Bellena«, sagte eine tiefe Stimme und die Bedrohung lag schwer in jedem einzelnen Wort. Die feuerroten Augen waren weiterhin auf mich gerichtet. Während er sich mir näherte, setze mein Überlebensinstinkt ein und ich fand endlich den Impuls zu fliehen.

So schnell ich konnte, rannte ich davon, ohne überhaupt zu wissen wohin. Alles lag in Dunkelheit und das Handy war mir vor Schreck entglitten. Ich vernahm einen schweren Atem hinter mir, aber ich drehte mich nicht um, sondern lief so schnell wie möglich weiter. Ein paar Zweige kratzten an meinem Gesicht und dann krachte ich unerwartete gegen etwas Hartes. Ich stolperte, fiel zu Boden und ein brennender Schmerz durchzuckte mich, bevor sich alles um mich herum verdunkelte.

Kapitel 8

Das Zwitschern der Vögel war das Erste, was ich wahrnahm. Mein Geist fühlte sich fremd an, so als hätte er sich von meinem Körper gelöst.

Langsam öffnete ich die Augen und ich vernahm den vertrauten Anblick meines Zimmers. Ich war zu Hause. Mein Kopf pochte dumpf. Allmählich kam ich immer mehr zu mir und drehte mich auf die Seite, wo mein Blick in den Spiegel fiel. Die Wimperntusche war verschmiert und ich hatte eine Verletzung über der rechten Augenbraue. Instinktiv berührte ich die Wunde und fuhr vor Schmerz zurück. Ich schlug die Decke zurück, stütze mich auf die Ellbogen und schaute an mir herab. Noch immer trug ich die Kleidung von der Party. Die ehemals weiße Hose war fleckig und schlammig verfärbt. Super, die kann direkt in den Müll, dachte ich zähneknirschend.

Stöhnend ließ ich mich aufs Kissen zurückfallen und schloss die Augen. Fragen schossen durch meinen Kopf. Was war gestern bloß los? Wie bin ich nach Hause gekommen? Warum sehe ich so aus? Hatte ich getrunken, oder hat mir jemand was untergejubelt? An die Party erinnere ich mich noch. Genauso an Jay, wie er mit meinen Haaren spielte und Lukas, wie er Leonie küsste, unser Gespräch und die lachende Leonie. Aber wie verdammt noch mal, kam ich nach Hause?

Schon so spät. Der Blick auf dem Wecker verriet, dass es 11:11 war. Ein Zeichen, wie Julia behaupten würde. Beim Versuch aufzustehen, geriet ich ins Taumeln und hielt mich deshalb am Stuhl fest. Wankend ging ich zum Türrahmen. Ich fühlte mich, als hätte ich eine ganze Flasche Wein intus. Nicht, dass ich schon Erfahrung mit Alkohol hatte. Wenn ich an die Geschichten aus Büchern dachte, fiel mir auf, dass der Kater am nächsten Tag genauso beschrieben wurde.

Zum Glück befand sich unser Badezimmer direkt nebenan. Auf dem Toilettendeckel sitzend, ließ ich den Kopf an die Wand sacken. Mein Schädel pochte, als würde er jeden Moment platzen. Mühsam richtete ich mich auf und stützte mich mit einer Hand am Waschbecken ab, während ich mit der anderen den Spiegelschrank öffnete, um nach einer Packung Aspirin zu suchen. Eine Tablette fand ich schnell, doch als ich die Spiegeltür zuschlug, bereute ich es sofort. Der Knall ließ meinen Kopf vibrieren. Mit der Faust drückte ich gegen meine Stirn, bis der Schmerz nachließ. Das Plätschern, als sich die Tablette in meinem Zahnputzbecher auflöste, erinnerte mich an das Rauschen eines Sees. Quakende Frösche und zischende Geräusche drangen in mein Bewusstsein, doch ich konnte sie nicht genau einordnen. Nachdem ich die Tablette eingenommen hatte, betrachtete ich mein Spiegelbild. Mein Gesicht musste dringend in Ordnung gebracht werden. Es glich einer Wohltat mir das Gesicht zu waschen. Vorsichtig fuhr ich mit dem kalten Wasser über meine Wunde und zuckte vor Schmerz zusammen. Es linderte den Schmerz, aber nur für einen Augenblick. Danach durchsuchte ich die Schublade der Badekommode nach einem Pflaster, doch fand nichts. Ein Seufzen entglitt mir. Da arbeitet meine Mutter im Krankenhaus und hat nicht einmal einen Wundverband im eigenen Haushalt. Deshalb beschloss ich, die Wunde offenzulassen.

Als ich erneut in den Spiegel sah, verharrte mein Blick auf einer Gestalt mit glühend roten Augen. Erschrocken fuhr ich zurück, doch im nächsten Moment erkannte ich nur mein eigenes Spiegelbild. Unsicher sah ich mich im Badezimmer um, überzeugt dass ich nicht alleine war. Bruchstücke der letzten Nacht drängten sich in mein Bewusstsein: der Wald, die Gestalt und rote Augen, die in der Dunkelheit lauerten. Aber was war es? War es nur ein Traum? Doch woher kam dann meine Verletzung?

Ich kämpfte mich zurück in mein Zimmer, quälte mich aus den schmutzigen Klamotten und zog eine bequeme, dunkle Schlagleggings und ein einfaches weißes Shirt an. Langsam setzte ich mich auf meinen Stuhl, bürstete vorsichtig meine Haare und flechtete sie zu einem seitlichen Zopf, bevor ich mich erschöpft aufs Bett legte und die Augen schloss. So langsam begann die Tablette zu wirken. Der Schmerz zog sich allmählich zurück. Wieder und wieder ließ ich den Abend wie einen Film vor meinem inneren Auge ablaufen, spulte vor und zurück, bis ich schließlich einschlief.

»Bellena. Bellena, wach auf!«

Ruckartig öffnete ich die Augen. *Jay!* Seine Stimme hallte in meinem Kopf wider. Er war gestern Abend im Wald gewesen. Ich erinnerte mich, wie er mir aufhalf, und mich auf seinem Armen durch das Dickicht trug, während mein Kopf an seiner Schulter lag und ich das zweite Mal das Bewusstsein verlor.

Träge stand ich aus dem Bett auf und steuerte Noahs Zimmer an. Es drehte sich zum Glück nicht mehr so schlimm in meinem Kopf, da die Kopfschmerzen fast verflogen waren.

Laute Musik dröhnte aus seinem Zimmer. Ohne zu zögern, hämmerte ich mit der Faust gegen seine Tür, die er schwungvoll aufriss. »Sag mal, spinnst du?«

»Ich brauche Jays Nummer.«

Ein Grinsen machte sich in seinem Gesicht breit. »Was? Also doch!«

»Was meinst du?«

»Ich habe doch gesehen, wie ihr euch auf der Party näher gekommen seid. Und dann wart ihr beide plötzlich verschwunden. War es so gut, dass ihr danach vergessen habt, eure Nummern zu tauschen?« Er grinste noch breiter und lehnte sich lässig gegen den Türrahmen.

»Bekomme ich jetzt seine Nummer? Oder noch besser, sag mir einfach, wo er wohnt.«

»Hm, das kann ich dir nicht sagen. Ich weiß nämlich nicht, wo er wohnt.«

»Was? Aber du triffst dich doch mit seiner Schwester. Warst du nie bei ihr zuhause?«

»Nein, wir waren immer nur hier oder haben uns woanders getroffen.«

Zwar stutze ich, doch im Prinzip war es unwichtig, wo er sich mit Aria traf. »Also gut, gib mir seine Nummer. Sofort!«

»Oh Mann, bist du heute Morgen wieder kratzbürstig.« Er holte sein Handy hervor und schrieb mir mit einem Kugelschreiber seine Nummer auf meinen Unterarm. Danach sah er mich an. »Was ist mit deinem Gesicht passiert?«

»Nichts, was dich angeht.«

»Oh, der Abend lief wohl nicht wie erhofft. Grüß ihn von mir.« Daraufhin knallte er mir die Tür vor der Nase zu. *So ein Blödmann.*

Zurück in meinem Zimmer suchte ich hastig nach meinem Handy. Verdammt lag es noch im Wald? Als ich mich umsah, fand es schließlich auf dem Schreibtisch. Zum Glück hatte es den Sturz schadenfrei überstanden. Ohne groß darüber nachzudenken, wählte ich Jays Nummer. Nach zweimal klingeln nahm er ab.

»Hallo, kleine Schwester von Noah.«

Ich erstarrte. Woher wusste er, dass ich es bin? Hatte er meine Nummer? Und wenn ja, woher?

»Bellena, bist du noch dran?«

»Können wir uns treffen? Jetzt!«

Nervös ging ich auf und ab und wischte mir meine feuchten Hände an der Hose ab. Unser Telefonat war kurz, doch er war bereits unterwegs. Eine Wegbeschreibung brauchte er auch nicht. Logisch, denn so wie es aussah, hat er mich nach Hause gebracht. Aber woher wusste er, wo er mich hinbringen musste? Hatte er Aria gefragt? Und warum war er im Wald? Was hatte er gesehen? Da waren so viele Fragen in meinem Kopf, auf deren Antworten in hoffte. Zum Glück hatte Noah kurz nach meinem Telefonat das Haus verlassen, um sich mit seinen Freunden zu treffen. Somit verschaffte er uns die Möglichkeit, ungestört miteinander zureden.

Mir wurde augenblicklich heiß, als es klingelte. Ich biss mir auf die Unterlippe, atmete einmal tief ein, bevor ich die Tür öffnete. Jay trug eine schwarze Lederhose und klobige Boots. Sein graues Shirt ließ seine Bauchmuskeln erahnen. Darüber trug er eine dunkle Lederjacke. Sein feuchtes Haar stand wild nach allen Seiten ab. An mir war vollkommen vorbeigegangen, dass es in Strömen regnete. Sein zaghaftes Lächeln wirkte auf mich beinahe verlegen. »Lässt du mich rein, oder muss ich draußen in der Kälte und Nässe erfrieren?«

Knapp nickend und öffnete die Tür ein Stück weiter und ließ ihn eintreten. Einen Moment lang stand er etwas unsicher da, bis ich an ihm vorbei ins Wohnzimmer ging.

Seufzend folgte er mir.

Mitten im Raum blieb ich stehen, drehte mich zu ihm um und verschränkte die Arme. Er trat auf mich zu. »Hey«, murmelte er kaum hörbar, hob sanft mein Kinn mit Daumen und Zeigefinger und betrachtete mein Gesicht, indem er vorsichtig mein Kopf von der einen zur anderen Seite drehte. In seinem Blick lag etwas Warmes. »Geht es dir gut?«

Ich entwand mich seiner Nähe und ließ mich auf die Sofalehne sinken, die Hände fest zu beiden Seiten abgestützt. Mein Blick glitt zum Boden, während ich versuchte, meine Gedanken zu ordnen, bevor ich ihn wieder ansah.

»Kannst du mir erklären, was gestern Nacht passiert ist?«

Er zog eine Braue hoch und sah mich fragend an. »Du erinnerst dich nicht?«

Kaum merklich schüttelte ich den Kopf. Vielleicht war es ein Fehler, da er mir so leicht Dinge verschweigen konnte.

»Du bist gegen einen Baum gerannt und ich habe dich nach Hause gebracht.«

»Und das war's?«

»In der Kurzfassung ... ja.«

»Und in der Langfassung?«

Schweigen.

»Komm schon, Jay. Lass dir nicht alles aus der Nase ziehen. Warum warst du im Wald?«

Seufzend fuhr er sich mit der Hand einmal durch die Haare, um eine verirrte Haarsträhne nach hinten zu schieben. »Ich habe dich von der Party weggehen sehen. Du sahst nicht gut aus. Deshalb wollte ich dich nicht allein lassen und sichergehen, dass du gut nach Hause kommst. Darum bin ich dir gefolgt.«

Mein Herz setzte einen Takt aus. Hatte er sich wirklich Sorgen um mich gemacht? »Du warst die ganze Zeit hinter mir?«

»Nein. Ich musste erst meine Jacke holen. Da warst du mir zwischenzeitlich entwischt und es dauerte, bis ich dich gefunden hatte. Als du mich entdeckt hast, bist du vor mir weggerannt, als hättest du einen Geist gesehen. Und dabei bist du gegen den Baum gekracht. Danach habe ich dich nach Hause gebracht und das war's?«

Während er sich im Raum umsah, kreiselten meine Gedanken wie ein Karussell. Wenn er derjenige war, der mir im Weg stand, dann hatte ich mir die roten Augen nur eingebildet? Diese Träume, ich konnte kaum noch unterscheiden, was real und was Illusion war. Wenn Jay mir etwas Böses wollte, hätte er gestern die beste Gelegenheit dazu gehabt. Trotzdem blieb ich skeptisch. »Du hast mich einfach ins Bett gelegt, ohne jemandem Bescheid zu sagen? Ich könnte eine Gehirnerschütterung haben oder innere Blutungen.«

»Glaub mir. Ich bin mir sicher, dass das nicht der Fall ist.«

»Aha und woher weißt du das so genau? Hast du etwa Röntgenaugen?«

»Ich weiß es eben. Spielst du?« Mit dem Finger deutete er auf unser Klavier, was ich jedoch mutwillig ignorierte.

»Woher wusstest du, wo ich wohne?«

»Meine Schwester ist mit deinem Bruder zusammen. Schon vergessen?«

»Hast du sie etwa angerufen und ihr erzählt, was passiert ist? Und bei der Gelegenheit auch noch gefragt, wo ich wohne?«

»So ungefähr. Du hast meine Frage nicht beantwortet.«

»Welche Frage?«

»Ob du Klavier spielst.«

»Warum sollte das jetzt wichtig sein?«

»Ist es nicht.« Wie selbstverständlich setzte sich auf die Klavierbank und drückte ein paar Tasten, woraufhin ich ihm ein Funkeln zuwarf. Seit dem Tod meines Opas hatte es niemand berührt. Niemand außer mir, weshalb ich ihm sagen wollte, dass er gefälligst seine Hände von dort wegnehmen soll. Doch noch ehe ich etwas sagen konnte, lächelte er mich herzlich an und begann, *Close your eyes* von Florian Christl zu spielen. Es war eins meiner Lieblingsstücke. Immer wieder sah er kurz zu mir auf, während seine Finger über die Tasten schwebten. Seine Mundwinkel verzogen sich leicht nach oben. Fasziniert von seinem Spiel, setzte ich mich neben ihn. Das letzte Mal, dass ich mit jemandem zusammen auf dem Klavierhocker saß, war mit meinem Großvater. Als ich die Augen schloss, ließ ich mich ganz von den Klängen tragen.

Am Ende des Liedes drehte er sich zu mir. »So, jetzt bist du dran.«

»Wer sagt, dass ich spielen kann?«

»Ich weiß es eben«, sagte er mit diesem schiefen Lächeln, das nichts verriet und doch alles bedeuten könnte.

»Wie es aussieht, weißt du eine Menge über mich, obwohl wir uns gerade mal einen Wimpernschlag kennen. Woher wusstest du, dass ich am Telefon bin?«

»Das bleibt mein Geheimnis. Ich will niemanden in Schwierigkeiten bringen.«

»Seit wann hast du sie?«

»Was?«

»Meine Nummer.«

»Eine Weile.« Durchdringend sah er in meine Augen, sodass es wirkte, als könne er bis tief in mein inneres Blicken. Dann wanderten seine Augen zu meinen Lippen.

Es passierte etwas Seltsames in meiner Magengrube - es kribbelte. Wie automatisch biss ich mir auf die Unterlippe. »Spiel lieber du weiter. Ich bekomme nur *alle meine Entchen* und *Hänschen klein* hin.«

Kurz lachte er auf. »Na gut, welches Lied wünscht sich die Dame?«

»Der grüne Ballon.«

»Ach, wir sind wohl ein Florian Christl Fan?«

»Sagst ausgerechnet du, der Florian Christl kennt und seine Lieder spielt.«

»Ich kenne viele Leute.« Dennoch begann er zu spielen.

Wie aus dem nichts, sprang Sarafina aufs Klavier und er hörte abrupt auf. Buckelnd musterte sie ihn, während er sie anstarrte. »Ist das deine Katze?«, fragte er, ohne sie aus den Augen zu lassen.

»Ja, warum sollte sie sonst hier sein?« Er fixierte sie weiter und ich kam nicht um die Frage herum. »Hast du etwa Angst?«

»Was? Nein!«, erwiderte er empört, ohne von Sarafina wegzusehen, genauso wie sie ihn nicht aus den Augen ließ.

»Okay, das ist …« Ich wurde unterbrochen, da sein Handy vibrierte.

Er sah aufs Display, dann wieder zu meiner Katze. Schlussendlich stand er auf und nahm den Anruf entgegen, ohne Sarafina dabei aus den Augen zulassen. Innerhalb von Sekunden legte er ohne ein Wort auf. »Okay, Planänderung. Du kommst mit.«

»Was meinst du damit?«

»Dass du jetzt ein paar Sachen packst und mit mir mitkommst.«

»Und warum sollte ich das tun?«

Er drehte sich abrupt um und eilte in den Flur. Verwirrt folgte ich ihm, während er mit langen Schritten die Treppe hinauf stürmte, immer zwei Stufen auf einmal nehmend.

»Jay?«

Er antwortete nicht, während meine Katze zischend an mir vorbei jagte und beide direkt in mein Zimmer rannten. Fassungslos folgte ich ihnen. Sarafina hockte misstrauisch auf dem Fensterbrett und ließ Jay keinen Moment aus den Augen, während er ungefragt Kleidung in meinem Rucksack verstaute. Meine Schulsachen hatte er auf dem Bett ausgeschüttet.

»Hey, was glaubst du, was du hier machst? Und woher weißt du überhaupt, wo meine Sachen sind?«

»Ich war gestern hier, schon vergessen? Außerdem findet man in einem Kleiderschrank normalerweise Kleidung. Was brauchst du noch?«

»Nichts, ich bleibe hier.« Ich ging auf ihn zu, um ihm den Rucksack zu entreißen, doch er packte mich stattdessen fest am rechten Unterarm. Die Sanftheit von eben war verschwunden. Sein Blick war hart und ließ keinen Widerspruch zu. Sarafina fauchte und versuchte, zwischen uns zu springen, aber Jay war schneller und schleuderte sie weg. Etwas benommen rappelte sie sich wieder auf.

»Spinnst du? Was soll das?«

Er packte meinen Arm noch fester und sah mich mit warnenden Blick an. »Du wirst jetzt tun, was ich sage. Verstanden? Ich werde nicht ohne dich gehen. Ist das klar?«

»Und was, wenn ich es nicht tue?«

»Dann wirst du es bitter bereuen.«

Kapitel 9

Nach langem Hin und Her willigte ich schließlich ein, mitzugehen, allerdings nur unter der Bedingung, dass ich jemanden darüber informieren durfte, wo ich war. Stirnrunzelnd überlegte Jay einen Moment, bis er schließlich sein Einverständnis gab.

Ich: *Bin bei Jay. Wenn ich mich bis 18 Uhr nicht bei dir gemeldet habe, ruf die Polizei.*

Noch bevor er realisierte, was ich geschrieben hatte, schickte ich die Nachricht ab.

Brummend riss er mir das Handy aus der Hand und schaltete es aus. »Verdammt, Bellena. Ich versuche doch nur, dir zu helfen!«

»Wobei willst du mir helfen? Ich verstehe es nicht.«

»Das erfährst du noch früh genug.« Er schulterte meinen Rucksack und hielt mir das Handy entgegen. Bevor ich es am mich nehmen konnte, zog er es weg und steckte es in seine Hosentasche. »Du bekommst es kurz vor 18 Uhr wieder.«

Mit verschränkten Armen funkelte ich ihn wütend an. Noch während ich Luft holte, schnitt er mir das Wort ab. »Du brauchst gar nicht erst anfangen mit mir zu diskutieren.« Mit diesen Worten schob er mich aus der Tür. Bevor er den Schlüssel im Schloss drehte, warf er einen Blick auf Sarafina, die ihn unnachgiebig anstarrte. Verstohlen sah ich ihn an, worauf er mit den Schultern zuckte. »Ich weiß nicht, ob das hilft, aber vielleicht verschaffen wir uns so einen Vosprung.«

Eine Stunde später waren wir in Jays angeblichen zuhause. Der Raum, in dem wir uns aufhielten, hatte ein einziges Fenster, das nur spärlich Licht hinein ließ. Kahle Wände verstärkten die bedrückende Atmosphäre. Wir saßen auf billigen Holzstühlen an einem runden Tisch. An einer Wand stand ein schmales Regal, vollgestellt mit einer Kaffeemaschine, einer Mikrowelle, Geschirr und allerlei Küchenutensilien. Daneben brummte ein kleiner Kühlschrank so laut, dass ich kurz davor war, ihm einen Tritt zu verpassen. An der gegenüberliegenden Wand hing ein Fernseher. Darunter stand ein kleiner Unterschrank, auf dem zwei Bücher lagen. Davor fand ein kleines schwarzes Sofa seinen Platz. Mehrmals überkam mich das Verlangen aufzustehen, mir eines der Bücher zu schnappen und es mir damit auf dem Sofa bequem zu machen. Doch ich verkniff es mir und blieb brav sitzen – vorerst. Neben der Wohnungstür gab es nur eine weitere Tür und die schien ins Badezimmer zu führen. Oder lag dahinter ein Flur, von dem aus die anderen Zimmer abgingen? In Gedanken ging ich den Grundriss durch. Da wir uns im hintersten Abschnitt des Hauses befanden, war mir sicher, dass dort keine weiteren Räume sein konnten. Doch wo schlief er? Wo schlief Aria? Und wo waren seine Eltern?

Das Gefühl, dass wir hier nicht bei Jay zu Hause waren, übernahm immer mehr die Oberhand. Falls ich mit meinen Befürchtungen recht hatte, wie sollte Julia oder gar die Polizei mich hier jemals finden? Wenn er hier nicht lebte, war er wohl kaum unter dieser Adresse gemeldet. Somit war die Nachricht an Julia vollkommen überflüssig. Hatte er seine

Meinung geändert, wegen dem, was ich ihr geschrieben hatte? Zunehmend ärgerte ich mich über meine Leichtsinnigkeit und hoffte, dass sie mir nicht zum Verhängnis werden würde.

Ich schaute auf meine Uhr. Es war kurz nach drei. In ein paar Stunden sollte ich hoffentlich wieder meine Freiheit genießen können, doch dafür müsste Jay mit mir sprechen. Seit wir hier angekommen waren, hatte er kein einziges Wort mehr gesagt. Stattdessen stellte er mir ein Glas Wasser auf den Tisch und starrte unaufhörlich auf sein Handy. Weiterhin hoffte ich, dass er sein Versprechen hielt und mir alles in Ruhe erklären würde. Er wollte mich dafür an einen unbedenklichen Ort bringen. Dorthin, wo keiner uns belauschen konnte und ich vorerst keiner Gefahr ausgesetzt war. Hier waren wir nun, doch von welcher Gefahr er sprach und wer uns belauschen sollte, erklärte er mir bisher nicht? Dieser vermeintlich sichere Ort verunsicherte mich zusehends. Dass er neben mir saß und beharrlich schwieg, ließ den Klos in meinem Hals nur noch schwerer werden. Mein Blick wanderte immer wieder zur Tür. Der Drang, einfach hinauszurennen, wurde mit jeder Minute stärker. Während Jay ruhiger wurde, wurde ich immer nervöser. Nach einer gefühlten Ewigkeit des Schweigens forderte ich ihn heraus. »Ich gehe jetzt, Jay. Du hast versprochen, mir alles zu erklären, wenn ich mitkomme. Stattdessen sitzen wir hier und ich weiß genauso wenig, wie vorher.«

»Wir warten«, sagte er und starrte weiter auf sein Handy, ohne mich eines Blickes zu würdigen.

Kopfschüttelnd sah ich ihn an. »Worauf?«

»Die Frage ist wohl eher, auf wen«, ertönte plötzlich Arias Stimme. Sie stand da wie aus dem Nichts und ich zuckte vor Schreck zusammen. »Wo bist du plötzlich hergekommen?«

»Durch die Tür. Wenn du Jay nicht so anhimmeln würdest, wäre dir das vielleicht nicht entgangen.«

Ich spürte, wie mir die Röte in die Wangen stieg.

Jay war weiterhin in sein Handy vertieft und ich hoffte, dass er es nicht bemerkte. »Seid ihr dann fertig, Ladys?« Er zeigte Aria den Handybildschirm und sie nickte ihm zustimmend zu. Nachdem sie sich mir gegenüber gesetzt hatte, steckte Jay endlich sein Handy in seine Jackentasche und sah unvermittelt zu mir. »Gut, dann starten wir mal die Geschichtsstunde. Ich bin gespannt, was du uns zu erzählen hast.«

»Wieso ich? Sind wir nicht hier, weil du mir etwas erzählen wolltest?«

»Zunächst möchte ich wissen, was du weißt.«

»Was soll ich denn wissen? Dass du ein Kotzbrocken bist und sie eine arrogante Tussi, die auf meinen Bruder steht? Das ist das Einzige, was ich weiß.« Sichtlich amüsiert lächelte Jay mich an. »Und ihr seid passenderweise Geschwister«, fuhr ich fort.

»Falsch.« Mit seinem Finger zeigte er zwischen Aria und ihm hin und her. »Wir sind keine Geschwister.«

»Was? Und warum erzählt ihr dann so etwas?«

»Weil es nützlich war«, erwiderte er emotionslos.

»Nützlich? Wofür?«, fragte ich. Jays Mundwinkel zuckten nur und Aria hatte mehr Interesse für ihre Fingernägel, als mir zu antworten.

»Dann ist das auch nicht eure Wohnung?«, stotterte ich.

»Richtig. Wir nutzen es nicht als Wohnung. Es ist nur ein Treffpunkt für alle, die an diesem Projekt arbeiten«, entgegnete Jay.

»Projekt? Was für ein Projekt?«

Aria betrachtete nicht mehr ihre Fingernägel. Jetzt kam wohl der Teil, der ihr am meisten Spaß machte. Sie stützte ihre Ellenbogen auf die Tischplatte, faltete die Hände unter ihrem Kinn und lächelte hämisch. »Du bist das Projekt.«

»Ich? Das soll wohl ein Witz sein?!« Fassungslos schaute ich die beiden an.

Sie lehnte sich wieder zurück, während Jay erneut das Wort ergriff. »Wir suchen schon lange nach dir. Wir kannten nur deinen Namen, besser gesagt deinen Spitznamen, wie sich später herausstellte. Deshalb waren wir jahrelang auf der falschen Spur.«

»Jahrelang? Wie lange sucht ihr denn schon nach mir?«

»Zehn Jahre, vielleicht auch elf«, antwortete Aria.

»Ja klar! Da war ich sechs und ihr wart auch nicht viel älter.«

»Streng genommen war Jay nicht viel älter, aber ich bin schon mehrere tausend Jahre alt.«

Sprachlos starrte ich Aria an, bis es mir in den Kopf schoss. Ich wusste, was sie war, ohne dass sie es mir sagen musste. »Du bist ein Engel.«

»Genau genommen, bin ich ein gefallener Engel. Ich war früher ein Erzengel, aber ich zweifelte an der Herangehensweise der Engel. Wie viele andere entschied ich mich freiwillig, ein Leben auf der Erde zu führen. Es gibt Engel, die aus dem Engelsreich verbannt wurden, so wie Jays Eltern. Somit ist er ein Nachkomme zwei gefallener Engel …«

100

»Was weißt du über die Engel?«, unterbrach Jay Arias Erklärungen mit einem durchdringenden Blick.

»Nicht viel. Ich bin zufällig darüber gestolpert, als ich etwas recherchiert habe«, log ich.

»Das kaufe ich dir nicht ab. Deswegen kommst du nicht gleich darauf, dass ich ein Engel bin. Vampire, Werwölfe und Hexen sind doch in euren Köpfen viel mehr verankert.« Aria beugte sich über den Tisch. »Wir sind nicht dumm. Wir beobachten dich nicht erst seit gestern. Du hast in den Träumen Botschaften empfangen.«

Ich schwieg, woraufhin Jay aufstand und mit verschränkten Armen ans Fenster trat. Sein Blick wanderte über die Straßen, bevor er leise, aber bestimmt sprach. »Hör zu. Diese Botschaften muss dir jemand schicken. Und glaube mir, das bedeutet nicht, dass diese Person gute Absichten hat.«

»Und wer könnte sie geschickt haben? Ein anderer gefallener Engel?«

»Nein, das ist nicht möglich. Mit dem Fall verlieren wir ein paar Engelsgaben. Wir können nicht mehr unsere Lichtgestalt annehmen und infolgedessen nicht in den Geist von Menschen eindringen«, beantwortete Aria meine Frage.

»Wer könnte es sonst sein?«

»Deine Katze spielt eine Rolle«, sagte er mit einem misstrauischen Unterton.

»Sarafina?«

»Ja, ich habe es ihr angesehen. Sie ist keine normale Katze. Sie wurde geschickt, um dich im Auge zu behalten. Womöglich hat sie den Auftrag, von demjenigen, der dir diese Träume schickt. Er nutzt sie womöglich, um eine Verbindung zu dir aufzubauen, damit er dir Botschaften senden kann.«

»Sarafina?«, fragte ich entsetzt. Ein Schauer lief mir über den Rücken. Konnte das wirklich sein? Die Katze, die mir immer so vertraut erschien, sollte in Wahrheit ein Spion sein?

»Sarafina … hmm, sie ist mir gar nicht aufgefallen.« Aria runzelte die Stirn.

»Vielleicht, weil du nur mit meinem Bruder beschäftigt warst. Jedenfalls dachte ich das. Anscheinend hast du ihn nur benutzt, um mich im Auge zu behalten.«

Sie ignorierte meine Stichelei und wandte sich stattdessen an Jay. »Der Sache werde ich nachgehen. Weißt du schon mehr über sie?«

»Ist das dein Ernst? Sie ist eine Katze«, warf ich ein, meine Stimme schärfer als beabsichtigt.

»O nein, Bellena. Ich habe sie erlebt. Ich glaube vielmehr, sie ist ein Dämon«, herrschte er mich an, seine Augen funkelnd vor Zorn.

»Ein Dämon?! Nur, weil sie dich attackiert hat?« mir entfuhr ein nervöses Lachen. »Du spinnst doch. Und selbst wenn, Aria sagte, dass nur Engel in die Träume der Menschen eindringen können. Warum sollte ein Engel mit einem Dämon zusammen arbeiten? Das ergibt doch alles keinen Sinn.«

»Bellena, es ist nicht immer alles schwarz oder weiß.« Aria hielt inne und musterte mich mit ernster Miene. »Was glaubst du, warum es gefallene Engel gibt? Die Dämonen suchen genauso nach dir, wie wir.« Ihre Stimme wurde leiser, beinahe eindringlich. »Sie können ihr Aussehen ändern und verwandeln sich gerne in Tiere, um besser aushorchen zu können. Raben, Krähen, Hunde und … Katzen. Da Engel eine Erlaubnis oder eine Verbindung zu Menschen benötigen, um Ihnen Botschaften senden zu können, wird Jay leider recht haben.« Ihr Blick ruhte schwer auf mir, als wollte sie sicherstellen, dass ich die Tragweite ihrer Worte wirklich verstand.

Nach Ihrer Erklärung lief mir ein kalter Schauer über den Rücken. Sarafina, ein Dämon? Sie hatte mich Weinen gesehen und ich habe ihr meine tiefsten Gefühle anvertraut. Erinnerungen überschlugen sich in meinem Kopf. Sie hatte mich beim Umkleiden beobachtet. Jede Nacht hat sie bei mir geschlafen, hatte sie unter meine Bettdecke gelassen und dabei ihr Fell gestreichelt, ohne zu wissen, was sie wirklich war. Mein Magen zog sich zusammen, ein bitterer Geschmack stieg mir in den Hals. »Ich glaube, mir wird schlecht«, flüsterte ich. Ich rannte zu einer der Türen und hoffte, dass es das Badezimmer war. Als ich sie aufriss, umfing mich der Geruch von Putzmitteln. Erleichtert schloss ich sie hinter mir und lehnte mich dagegen. Mit den Händen auf den Oberschenkeln gestützt, holte ich mehrfach tief Luft, bis die Übelkeit allmählich nachließ. Langsam ließ ich mich auf den kalten Fliesenboden sinken. Zum Glück stürmten die beiden mir nicht hinterher. Die Ruhe war genau das, was ich brauchte, um meine Gedanken zu ordnen. Aus der Ferne hörte ich Jays gedämpfte Stimme. Er schien wieder zu telefonieren. Jedenfalls klang es so, als sei eine dritte Person am Gespräch beteiligt.

Einige Minuten schaffte ich es, alles um mich herum auszublenden, mich nur auf meinen Atem zu konzentrieren. Dann klopfte es vorsichtig an der Tür.

»Ist alles okay bei dir?« Jays Stimme klang besorgt, fast sanft.

Da ich nichts erwiderte, versuchte er es nach einer Weile erneut. Dieses Mal bestimmter.

»Bellena, wir müssen weiter. Wir haben gerade die Info erhalten, dass Sarafina uns gefolgt ist. Du bist hier nicht sicher.«

Mein Herzschlag beschleunigte sich.

Es klopfte erneut an der Tür. »Bellena?«

Ich schloss die Augen, atmete tief ein und öffnete die Tür. Er stand da, den Kopf leicht zur Seite geneigt, seine Augen suchten meinen Blick. Für einen flüchtigen Moment glaubte ich, Sorge in seinen Zügen zu erkennen. Doch ehe ich es greifen konnte, veränderte sich sein Ausdruck wieder. Sein Kiefer spannte sich an, seine Augen wurden hart und jede Spur von Sanftheit verschwand darin. Er reichte mir mein Handy. »Du solltest dich abmelden. Nicht, dass wir auch noch die Polizei im Nacken haben.«

»Was ist, wenn ich nicht mitkomme?«

Aria, die gerade ein paar Sachen zusammenpackte, erstarrte und ließ etwas fallen. Jay warf ihr einen vielsagenden Blick zu, bevor er sich wieder mir zuwandte. Er schloss die Augen, atmete tief durch und antwortete mit ungewohnter ruhiger Stimme. »Bellena, deine Kopfverletzung … du hast dir das nicht eingebildet. Ich habe gelogen.« Als er die Augen wieder öffnete, trafen sie meine direkt. Sein Blick war ernst. »Wir waren nicht alleine.«

Mein Herz setzte einen Schlag aus und mein Magen zog sich zusammen. *Wir waren nicht alleine,* hallten Jays Worte in meinem Kopf immer und immer wieder. Mir blieb kaum Zeit, darüber nachzudenken. Jay und Aria wollten mich vorerst aus der Schusslinie bringen, doch war es richtig, den beiden zu vertrauen? Nach all den Lügen? Nach Hause gehen war keine Option. Nicht solange die Möglichkeit bestand, dass Sarafina ein Dämon war. Das alles fühlte sich so unwirklich an. Nach Jays ehrlichen Worten keimte die Angst in mir auf. Die Situation im Wald, es war keine Einbildung gewesen. Da war jemand gewesen, jemand der mich beobachtet hatte. Wer genau es war, konnte Jay mir nicht sagen, doch eines war klar: Die Gefahr war real und sie hatten recht. Sicher bin ich hier nicht. Mein Atem ging schneller und ein Gefühl von Panik kroch in mir hoch. Ich musste weg, sofort. Trotz meiner Zweifel entschied ich mich, ihnen zu vertrauen. Sollten die beiden mir etwas antun wollen, hätten sie es längst getan. Nachdem ich Julia knapp erzählte, was vorgefallen war, stimmte sie mir zu. Während ich unter Jays und Arias Schutz stand, würden Chrissy und sie weiter nach Antworten suchen. Wir mussten die Wahrheit herausfinden und dafür brauchten wir Zeit. Nach meinem Telefonat mit ihr versuchte ich, meine Mum zu erreichen. Da sie meinen Anruf nicht entgegennahm, schrieb ich ihr eine Nachricht.

Ich: *Wir sind früher losgefahren. Ich muss dringend raus.*

Ich starrte auf den Bildschirm und wusste, dass es ein Nachspiel haben würde, aber mir fiel keine bessere Ausrede ein.

Ein paar Minuten später waren wir auf dem Weg aus der Wohnung oder dem Treffpunkt, wie Jay es nannte. Unendliche viele Fragen geisterten in meinem Kopf herum. Jay und Aria versprachen mir sie alle zu beantworten. Aber erst wenn wir in Sicherheit waren.

Laut Jay hatte Sarafina die Spur vorerst verloren, doch ich wusste, es war nur eine Frage der Zeit, bis sie uns wieder finden würde. Und dann? Ein mulmiges Gefühl breitete sich in meiner Brust aus.

Mit eiligen Schritten führten sie mich durch ein Labyrinth aus engen, dunklen Gassen. Nach kurzer Zeit hatte ich jegliche Orientierung verloren. Mir wurde bewusste, dass ich mich in die Hände zweier Personen begeben hatte, die ich kaum kannte. Ein kalter Schauer lief mir über den Rücken. Was wäre, wenn sie es waren, die mir diese Träume geschickt hatten? War das alles von Anfang an ihr Plan? Mich zu verunsichern, mich an diesen Ort zu locken, wo ich ihnen völlig ausgeliefert war?

Plötzlich blieben wir stehen, denn vor uns stand Maja. Ihre Augen funkelten hinter ihrer Brille. »Oh, hi Bellena. Schön, dich zu sehen. Du warst gestern so schnell weg.« Eingehend musterte sie mich. »O Gott, was ist denn mit deinem Gesicht passiert? Hast du das mal ärztlich untersuchen lassen?«

Ich erstarrte, bevor mein Blick zu Jay huschte, der unauffällig den Kopf schüttelte, als wollte er mich warnen. »Nein, habe ich nicht. Mein Retter war sich sicher, dass es nichts Ernstes ist«, entgegnete ich mit einem schiefen Lächeln und nickte knapp in Jays Richtung.

»Maja, sei uns nicht böse. Aber wir haben es eilig.« Jays Stimme klang ruhig, aber bestimmend. Ohne weitere Erklärung zog er mich am Arm an ihr vorbei. Noch einmal drehte ich mich zu ihr und hob knapp meine freie Hand zum Abschied. Majas Blick blieb an mir haften. Ihr Mundwinkel war leicht nach oben gezogen, aber das Lächeln erreichte ihre Augen nicht. In diesem Moment stieß ich gegen Jay, der mich mit einem schnellen, prüfenden Blick ansah. Hastig entzog mich aus seinem Griff und warf einen weiteren Blick über die Schulter. Er folgte meinem Blick, doch sie war bereits aus unserem Sichtfeld verschwunden.

»War was?«, fragte Aria.

»Nichts. Ich habe nur geschaut, ob sie uns weiter beobachtet. Sie ist für ihre Neugierde bekannt«, erwiderte ich.

Wir gingen die Gasse entlang, bis wir einen schwarzen BMW erreichten. Jay warf meinen Rucksack in den Kofferraum und forderte mich mit einem Nicken auf, hinten einzusteigen.

»Hat einer von euch überhaupt einen Führerschein?«

»So etwas brauchen wir im Normalfall nicht«, entgegnete Jay und hielt mir die Autotür auf.

Ich hob eine Braue nach oben. Okay, noch eine Frage, die auf meine Liste kam. Vorerst war mir meine Sicherheit aber wichtiger. »Dann steige ich nicht ein.« Mit verschränkten Armen blieb ich stehen.

Jay stöhnte genervt. »Bellena, du hast es immer noch nicht begriffen. Deine Sturheit und Diskussionen werden uns alle noch umbringen. Aber wenn es dich beruhigt: Niemand von uns wird fahren. »Aha, und wer fährt es dann?«

Eine unbekannte Stimme meldete sich hinter mir. »Na, ich. Hi, ich bin Toby.«

Als ich herumwirbelte, sah ich einen jungen Mann. Mit einem schelmischen Grinsen im Gesicht lehnte der lässig an der Motorhaube.

Kapitel 10

Die gesamte Fahrt hatte ich verschlafen, doch die gewünschte Erholung blieb aus. Mein Kopf hämmerte und ein unerträgliches Ziehen erinnerte mich an die Wunde über meinem Auge. Fest befürchtete ich, dass mein Spiegelbild mich noch mehr erschrecken würde, als wie heute am Morgen.

Ein Blick auf die Uhr zeigte, dass es kurz nach zweiundzwanzig Uhr war. Wo waren wir? Ich hatte keine Ahnung. Meine drei Begleiter blieben während der gesamten Autofahrt stumm und auch als wir schließlich aus dem Auto stiegen, herrschte bedrückendes Schweigen.

Die kühle Abendluft ließ mich frösteln. Um uns herum war nicht viel zu erkennen, da die Dunkelheit fast alles verschluckte. Lediglich Silhouetten von Bäumen und ein paar entfernte Lichter waren zu erkennen.

Toby lächelte mir knapp zu und schlenderte voraus. Schweigend folgten wir ihm zu einem kleinen, gemütlichen Häuschen, das mitten im Wald lag. Die rustikale Holzverkleidung wirkte einladend, fast schon heimelig. Besonders die Veranda zog meinen Blick auf sich. Sie zierte eine Holzschaukel, die sanft im Wind schaukelte und zwei Blumenkästen an den Geländern, in denen bunte Stiefmütterchen blühten. Obwohl ich einen Moment der Ruhe verspürte, blieb die Spannung in meiner Brust. Es war ruhig - zu ruhig.

Wir traten in einen großen lichtdurchfluteten Raum und blieben stehen. An der Decke zogen sich massive, offene Balken entlang, von denen alte, kunstvolle Leuchter herabhingen. Rechts befand sich eine kleine Holzküche mit einem runden Tisch und vier Stühlen, links ein dunkles Ledersofa, flankiert von zwei Sesseln, die alle zum Kamin ausgerichtet waren. Auf beiden Seiten des Kamins stapelten sich in Regalen Bücher und Dekoartikel. Es waren Vasen, kleine Skulpturen und grüne Pflanzen, die dem Raum Leben einhauchten. Im Vergleich, zu heute Nachmittag war es hier viel gemütlicher, woraufhin sich meine Schultern etwas entspannten.

»Wow, anscheinend haben sie doch Geschmack«, flüsterte ich mehr zu mir selbst, als zu jemand anderen. Jay hörte meinen Kommentar dennoch und warf mir einen flüchtigen Blick zu. »Wir hatten Besseres zu tun, als uns über die Inneneinrichtung einer Bude Gedanken zu machen, die ohnehin nur eine Zwischenlösung ist.« Seine Stimme klang amüsiert, und als er sich zu mir umdrehte, zeigte er ein schiefes Grinsen.

Ein leises Schnauben konnte ich mir nicht verkneifen. *Verdammt, wie konnte er das hören?* Ehe ich weiter darüber nachdenken konnte, sprach er schon weiter. »Da hinten ist das Badezimmer, falls du dich frisch machen möchtest. Das Schlafzimmer findest du oben. Du solltest dich etwas ausruhen, bevor die anderen kommen. Du siehst echt fertig aus.« Seine Stimme klang sachlich, fast kühl. Ohne eine Antwort abzuwarten, drehte er sich um und ging nach draußen. Aria und Toby folgten ihm. Ungläubig starrte ich ihnen hinterher. *Okay, jetzt gab er sich also wieder distanziert. Wie schön.*

Seufzend betrat ich das Badezimmer und nahm eine heiße Dusche. Genau, was ich jetzt brauchte. Frisch geduscht stieg ich die knarrenden Stufen nach oben und öffnete die einzige Tür, die direkt vor der Treppe lag. Das Schlafzimmer war gemütlich und ebenfalls rustikal eingerichtet. Im Raum stand ein großes Bett, mit einer hellen Tagesdecke und vielen dunklen Kissen darauf, dazu zwei passende Nachttische mit schlichten Lampen. Einige Bilder hingen an der Wand, denen ich jedoch nur einen flüchtigen Blick widmete. Stattdessen trat ich ans Fenster und zog die Vorhänge zur Seite.

Mein Blick fiel auf Jay, der lässig an einem Baum lehnte. Mit den Händen in seinen Hosentaschen hielt er seinen Blick starr auf den Boden gerichtet. Toby sagte etwas und wirkte ruhig dabei. Was auch immer es war, brachte Jay aus der Fassung. Mit einem Ruck stieß er sich vom Baum ab und baute sich vor ihm auf. Was er sagte, verstand ich nicht, doch Toby blieb unbeeindruckt. Mit einem kurzen Nicken quittierte er Jays Ausbruch, als wäre nichts gewesen. Daraufhin verzog Jay das Gesicht, fuhr sich mit der Hand über den Nacken und ließ sich schließlich wieder resigniert gegen den Baum fallen. Ihr Gespräch ging weiter, als hätte es die Anspannung davor nicht gegeben. Doch plötzlich hob Jay den Kopf und drehte sich in meine Richtung. Unsere Blicke trafen sich und für einen Moment schien die Welt den Atem anzuhalten. Sein Blick war unergründlich, beinahe prüfend, bis Toby ebenfalls auf mich aufmerksam wurde. Jays Blick huschte kurz zu ihm und dann wieder zu mir. Noch während er mich fixierte, stieß er sich vom Baum ab, drehte sich um und entfernte sich in Richtung Wald. Toby winkte mir knapp zu und folgte ihm.

Verwirrt durch deses Szenario zog ich die Vorhänge zu und ließ mich ins Bett fallen. Der Schlaf übermannte mich schneller, als ich dachte, und ich begann, zu träumen. Von keinem Geringeren als Jay. Wir standen in einem großen Saal, ohne Fenster oder Türen. Lediglich kahle weiße Wände waren zu sehen, die sich bis ins unendliche zu erstrecken schienen. Die Stille war erdrückend und der Boden unter meinen Füßen fühlte sich seltsam kalt an. Jays Gesicht war reglos, seine Augen suchten die Leere ab, als würde er auf etwas warten. Mitten im Raum stand ein einzelner Klavierflügel, auf desen Bank er sich sinken ließ und er begann, darauf zu spielen. Die Melodie war tief und melancholisch. Ich verlor mich in ihrem Klang und ließ mich mit geschlossenen Augen ganz davon einhüllen. Abrupt verstummte die Musik und ein eisiger Schauer lief mir über den Rücken. Als ich die Augen öffnete und in eine dunkle Ecke starrte. Zwei rote Punkte funkelten mir kalt und unheilvoll entgegen. Plötzlich schlugen Flammen aus dem Klavier. Mit einem ohrenbetäubenden Knall zersprang es direkt vor meinen Augen. Glühende Splitter flogen quer durch den Raum, während die Hitze um mich herum unerträglich wurde.

Nach Luft schnappend suchten meine Augen Jay, der reglos an der Wand stand. Seine Hände hatte er, wie festgefroren an den Seiten. In seinen Augen spiegelten sich Wut und Verzweiflung, denn er konnte sich nicht bewegen. Die Panik in meiner Brust wuchs, doch ich konnte mich selbst kaum rühren.

Die roten Punkte veränderten sich und wurden zu katzenartigen Pupillen, die mich unnachgiebig fixierten. Verzweifelt kämpfte Jay gegen die unsichtbare Macht, die ihn an die Wand presste. Seine Muskeln spannten sich an, sein Gesicht verzog sich vor Anstrengung, doch es war vergeblich. Das Symbol des Feuers flammte an der Wand neben ihm auf. Und dann fing er an zu brennen.

»Jay!«, rief ich. Meine Stimme brach und von Jay blieb nur ein schwarzer Abdruck, mit weit ausgebreiteten Engelsflügeln an der Wand zurück.

Die roten Augen kamen näher und ihre unheimliche Präsenz ließ mir das Blut in den Adern gefrieren. Ich keuchte, denn die Hitze, der Rauch und die Angst drückten schwer auf meiner Brust. Ein Flüstern kroch durch die Dunkelheit und umschmeichelte meinen Namen.

Bellena, vertraue niemanden.

Mit schneller Atmung setzte ich mich ruckartig auf. Mein Puls raste, deshalb drückte ich mit der rechten Hand fest auf meine Brust, als könnte ich somit das wilde Hämmern meines Herzens bändigen. Im Raum war es still, doch die Dunkelheit schien mich zu erdrücken. Ein feiner Schweißfilm bedeckte meine Stirn, während ich versuchte, den Albtraum abzuschütteln. Mein Körper glühte, als würde ich jeden Moment in Flammen aufgehen. Ein scharfer, unerträglicher Schmerz im ganzen Körper durchzuckte mich, ließ mich beinahe den Verstand verlieren. Ich biss mir fest in den linken Handrücken um den Schrei, der mir auf den Lippen lag, zu ersticken. Auf keinen Fall wollte ich auf mich aufmerksam machen. Das brennende Gefühl fraß sich durch meine Adern und ich heftete mich verzweifelt an den einzigen Ausweg, der mir blieb. Ich ließ meine Gedanken kreisen, klammerte mich an jedes noch so flüchtige Bild, um der Qual zu entkommen. Warum dieser Traum? Sarafina war nicht hier. Es gab keine Verbindung, keinen Weg, wie sie mir oder ihrem Auftraggeber Botschaften senden konnte. Oder? War sie es überhaupt jemals gewesen? Mein Herz raste und meine Gedanken überschlugen sich. *Wenn nicht sie, wer dann?* Oder war es dieses Mal nur ein Produkt meiner Fantasie? Doch es fühlte sich genauso real an wie die anderen Träume. Nein, sogar entsetzlicher und viel realistischer, denn ich hatte noch nie, solche starke Schmerzen verspürt. Was war das nur? Wo zum Teufel war ich nur hineingeraten?

Leise begann ich, meine Lieblingsmelodie zu summen. Die vertrauten Töne schwebten durch den Raum und mit jeder Strophe fühlte ich, wie mein Herzschlag langsamer wurde. Das Brennen auf meiner Haut ließ nach, zog sich aus meinem Körper zurück, bis nur noch ein schwacher Nachhall blieb. *Vertraue niemandem.* Die Worte erklangen erneut in meinem Kopf und drängten sich somit wie eine Warnung auf. Ich schluckte schwer und fasste einen Entschluss. Was gerade passiert war, würde ich vorerst für mich behalten.

Erschöpft ließ ich mich ins Bett zurückfallen. Die Matratze gab sanft nach und die kühle Bettdecke schmiegte sich an meine Haut.

Keine Ahnung, wie spät es war, denn ich hatte nicht die Kraft, um nachzusehen. Die Dunkelheit zog mich wieder in ihren Bann und schon bald fiel ich erneut in einen unruhigen Schlaf.

Geweckt wurde ich von warmen Sonnenstrahlen, die durch die Vorhänge drangen, und dem Zwitschern der Vögel. Einen Moment lang genoss ich die friedliche Stille, doch als ich die Augen vorsichtig öffnete, erschrak ich und zog instinktiv die Decke enger um meinen Körper. Mit verschränkten Armen lehnte Jay an der Wand. Sein Blick war ruhig, aber durchdringend. Seine musternden Augen schienen auf eine Reaktion von mir zu warten. Wie lange stand er schon da?

»Na, kleiner Engel. Hast du gut geschlafen?« Er lächelte mich an, aber es erreichte seine Augen nicht.

»Was machst du hier?«, fragte ich scharf.

»Das war nicht die Antwort auf meine Frage.«

»Keine Träume, falls du das wissen wolltest.«

Mit einer geringschätzigen Miene ging er auf die Tür zu. »Es ist bereits Mittag. Die anderen sind da. Komm runter«, warf er mir über die Schulter hinweg zu.

Ich verdrehte die Augen »Oh ja, noch mehr Fröhlichkeit im Haus. Ich kann es kaum erwarten.«

Unbedarft fuhr ich mir über die rechte Augenbraue und verzog das Gesicht. Die Wunde brannte und es fühlte sich an, als würde ein kleiner Hammer gegen meinen Schädel hämmern. »Gibt es hier Kopfschmerztabletten?«

»Aria wird sich darum kümmern. Komm jetzt.«

Stöhnend schwang ich die Beine aus dem Bett. Dass ich mich mit meinen Klamotten Schlafen gelegt hatte, war kein Fehler. Nur deshalb konnte ich Jay bedenkenlos nach unten folgen. Am Treppenabsatz blieb ich stehen.

»Bellena, das sind Dan und Nathan«, sagte er und deutete auf zwei Jungs, die mir kurz zu nicken. Ihre Blicke wanderten sofort wieder fragend zu Jay. »Keine Träume«, erklärte er knapp. »Aria kümmerst du dich um ihren Kopf? Ich mache ihr einen Kaffee.«

»Ich brauche keinen Kaffee«, murmelte ich und rieb mir die pochende Schläfe. »Nur eine Tablette.«

»Glaub mir, die brauchst du nicht.« Aria trat auf mich zu und legte ihre Hand sanft auf meinen Kopf. Wie auf Knopfdruck verschwanden meine Schmerzen. »Jetzt sieht dein Gesicht wieder hübsch aus, bis auf deine zerzausten Haare«, fügte sie mit einem hämischen Grinsen hinzu.

Ungläubig fasste ich an die Stelle über meiner Augenbraue. Kein Ziehen, kein Brennen. Alles fühlte sich normal an.

Ohne ein weiteres Wort lief ich ins Badezimmer und starrte fassungslos in den Spiegel. Meine Finger strichen über die makellose Haut, wo zuvor eine Wunde gewesen war. »Wie hast du das gemacht?«, rief ich durch die halb geöffnete Badtür.

»Engel, Schätzchen ... schon vergessen?«

So spöttisch sie auch klang, sie hatte recht. Die Wunde war weg, doch meine Haare sahen aus wie ein Vogelnest. Seufzend fuhr ich mir mit den Händen durch die zerzausten Strähnen, bis sie halbwegs ordentlich lagen. Dann kehrte ich zu den anderen zurück und richtete mich erneut an Aria. »Sagtest du nicht, ihr hättet keine Magie mehr?«

Ihr wissendes, amüsiertes Lächeln ließ mich immer nervöser werden. »Falsch«, sagte sie ruhig. »Ich sagte, dass wir einen Teil unserer Magie verloren haben.«

Bevor ich etwas erwidern konnte, trat sie einen Schritt zurück und ließ den Abstand zwischen uns wachsen.

Jay hatte bisher mit verschränkten Armen an einem Holzbalken gelehnt und dabei stumm die Szene beobachtet.

Doch jetzt schnappte er sich einen Stuhl, drehte ihn lässig mit der Lehne nach vorne und setzte sich darauf. Seine Arme legte er locker auf die Lehne, während er mich mit einem selbstzufriedenen Gesichtsausdruck musterte. Seine Arroganz war unübersehbar und ja, sie nervte mich. Aber verdammt, er sah dabei einfach gut aus. *Reiß dich zusammen Bellena!* Doch mein Herzschlag ignorierte den Befehl und legte an Tempo zu.

Tief holte ich Luft und versuchte die Hitze in meinen Wangen zu ignorieren. Demonstrativ wandte ich mich an den Rest der Gruppe. »Okay, jetzt, wo wir alle komplett sind, könntet ihr mir bitte endlich erklären, was ihr von mir wollt?« Ich hob die Hände und machte übertrieben zwei Anführungszeichen in der Luft. »Das Projektziel lautet doch nicht einfach nur: Findet und beschützt sie, oder?« Mein Blick wanderte herausfordernd von einem zum anderen.

»Nein«, sagte Jay mit kalter, emotionsloser Stimme.

»Wie, nein?« Ich war fassungslos. Konnte dieser Kerl mir nicht einfach eine normale Antwort geben?

»Dass wir nicht befugt sind, dir das zu erzählen.« Herablassend sah er mich an.

Meine Hände ballten sich zu Fäusten und ich musste all meine Selbstbeherrschung aufbringen, um ihm nicht ins Gesicht zu schlagen. »Ach, aber mich festhalten, das könnt ihr?« Meine Stimme wurde lauter. »War ich wirklich in Gefahr? Oder gehörte das alles zu eurem Plan, mich herzulocken?« Wütend funkelte ich Jay an und spürte, wie sich die Spannung in meinem Körper aufbaute.

Dan erhob sich aus dem Sessel und schlenderte zum Kamin, wo er sich lässig an die Wand lehnte. Sein Blick blieb an mir hängen, sodass ich nicht anders konnte, als ihn genauer zu betrachten. Dunkelbraune Augen, lockige Haare im gleichen Farbton. Er erinnerte mich unweigerlich an Andrew Garfield, in Amazing Spider-Man, den ich erst vor Kurzem gesehen hatte. *Wenn er jetzt noch anfängt, die Wände hoch zu krabbeln, bin ich raus.* Sein Bart, der sich perfekt um seine Lippen schmiegte, gab ihm ein markantes, aber weiches Aussehen. *Verdammt, er sah wirklich gut aus.*

Ein Räuspern ließ mich wieder in Jays Richtung blicken. Ich erwartete, dass er etwas sagen würde, doch er schwieg. Stattdessen starrte er mich mit geweiteten Pupillen an. Möglicherweise hatte ich Dan, für Jays Geschmack zu lange gemustert. Sein Blick verfinsterte sich, funkelte vor unausgesprochenem Ärger. War es Eifersucht, die da kurz in seinen Augen aufblitzte? Mein Herz schlug schneller. Das bildete ich mir doch nur ein, oder?

»Unsere Aufgabe war es, dich zu finden und zu beschützen. Auch wir haben jemanden, dem wir unterstellt sind«, sagte Dan plötzlich. Seine Stimme war ruhig und eindringlich.

Dadurch riss er mich aus meinen absurden Gedanken über Jay und seine vermeintliche Eifersucht. »Und wer hat das Sagen?« Mein Herz pochte schneller, während ich Dan nicht aus den Augen ließ.

»Mein Vater. Und was er sagt, gilt. Auch für dich«, antwortet Jay mir mit eisiger Bestimmtheit.

»Hätte ich mir denken können, dass du Daddys kleiner Laufbursche bist. Warum sollte mich interessieren, was dein Vater sagt?« Die Worte waren schärfer als beabsichtigt, aber seine Überheblichkeit ließ mein Blut förmlich Kochen. Anscheinend hatte ich denselben Effekt auf ihn, wie er auf mich. In seinen Augen loderten Flammen und er spannte sich an, bereit aufzuspringen.

»Jay!«, rief Nathan und schüttelte den Kopf. Dann wandte er sich mir zu. Seine wilden, braunen Haare und haselnussbraunen Augen verliehen ihm einen ruhigen, warmen Ausdruck. Sanftmut lag in seinen Iriden und ließen mich eine unerklärliche Ruhe in mir spüren. Die eben aufkeimende Wut war schlagartig verschwunden. »Vielleicht gibt es andere Fragen, die wir dir beantworten können?«, sagte er mit leiser, tiefen Stimme.

Warum bin ich auf einmal so ruhig? Mein Zorn zog sich grundlos zurück, als hätte er sich in Luft aufgelöst. Es war, als würde er vor mir wegrennen und ich hatte keinerlei Lust, ihn wieder einzufangen. Das wäre, als würde man den Teufel jagen, vor dem man ja bekanntermaßen die Beine in die Hand nimmt.

»Kannst du Gefühle beeinflussen?«, fragte ich vorsichtig, fast flüsternd. Denn eigentlich war dies ja nicht möglich. Aber ich stand in einem Raum mit Engeln und eine davon hatte vor wenigen Minuten ihre Heilkunst demonstriert.

»Du bist wirklich klug, Bellena. Ich bin beeindruckt«, erwiderte Nathan.

Bingo. Ich war selbst überrascht von meiner schnellen Auffassungsgabe. Vielleicht färbte Julias Scharfsinn tatsächlich auf mich ab?

»Aber du hast nicht ganz recht. Ich kann keinerlei Gefühle erzwingen. Jedoch kann ich Streitigkeiten positiv beeinflussen. Mein Ziel ist es, Rivalitäten zu vermeiden. Das ist der Grund, warum ich gefallen bin. Man schickte mich auf die Erde, um den Krieg gegen die Amoriten mit meiner Gabe zu beenden. Sie wollten das akkadische Reich stürzen. Leider hatte ich versagt und durfte deshalb nicht ins Engelreich zurückkehren.« Für einen Moment lag ein tiefer, trauriger Blick in seinen Augen, doch dann zwang er sich zu einem Lächeln.

»Ich dachte, Engel fallen, weil sie sich gegen Gott aufgelehnt hatten?« Auf einem der freien Sessel nahm ich Platz.

Es war Dan, der mir leise vom Kamin aus antwortete. »Leider gibt es unzählige Gründe, warum Engel verbannt werden. Ich hatte mich in einen Menschen verliebt. Das hatte weitreichende Konsequenzen für mich.«

Überrascht zog ich meine Brauen nach oben. »Ich dachte, Engel sind liebenswerte Wesen. Aber wenn sie wegen Liebe oder Fehlern so hart bestraft werden ...«

»So einfach ist das nicht. Vor vielen Jahren waren Engel vollkommene Wesen. Doch der Kontakt mit den Menschen ließ sie gewisse Tugenden übernehmen, die ihre Vollkommenheit zerstörten. Naivität, Neid, Gier. Das Problem war nicht die Liebe zu ihr, sondern dass sie mich benutzte, um an unsere Geheimnisse heranzukommen. Ich bin eine der Legenden, weshalb die Menschen an Engel glauben«, erklärte Dan.

»Also wurdest du wegen Hochverrat verbannt?«

»So ist es.«

»Was ist mit dir Toby?«, fragte ich.

»Ich war ein naiver junger Engel. Ich habe ebenfalls Wissen weitergegeben, das ich hätte schützen sollen.« Mehr wollte er dazu offensichtlich nicht sagen.

»Und was könnt ihr sonst noch, außer heilen und meine Wut verschwinden lassen?«

Toby lachte kurz. »Das wirst du bestimmt bald selbst herausfinden.«

Trotzig biss ich mir auf die Unterlippe. »Wie geht es jetzt für mich weiter? Muss ich jetzt hierbleiben?«

»Wir warten auf neue Anweisungen«, antwortete Jay.

»Lass mich raten. Die kommen von deinem Vater?« Trotzig verschränkte ich die Arme vor mir.

»Richtig.«

»Wie lange willst du mich noch hinhalten? Du hast gesagt, du würdest mir alles erzählen, aber alles was ich bekomme, sind Befehle.«

»Solange es nötig ist. Außerdem habe ich gesagt, wir reden, sobald wir einen sicheren Ort erreicht haben und das ist noch nicht der Fall.«

Ich seufzte. »Ich muss an die frische Luft.«

»Du gehst nirgendwo hin.«

Mir reichte es und ich stand auf. »Du hast mir nichts zu sagen. Schon vergessen? Du bist nur der Laufbursche.«

Jay sprang auf. Noch bevor ich reagieren konnte, stand er vor mir. Erst danach krachte der Stuhl zu Boden. Er hielt mich am Oberarm fest und zischte. »Ich sagte: Du. Bleibst. Hier.«

»Lass mich los, du tust mir weh.«

In seinem Blick loderte es vor Wut.

»Jay, lass sie sofort los!«, befahl Nathan, doch Jay blieb stur vor mir stehen. Immerhin sein Griff lockerte sich etwas. »Ich werde mit ihr gehen«, sagte Toby.

»Nein, ich werde mit ihr gehen!«, erwiderte Jay, ohne den Blick von mir zu nehmen.

»Vergiss es. Auf deine Anwesenheit kann ich verzichten. Ich gehe mit Toby.«

Er stand mittlerweile neben uns und legte Jay eine Hand auf die Schulter. »Ich passe schon auf sie auf. Wir gehen runter zum See.«

Widerwillig ließ er mich los und blickte zu Toby. »Okay, aber ich verlass mich auf dich.«

»Komm, Bellena.« Toby öffnete mir die Tür und wir traten hinaus auf die Veranda, wo uns eine warme Sommerbrise entgegenströmte. Endlich frische Luft.

Kapitel 11

Mit geschlossenen Augen atmete ich tief ein und wieder aus, spürte, wie reine Luft meine Lungen füllte und die Gerüche der Umgebung in mir aufsteigen. Es lag der unverkennbare Duft von Bäumen, Holz und dem aufsteigenden Hauch von feuchter Erde darin. Für manche war es nur der Geruch der Natur, doch für mich war es in diesem Moment der Duft nach Freiheit.

Die Wärme der Sonne breitete sich auf meinem Gesicht aus. Ich öffnete die Augen und sah, wie sich die Sonnenstrahlen durch die Bäume hindurchkämpften.

»Geht es dir gut?« Tobys Augen waren fast schwarz wie die Nacht, als er mich ansah. Trotzdem lag in seinem Blick etwas Weiches, wenn er seine Mundwinkel nach oben zog.

»Ja, ich denke schon. Dieses Heilungsding hat Aria gut drauf.«

»Sofern sie will. Du hattest Glück, dass sie heute einen guten Tag hatte. Manchmal erfüllt sie ihre Aufgabe nur halbherzig.«

Ich hob die Augenbrauen. Bevor ich etwas erwidern konnte, deutete er auf einen Weg. »Komm, lass uns ein paar Schritte gehen.«

Wir folgten einem Trampelpfad, der sich dicht am Haus entlangschlängelte. Ich hörte, wie die Tür geöffnet wurde und war mir sicher, dass Jay uns beobachtete. Das Verlangen war groß, mich umzudrehen, aber ich ließ es und lief stattdessen still neben Toby her.

Wir spazierten tiefer in den Wald hinein, wo die Schatten dichter wurden. Einige Windzüge sorgten für das anschwellende Rauschen der Baumkronen. Es klang beinahe wie die Brandung des Meeres. Vögel zwitscherten wild durcheinander und ließen es wie ein Konzert wirken. Zwischendurch hörte man das Rufen eines Kuckucks. Der Boden war mit weichem Moos bewachsen und eine Vielfalt an Blumen säumte den Weg. Eine Kletterpflanze schlängelte sich um den Stamm eines Baumes, in dessen Ästen ein Vogel ausflog, um seine Jungen zu füttern.

Verstohlen sah ich Toby von der Seite an. Seitdem wir losgelaufen waren, hatten wir kein Wort mehr miteinander gesprochen. Erst jetzt fiel mir auf, dass er sich verändert hatte.

»Toby?«

»Ja?«

»Ich bin mir sicher, dass deine Haare gestern grün und schwarz waren. Heute sind sie blau und schwarz.«

»Jepp, da liegst du richtig.«

»Okay, wann hattest du Zeit für einen Friseurbesuch?«

Er lachte auf. »Ich brauche keinen Friseur. Ich kann meine Haare ändern, wann immer ich Lust dazu habe.«

Ungläubig starrte ich ihn an. Im nächsten Moment waren seine Haare plötzlich rosa und fing an zu lachen. »Wenn du so einfach deine Haarfarbe ändern kannst, beneiden dich bestimmt viele Frauen. Kannst du das auch bei mir machen?«

»Nein, leider nicht. Das ist nur eine Spielerei für mich. Es funktioniert nur ein Wechsel der Haarfarbe.«

»Also bist du mehr ein Chamäleon, statt Engel?«

Er begann zu glucksen. »Jeden Tag gleich auszusehen, ist doch langweilig. Immer dasselbe zu tun auch. Ich mag es eher … abwechslungsreich.«

»Hast du deshalb einen Führerschein? Weil du Teleportieren, Auflösen oder Fliegen zu langweilig findest?«

Er lachte. »Ist das deine Art herauszufinden, wie wir üblicherweise von einem Ort zum anderen kommen? Erzähl weiter. Welche Ideen hast du noch?«

»Hmm, lass mich überlegen. Gib mir etwas Zeit, mir fällt bestimmt noch was ein.«

Plötzlich zuckte ich zusammen, als ein Eichhörnchen direkt vor mir, von einem Ast auf einen nächsten sprang. Ich hielt mir vor Schreck eine Hand auf die Brust.

»Du bist ziemlich schreckhaft, Kleines«, neckte Toby mich.

»Hallo? Es hätte genauso gut ein Monster oder Drachen sein können«, rief ich empört, musste mir ein Lachen aber verkneifen.

»So etwas wie Drachen gibt es doch gar nicht.«

»… Sagte der Engel, von dem ich bis vor kurzem dachte, dass es ihn auch nicht gibt. Und habt ihr mir nicht erst vor ein paar Stunden von Dämonen erzählt?«

Toby schwieg und zeigte stattdessen auf einen steinigen Hang. Skeptisch sah ich nach oben. Mein erster Gedanke: Das konnte er nicht ernst meinen. Doch dann begann er hinaufzuklettern.

»Solltest du nicht auf mich aufpassen? Was würde Jay sagen, wenn er wüsste, dass du mich einer solchen Gefahr aussetzt?«

»Jetzt stell dich nicht so an. Los, es ist eine Abkürzung.«

Mit einem Seufzer folgte ich ihm nach oben. Ich hielt mich ganz gut, war aber erleichtert, als Toby mir beim letzten Stück die Hand entgegenhielt und hinauf half. Oben angekommen, rang ich nach Luft. Mit beiden Handflächen auf den Oberschenkeln abgestützt, beugte ich mich schwer atmend nach vorn.

»An deiner Kondition müssen wir dringend arbeiten.«

Bevor ich antwortete, hob ich den Zeigefinger, um ihm zu signalisieren, dass er warten sollte, und atmete zweimal tief durch. Das brachte ihn herzhaft zum Lachen. »Ich bin nicht so die Sportskanone«, presste ich keuchend heraus.

»Aber du bist doch keinen Marathon gelaufen, Kleines. Da wird wohl einiges an Arbeit auf uns zukommen.«

»Was? Wie meinst du das?«

Ich bekam keine Antwort, denn Toby lief direkt weiter. *Warum bekomme ich nie eine Antwort auf die wichtigen Fragen?*

»Jetzt komm schon«, rief er, ohne sich nach mir umzudrehen.

Ich rollte mit den Augen und folgte ihm mit schnellen Schritten, damit ich ihn wieder einholte.

»Wo willst du eigentlich mit mir hin?«

»Lass dich überraschen.« Ich warf ihm einen skeptischen Blick zu. »Keine Sorge, Kleines. Es wird dir gefallen.«

»Erzählst du mir was über euch?«

»Kommt darauf an. Was möchtest du denn wissen?«

Ich überlegte kurz. Fragen hatte ich genug, aber ich wusste, dass er mir nichts Direktes zum Projekt `Bellena` preisgeben würde. Ich musste taktisch vorgehen.

»Heißt ihr wirklich so? Ich dachte, Engel haben nicht so herkömmliche Namen.«

»Nathan heißt tatsächlich so. Dan eigentlich Danjiel. Und Arias Name ist Ariel. Jay ...«

»Ist die Abkürzung von Jason«, unterbrach ich ihn.

»Richtig. Aber eigentlich heißt er Jerahmel. Und ich ...«, er blieb stehen, verbeugte sich theatralisch und sagte: »Bin Jetaeral.«

»Jetaeral? Das hat nicht mal annähernd eine Ähnlichkeit mit Toby.«

»Es gibt kein Gesetz, dass mein ...« Er hob die Hände und deutete Anführungszeichen an: »Erdenname ähnlich klingen muss. Wer will schon Jet oder so heißen? Ich meine, Jay klingt ja noch irgedwie cool. Aber Jet oder Aral?«

Bei der Vorstellung, dass Toby wie eine Tankstelle gerufen wurde, musste ich herzlich lachen.

»Lach nicht. Ich weiß genau, was du denkst. Deshalb nenne ich mich Toby«, sagte er trocken. »Zum Glück kann man sich umbenennen. Aber wem sage ich das, Isabella.«

Ich zeigte ihm eine Grimasse, bevor ich fragte: »Aber nennst du dich schon immer so? Toby ist doch ein ziemlich moderner Name und du bist sicher schon länger auf der Erde.«

»Ich hatte vorher andere Namen, aber das ist nicht so wichtig.«

»Und wie lang ...«

»Wir sind gleich da«, unterbrach er mich. »Hörst du das?«

In der Ferne hörte man das Geräusch von tosendem Wasser. Wir liefen auf eine Holzbrücke zu, von der man sehen konnte, wie es nach unten rauschte. Die Wassermassen knallten tosend auf der Wasseroberfläche auf und bahnte sich einen Weg an den Steinen vorbei bis hin zu einem See, dessen Oberfläche in der Sonne funkelte.

»Schubst du mich da jetzt runter?«

Meinen Scherz überging er, indem er weiter lief und einen steilen Weg nach unten nahm. »Kommst du?«

Bei dem Gedanken, dass ich da irgendwann wieder hochmusste, stöhnte ich.

»Psst.« Toby legte seinen Zeigefinger an die Lippen und wies auf zwei Rehe, die am Wasser standen. Mit einer Kopfbewegung deutete er an, dass er näher heranwollte. Wir schlichen vorsichtig in ihre Nähe, plötzlich hörte man ein Klopfen. Die Rehe drehten sich zu uns und rannten schnurstracks davon.

»Schade, das war wohl nichts«, sagte Toby und wirkte dabei enttäuscht.

»Was hattest du eigentlich vor? Du wolltest sie hoffentlich nicht …«

»Fressen?« Er lachte. »Für wen hältst du mich?«

Da ich nur mit der Schulter zuckte, schüttelte er ungläubig den Kopf.

Toby ging näher zum See, stellte ein Bein auf einem umgefallenen Baumstamm und vergrub die Hände in den Taschen seiner blauen Jeans. Sein Blick schweifte ruhig über die Landschaft, als würde er jedes Detail in sich aufnehmen.

Ich hingegen lief an ihm vorbei, direkt zum Wasser. Vorsichtig tauchte ich eine Hand hinein. Kühle Frische durchzog meine Haut und ließ mich innehalten. Sanft bewegte ich die Handfläche darin, während das Wasser spielerisch um meine Finger strömte. Als ich sie spreizte, schien der Sog stärker zu werden, als wolle er mich mitziehen. Ein leichter Wind strich durch mein Haar und ließ die Szene noch friedlicher wirken.

Vertraue niemandem.

Das Flüstern von heute Nacht hallte in meinem Kopf wider. Ich sah zu Toby, der mich musterte. Ein knappes Lächeln huschte über mein Gesicht, das er erwiderte. Konnte ich ihm und den anderen wirklich vertrauen?

Ich zog die Schuhe aus und lief ins Wasser. Ich blickte zum Wasserfall und beobachtete, wie die Wassermassen auf der Oberfläche aufschlugen und sich an einigen Steinen vorbei, einen Weg zum See suchten.

Mir fiel ein besonders großer Brocken auf. Er wirkte wie der Star auf einer Bühne und alle kleineren Steine bewunderten ihn. Schmetterlinge kreisten darüber und das Wasser floss verspielt, angetrieben durch den Wasserfall, an ihm vorbei. Durch die Sonnenstrahlen funkelte alles um ihn herum auf der Wasseroberfläche. Die Vögel zwitscherten um die Wette, als würden sie nur für ihn ein Lied singen. Am Wasserrand sah ich verschiedenfarbige Wildblumen, die durch einen Wind sachte schwankten. Sie wirkten, als würden sie ihm zuwinken. Plötzlich musste ich an Jay denken.

Ich lief aus dem Wasser, nahm meine Schuhe in die Hand und ging zu Toby. Gras stach mir in die Füße, ich musste aufpassen, wohin ich trat. Ich setzte mich auf den Baumstamm und brach das Schweigen.

»Toby. Wieso ist Jay manchmal so?«

»Was meinst du?«

»Du weißt, was ich meine.«

Er seufzte. »Jay hat seine Mutter in jungen Jahren verloren. Sie wurde von einem Dämon getötet. Sein Vater hat es bis heute nicht verkraftet. Er machte sich schwere Vorwürfe, denn Jays Mutter wurde auf die Erde verbannt, weil sie sich nicht von seinem Vater trennen wollte. Seitdem versucht sein Vater alles, um seine Gnade zurückzukommen. Deshalb wurde er der Anführer unserer Gruppe. Leider übersieht er bei seinem Vorhaben oft seinen eigenen Sohn. Und Jay tut alles, um seine Aufmerksamkeit zu erlangen. Er vertraut ihm blind und würde alles für ihn tun, auch wenn es nicht immer die richtige Entscheidung ist. Und das zerreißt ihn.« Toby sah mich ernst an. »Glaub mir. Er will nur das Beste für dich. Aber die Befehle seines Vaters stehen über seinem eigenen Willen.«

»Was willst du mir damit sagen? Was hat Jays Vater vor?«

Toby fuhr sich nachdenklich durch die Haare. »Bellena, du weißt ...«

»Schon gut. Ich weiß, dass du es mir nicht sagen darfst«, unterbrach ich ihn genervt. *Verdammt*, dachte ich - aber vielleicht würde er mir mehr über Jay erzählen? »Und ihr macht, was Jay sagt, weil er euer Anführer ist?«

»Sozusagen. Er wurde nicht offiziell zum Anführer ernannt. Er stieß erst später zur Gruppe dazu, denn er war noch ein Kind, als wir mit der Suche nach dir begannen. Als Sohn des Anführers hat er trotzdem eine besondere Stellung.«

»Was macht euch so sicher, dass ich die Richtige bin?«

»Wir wissen es einfach. Man spürt es.«

»Danke, für diese präzise Antwort.«

Wie aufs Stichwort begann mein Magen laut zu knurren.

»Oh, da hat wohl jemand Hunger. Kein Wunder, du hast den ganzen Tag noch nichts gegessen. Es ist fast fünf«, stellte Toby fest.

»Wie bitte? schon so spät? Mir kam es gar nicht so lange vor.«

»Das liegt bestimmt an meiner Anwesenheit.« Toby grinste mich frech an. »Komm, lass uns zurückgehen.«

Auch wenn ich nicht wollte, zwang mich der Hunger dazu, den Rückweg anzutreten. Lachend gingen wir nebeneinander her in Richtung Haus. Toby erzählte mir einige witzige Anekdoten, die er mit Jay und den anderen in den vergangenen Jahren erlebt hatte. Obwohl wir uns erst kurz kannten, verstanden wir uns so gut, dass ich die gemeinsame Zeit unbeschwert genießen konnte.

Als wir beim Haus ankamen, sprach Toby über seine Kochkünste. Ich war dankbar, dass er nicht für das Abendessen zuständig war. Er schwor zwar, dass er kochen konnte, doch seine Geschichten erzählten das genaue Gegenteil.

Schon von Weitem sah ich, wie Jay auf der Schaukel der Veranda saß. Seine Miene war wie versteinert.

»Ich wette, dass er sich von dort keine Minute wegbewegt hat, um auf uns zu warten«, sagte ich missbilligend.

»Bellena, ich vertraue dir jetzt ein Geheimnis an«, erwiderte Toby.

Wir blieben stehen. Ich hob eine Augenbraue und fragte: »War das Verraten von Geheimnissen nicht der Grund, warum du jetzt neben mir stehst?«

»Stimmt. Aber da ich schon auf der Erde bin. Außerdem bezweifle ich, dass ich sie einem Menschen anvertraue. Du bist eine von uns – du weißt es nur noch nicht.«

Seine Worte trafen mich wie ein Hammerschlag. Geschockt starrte ich ihn an. Ich wollte Ehrlichkeit und jetzt prasselte sie von allen Seiten auf mich ein.

Er ignorierte meine Bestürzung und der zweite Hammerschlag folgte rasant, als Toby nähertrat und flüsterte: »Und was Jay angeht, er beschützt dich nicht nur, weil es verlangt wird. Dieser Auftrag kommt ihm sehr gelegen. Er wird es bloß nicht so zugeben. Ich kenne ihn fast sein ganzes Leben und noch nie hat er eine Aufgabe seines Vaters mit solcher Hingabe erfüllt.«

Bevor ich etwas darauf erwidern konnte, sah ich, dass sich Tobys Miene verfinsterte. Er blickte an mir vorbei in den Wald. »Jay!«, rief er, bis dieser im nächsten Moment wie ein Blitz neben uns stand.

»Bing sie sofort ins Haus und bleib bei ihr«, befahl Jay und fuhr mich an: »Und du machst gefälligst, was er dir sagt!«

Noch ehe ich etwas entgegenbringen konnte, zog Toby mich in die Richtung des Hauses.

»Was ist denn los?«

»Dämonen. Sie wissen, dass wir hier sind.«

Und da war er – Hammerschlag Nummer drei.

Kapitel 12

Dan, Nathan & Aria waren an uns vorbeigestürmt. Sie hatten ebenfalls gespürt, dass etwas nicht stimmte. Widerwillig ließ ich mich von Toby ins Haus bringen. Als wir auf der Veranda standen, drehte ich mich zu Jay um. Aria, Dan und Nathan standen mittlerweile bei ihm. Sie positionierten sich im Kreis, mit den Rücken aneinander und beobachteten die Umgebung.

Toby fasste mich am Oberarm, um mir zu signalisieren, dass ich ins Haus kommen sollte. Doch ich schüttelte ihn ab. In diesem Moment schaute Jay zu mir. Trotz der Entfernung konnte ich den Zorn in seinem Gesicht erkennen. Er bewegte sich leicht aus der Formation und funkelte mich an. Anscheinend galt die Wut mir, da ich wieder mal nicht gewillt war, seiner Bitte nachzugehen. Auch Toby schien darüber wenig erfreut.

»Bellena, komm jetzt endlich mit!« Er nahm meine Hand und zog mich ins Haus.

Widerwillig ließ ich es zu, ohne den Blick von Jay abzuwenden, bis die Tür hinter uns ins Schloss fiel. Ich kämpfte gegen mein rasendes Herz, riss mich von Toby los und schrie ihn an. »Wir können sie doch nicht alleine lassen!«

Meinen Versuch, wieder nach draußen zu gehen, vereitelte Toby, indem er sich vor die Tür schob. »Das müssen wir. Außerdem wissen sie, was sie tun. Es wäre gefährlicher für sie, wenn wir bei ihnen wären. Verstehst du das denn nicht? Solltest du jetzt hinausgehen, bringst du nicht nur dich, sondern uns alle in Gefahr. Jay würde nur auf dich achten und sich dadurch selbst in Gefahr bringen. Begreifst du nicht, wie wichtig ihm deine Sicherheit ist?«

Wie angewurzelt blieb ich stehen. Jays Worte hallten in meinem Kopf nach: *Deine Sturheit und Diskussionen werden uns alle noch umbringen.*

Er hatte recht. Ich konnte nichts anderes tun, als ihm zu vertrauen.

»Jetzt komm endlich.« Toby griff erneut nach meiner Hand und zog mich die Treppe hinauf ins Schlafzimmer.

Mit einer Kopfbewegung deutete er mir, mich aufs Bett zu setzen. Dann murmelte er etwas, was ich nicht verstand. Plötzlich hatte ich das Gefühl, von einem unsichtbaren Schleier umhüllt zu sein. »Was war das?« Irritiert sah ich an mir herunter.

»Was meinst du?«

»Ich ... ich weiß nicht. Es fühlte sich an, als hätte mich etwas umhüllt.«

Seine Mundwinkel verzogen sich zu einem schiefen Lächeln. »Ich sag‹ doch, du bist eine von uns. Wärst du menschlich, hättest du es nicht ansatzweise gespürt.«

»Was gespürt?«

»Ich habe dich mit einem Schutzzauber umhüllt, der es den Suchenden schwerer macht, dich zu finden.«

»Das heißt, ich bin unsichtbar?«

»Nicht ganz, aber du bist schwerer aufzuspüren. Leider hält die Wirkung nur kurz an. Ich bin etwas aus der Übung. Als Engel waren meine Kräfte wesentlich stärker.«

»Das verstehe ich nicht. Heißt das, sie können fühlen, dass ich hier bin?«

»Ja, das können sie. Einige Dämonen haben ebenso mentale Fähigkeiten wie wir. Viele sind ebenfalls Gefallene. Allerdings werden ihre Gedanken und Gefühle nur von Hass, Groll, Wut und Missgunst getrieben. Deshalb werden ihre Seelen zunehmend in die Dunkelheit gezogen.«

»Bist du deshalb bei mir und nicht bei den anderen? Weil du mich abschirmen kannst?«

»Ja und weil ich kein guter Kämpfer bin. Als Schutzengel war ich nie fürs Kämpfen gedacht.« Kurz lachte er auf. »Ein Wunder, dass ich so lange überlebt habe.«

»Und die anderen? Jay?«

»Keine Sorge, sie wissen, was sie tun und können sich sehr gut verteidigen.«

Er ging zum Fester und spähte vorsichtig durch die Vorhänge nach draußen. Plötzlich gab es einen tosenden Lärm, gefolgt von einem hellen Aufleuchten, wie bei einem gewaltigen Blitzeinschlag. Ich lief zum Fenster, doch Toby hielt mich an der Taille fest und zog mich zurück.

»Sei vorsichtig, Kleines. Sie könnten dich sehen oder spüren. Mein Schutzzauber ist nicht mehr so stark.«

Aber ich ließ nicht locker, riss mich aus seiner Umklammerung und spähte nach draußen. Erleichtert atmete ich aus, als ich Jay sah. Erst im zweiten Moment erkannte ich, wie surreal das Bild war, das sich mir bot. Er schwebte in der Luft, getragen von zwei schwarzen Flügeln. Er trug noch immer das graue Shirt, sowie seine dunkle Lederhose. Dieselbe Kleidung wie gestern, als er mich zu Hause besuchte. Der Moment, als sich alles für mich änderte. Seit etwas mehr als vierundzwanzig Stunden kannte ich die wahre Existenz von Engeln und dass Jay einer von ihnen war. Aber erst jetzt wurde mir wirklich bewusst, dass es real war. Dass ich nicht träumte oder sich jemand einen Scherz mit mir erlaubte. Engel, Dämonen - es gab sie wirklich. Und ich war mitten unter ihnen.

Erst danach fielen mir die anderen auf. Auch ihre Flügel waren dunkel, doch im Vergleich zu Jays Flügeln wirkten ihre eher gräulich – besonders Arias, die am hellsten waren. Sie kreisten in der Luft und suchten offensichtlich das Gebiet ab. Am Boden lag ein riesiger Einschlagkrater. Um ihn herum zeichneten sich schwarze Flecken ab - verbrannte Körper, einer ähnelte einer riesigen Spinne.

Toby stand neben mir. »Das war Jay. Er ist nicht nur schnell wie ein Blitz, er kann sie auch heraufbeschwören.«

Voller Unglauben sah ich ihn an. »Jay hat das ganz alleine gemacht?«

»Er ist extrem stark. Wer weiß, wie mächtig er als Engel gewesen wäre? Womöglich werden wir es nie erfahren.« Er zog einen Mundwinkel nach oben. »Ich sagte doch, sie kommen gut ohne uns klar. Wir beherrschen die Elemente: Feuer, Erde, Wasser, Luft und Äther. Meistens kontrolliert jeder Engel ein oder höchstens zwei Elemente.«

»Dann ist dein Element Äther?«

»Richtig, genau wie bei Nathan. Aber er hat noch mehr auf Lager. Durch seine Teilnahme an unzähligen Kriegen kann er sich gut verteidigen und unterstützt die anderen im Kampf. Zudem beherrscht er etwas Feuermagie. Dan hat ebenfalls die Gabe, Feuer zu kontrollieren. Er schwingt am liebsten sein feuriges Seil, hat aber auch ein Schwert. Früher konnte er ganze Städte in Brand setzen.« Toby zwinkerte mir zu, als wäre es eine Selbstverständlichkeit, was er erzählte.

»Und Aria kann heilen«, fügte ich hinzu.

»Ja, aber neben der Heilung kann sie auch die Erde beeinflussen. Erdbeben sind ihre Stärke und dadurch kann sie auch das Wasser in Bewegung bringen. Erzengel eben. Sie haben viel mehr Energie als wir.«

Ich ließ Tobys Worte auf mich wirken. Das Element Feuer spielte eine große Rolle in meinen Träumen. Aber wieso? Beherrschte derjenige, der mir diese Warnungen schickte, ebenfalls diese Magie? »Ist es vorbei?«

»Ich weiß nicht. Sie wirken nach wie vor angespannt, als würden sie spüren, dass noch jemand da ist.« Toby blickte nach draußen und suchte die Gegend ab. Auch ich spähte hinaus und meine Augen suchten akribisch die Umgebung ab. Mein Blick blieb an einem Gebüsch hängen. Ich war mir sicher, dass sich dort etwas regte. Ich spürte, wie der Schutzzauber mich allmählich verließ, und da waren sie. Rote, glühende Augen, die mich fixierten. Instinktiv setzte ich einen Schritt zurück.

»Toby, da im Gebüsch! Ich sehe rote Augen.«

Er folgte meinem Blick, doch er schien nichts zu sehen und sah mich fragend an. Auch die anderen schienen es nicht zu bemerken, obwohl sie mehrfach genau an dieser Stelle suchten. Dann verschwand das Rot allmählich. Plötzlich ertönte ein schmerzverzerrter Schrei von Jay.

Seine Hand hielt er auf seine Brust gepresst, bis er sie wegnahm und auf seine blutverschmierte Handfläche starrte. Panik stieg in mir auf. Jay war verletzt! Ich wollte zu ihm, doch Toby hielt mich erneut an der Taille zurück. Ich keuchte und kämpfte gegen das Gefühl, dass mein Herz jeden Moment aussetzen könnte. »Ich muss …«, presste ich heraus.

»Du musst gar nichts!«, entgegnete Toby scharf. »Du bleibst hier, so wie er es verlangt hat.«

Sein Griff um mich löste sich nicht. Im Gegenteil. Er ließ mir keine Chance zur Flucht, also gab ich auf und blickte wieder aus dem Fenster. Jay hockte auf dem Boden. Seine linke Hand ruhte auf der Erde, die rechte auf seinem Oberschenkel. Die Augen hielt er geschlossen. Dan, Nathan und Aria kreisten um ihn.

»Was tut er da?«, fragte ich.

Drei dunkel gekleidete Gestalten bewegten sich von verschiedenen Richtungen auf ihn zu. Einer trug ein Schwert, ein weiterer einen brennenden Hammer. Ich erkannte, dass einer von ihnen Hörner auf dem Kopf hatte, während ein anderer einen langen, schlangenartigen Schwanz besaß. Ungläubig schüttelte ich den Kopf. Mein Blick wanderte zwischen den Dämonen und Jay hin und her. Aria zog sich zurück, doch Dan und Nathan umkreisten Jay weiterhin. Warum unternahmen sie nichts?

Doch dann schwang Dan seine Peitsche und ein Kreis aus Feuer schloss sowohl die Dämonen als auch Jay ein. Die Dämonen schauten sich suchend um. Es gab keine Möglichkeit zur Flucht. Der Dämon mit dem Hammer stürmte schließlich auf Jay zu.

Auf einmal bebte die Erde und das Gelände senkte sich, bis es sich mit Wasser füllte. Die Dämonen standen knöcheltief darin. Jay, der sich direkt in der Mitte befand, stand jedoch auf festem Boden. Blitze schossen ihm aus der Hand, direkt auf die Dämonen zu, die daraufhin zu zucken begannen und schlagartig zu Boden fielen.

Mit schmerzverzerrtem Gesicht erhob er sich, während Aria über die Baumkronen hinweg herbeiflog. Dan und Nathan ließen sich ebenfalls auf die Erde nieder. Sobald sie den Boden berührten, verschwanden ihre Flügel.

Neben mir atmete es erleichtert durch, bevor Toby seinen Griff um meine Taille lockerte. Ohne groß darüber nachzudenken, nutzte ich die Chance und stürmte aus dem Zimmer.

»Verdammt, Bellena, warte«, hörte ich Toby hinter mir herrufen. Doch zu spät. Ich rannte bereits die Treppe nach unten und riss die Tür auf. Direkt auf Jay zu.

Als er mich kommen sah, ließ er seine Flügel verschwinden und funkelte mich zornig an. »Sagte ich nicht, du sollst im Haus bleiben?!«

»Du bist verletzt«, entgegnete ich besorgt.

Er schaute auf sich hinab. Seine Brust zierte eine große Kratzwunde, die sein Shirt zerfetzt hat. Ich trat näher an ihn heran und wollte ihn berühren, doch seine kühle Antwort brachte mich zum Stillstand. »Es ist nichts Ernstes, Aria kümmert sich darum.« Er deutete mir und den anderen wieder hineinzugehen. Einen Augenblick lang blieb er noch draußen stehen und ließ prüfend seinen Blick umherschweifen, bevor er uns folgte.

»Ist bei dir alles in Ordnung?«, erkundigte er sich bei mir.

Knapp nickend fiel mein Blick erneut auf seine Wunde. Daraufhin zog er den Rest seines Shirts aus. »So ein Mist. Das war eins meiner Lieblingsshirts.«

Aria schnaubte und fuhr mit ihrer Handfläche über seine Brust. Die Wunde war verschwunden.

Mit nacktem Oberkörper stand er vor uns. »Gefällt dir, was du siehst?«

Seine Frage ließ Röte in meinen Wangen aufsteigen, sodass ich mich von ihm abwandte. Mit einem tiefen Atemzug ließ ich mich in einen Sessel sinken.

»Wie geht es nun weiter?«, fragte Aria in die Runde. »Wenn sie uns einmal gefunden haben, ist es nur eine Frage der Zeit, bis sie wieder angreifen.«

»Wie haben sie uns überhaupt aufspüren können?«, fragte Nathan.

»Bellena sagte, sie habe rote Augen in einem der Gebüsche gesehen. Ich konnte sie allerdings nicht entdecken und ihr offenbar auch nicht. Obwohl ihr mehrfach in die Richtung geschaut habt, habt ihr nichts unternommen.«

»Rote Augen«, wiederholte Nathan Tobys Worte und klang dabei, als würde er bereits sämtliche Möglichkeiten durchgehen.

»Ich habe gelogen«, murmelte ich.

»Wie bitte?«, fragte Jay, während er nähertrat und sich über mich beugte.

»Falls Sarafina damit zu tun hat, ist sie uns wahrscheinlich gefolgt. Diese roten Augen kamen mehrfach in meinen Träumen vor. Als ich heute Morgen sagte, dass ich nicht geträumt habe«, stammelte ich, »…war das gelogen.«

Deutlich hörbar holte Jay Luft und fuhr sich entnervt durch die Haare.

»Dann sollten wir sofort aufbrechen, bevor uns der nächste Angriff erwartet«, schlug Dan vor.

»Und wohin?«, fragte Toby.

Jay zog sein Handy hervor, tippte schnell etwas und sagte dann: »Nach Hause!«

Kapitel 13

Wie erstarrt verharrte ich im Sessel. Im ersten Moment war mir nicht klar, was Jay mit »nach Hause« meinte. Mein Zuhause war bei meiner Mum und Noah, bei meinen Freunden. Nichts wünschte ich mir sehnlicher, als dorthin zurückzukehren. Aber hatte er mich nicht von dort weggebracht, damit ich sicher war? Allmählich löste ich mich aus meiner Starre.

»Was meinst du damit?«, stammelte ich, während die anderen bereits besprachen, wie die nächsten Stunden ablaufen sollten. Die Unterhaltung verstummte und alle Köpfe richteten sich zu mir. Ich sah sie nicht an, sondern blickte auf meine Hände, die unruhig zitterten.

Aus den Augenwinkeln bemerkte ich, wie Jay den anderen mit einer knappen Kopfbewegung signalisierte, dass sie uns alleine lassen sollten, was sie bereitwillig taten. Dan und Toby gingen nach draußen, Nathan nach oben und Aria verkroch sich in die hinterste Ecke der Küche.

Als Jay auf mich zukam, fiel mein Blick erneut auf meine Hände. Um das Zittern zu verbergen, verschränkte ich sie auf meinem Schoß. Vor mir ging er in die Knie und legte überraschend seine Hände über meine. Sein Blick war weich und voller Sorge. »Mit nach Hause, meinte ich mein Zuhause. Ich bringe dich zu meinem Vater.«

Ich spürte, wie mir eine Träne über die Wange rollte. Mir war bewusst, dass er mich nicht zu mir nach Hause brachte. Es aber so direkt aus seinem Mund zu hören, löste in mir eine gewisse Leere aus. Mir wurde klar, dass ich vielleicht nie wieder dorthin zurückkehren würde. Wie sollte das funktionieren, wenn da draußen Dämonen auf mich warteten?

Mit seinem Daumen fuhr er über meine Wange und wischte mir die Träne weg. Das Lächeln, das er mir zuwarf, wirkte echt, warm und bedingungslos. Diese Geste war so sanft und liebevoll, dass sich eine Gänsehaut auf meinem Körper ausbreitete. »Ist das in Ordnung für dich?«, fragte er unvermittelt.

»Wie bitte? Jetzt fragst du mich, ob es mir recht ist? Ich dachte, es gilt, was du sagst?«

Mein Kommentar brachte ihn dazu, wieder aufzustehen und sich von mir zu lösen, was eine erneute Leere in mir hinterließ. Alles in mir verlangte danach, ihn zu berühren. Ich wollte nach seiner Hand greifen, tat es jedoch nicht, als ich seinen Blick sah, der sich schlagartig verändert hatte.

Ausdruckslos und kühl, sein Lächeln war gänzlich erloschen. »Ich dachte, es heitert dich auf, wenn du das Gefühl hast, du hättest eine Wahl.«

Und wieder einmal hatte er von liebevoll auf gefühlskalt gewechselt. Er hatte mir seine Zuneigung gezeigt und sie in kürzester Zeit wieder abgelegt. Manchmal kam es mir vor, als hätte er zwei Persönlichkeiten. Seine Stimmung kippte so schnell, dass ich befürchtete, ich könnte jederzeit ein Schleudertrauma erleiden.

»Weißt du, dass du mir mit deinem Machogetue ziemlich auf die Nerven gehst?«

»Nicht, dass es mich interessier, aber du verstehst es auch, einem gehörig auf den Keks zu gehen. Glaube mir.« Er entfernte sich vom Sessel und ging zur Haustür. »Pack deine Sachen. In einer Stunde brechen wir auf.«

Verblüfft und sprachlos zugleich ließ er mich zurück. Ich sah zu Aria, die sich ein Lachen nicht verkneifen konnte. Genervt stampfte ich nach oben und ließ die Tür laut ins Schloss fallen.

Wenig später klopfte es und Toby trat ein. »Hey Kleines. Ich habe hier etwas zu essen für dich.«

Auf dem Teller, den er mir vor die Nase hielt, lag ein lecker aussehendes Sandwich. Sofort meldete sich mein Magen zu Wort. Mein Hungergefühl hatte ich vor lauter Aufregung komplett unterdrückt. Ich dankte ihm und nahm skeptisch den Teller entgegen.

Augenrollend aber dennoch amüsiert setzte er sich zu mir aufs Bett. »Keine Sorge, ich habe es nicht zubereitet. Aria war es.«

Ein Grinsen konnte ich mir nicht verkneifen und biss in das Sandwich. Es schmeckte so gut, dass ich es im Nu verschlungen hatte. Als ich fertig war, nahm Toby mir den Teller ab.

»Wir sollten zu den anderen gehen.« An der geöffneten Tür blieb er stehen, um auf mich zu warten. Ich nahm meinen Rucksack und schulterte ihn.

Unten angekommen traf mich prompt Jays Augenpaar, das er allerdings gleich wieder auf sein Handy richtete. Er wirkte angespannt. Ich blieb auf der Treppe stehen, während Toby den Teller in die Küche brachte.

Hinter mir schlenderte Nathan die Treppe hinunter und verkündete: »Ich komme nicht mit.«

Schlagartig schauten ihn alle an.

»Wieso?«, fragte Dan, den diese Entscheidung offenbar am meisten zu treffen schien.

Nathan ging auf ihn zu und legte eine Hand auf seine Schulter. »Weil wir wissen müssen, was sie vorhaben und über welche Kenntnisse sie über Bellena und unser Vorhaben verfügen. Das wird uns einen Vorteil verschaffen. Und du weißt, das kann ich am besten alleine.«

»Nathan hat recht. Wenn er herausbekommt, was sie als Nächstes planen, kann er uns warnen. So tappen wir nur im Dunkeln«, stimmte Jay ihm zu und blickte endlich länger von seinem Handy auf.

»Und wo willst du suchen?«, hakte Dan nach.

»Ich werde mich in der Nähe umsehen, umhören und euch von oben im Blick behalten. Eine Spur wird sich schon auftun - so ist es doch immer.«

»Okay, aber pass auf dich auf«, bat Dan und zog ihn in eine brüderliche Umarmung.

»Kümmert euch lieber gut um die Kleine. Und keine Streitereien, während ich weg bin.« Mit dem Finger deutete Nathan von Jay zu mir. »Das gilt hauptsächlich für euch beide.«

»Wenn er sich benimmt, tue ich es auch«, konterte ich.

Jay funkelte mich an, beschloss aber, es unkommentiert zu lassen. Stattdessen wandte er sich an Nathan. »Du meldest dich, sobald du etwas weißt.«

Nickend verabschiedete er sich und ging nach draußen, wo er sich prompt vom Boden abstieß und nach oben flog. Wir sahen ihm nach, bis er in der Dunkelheit verschwunden war.

»Schade, dass wir nicht so komfortabel reisen können, aber wir haben wertvolle Ware an Bord«, stichelte Jay.

»Du kannst ihm gerne hinterherfliegen. Ich komme auch gut ohne dich klar«, entgegnete ich ihm mit einem zuckersüßen Lächeln.

Er kam näher, bis er dicht vor mir stand und sich zu mir herunter beugte. Dabei streifte er leicht meine Wange mit seinen Lippen und flüsterte mir zu: »Das bezweifle ich.« Er trat zurück und ging nach draußen.

Wie versteinert blieb ich stehen und sah ihm hinterher. Es dauerte einen Moment, bis ich begriff, dass ich vergessen hatte, zu atmen.

Kurz darauf saßen wir im Auto. Toby saß am Steuer, Jay neben ihm. Dan, Aria und ich teilten uns die Rückbank. Erst jetzt wurde mir klar, dass für Nathan ohnehin kein Platz mehr gewesen wäre.

Jay beobachtet mich immer wieder durch den Rückspiegel, ansonsten starrte er auf sein Handy. Allmählich fragte ich mich, ob er wirklich so viel Aufmerksamkeit bekam oder ob er nur Angst hatte, etwas Wichtiges zu verpassen, und sich deshalb so an diesem Gerät festklammerte.

Mitten in der Nacht, nach ein paar Stunden Fahrt, entschieden wir uns für eine Rast und parkten an einem abgelegenen Ort, in einem Waldgebiet.

Während die anderen es sich um das von Dan mühelos entfachte Lagerfeuer bequem machten, zog ich mich ein wenig von der Gruppe zurück und genoss die Aussicht, die sich mir bot. Ich saß an einem Hang und konnte kilometerweit eine endlose Baumlandschaft sehen, die vom Vollmond angestrahlt wurde. Ein weißer Schleier legte sich über die Baumkronen und ließ den Wald mystisch wirken. Ich blickte nach oben und beobachtete, wie einzelne Sterne am

Nachthimmel funkelten. Astronomie gehörte leider nicht zu meinen Stärken, andernfalls hätte ich versucht, einige Sternenbilder davon auszumachen.

Inzwischen musste es zwei oder drei Uhr morgens sein. Genau wusste ich es nicht, da ich keine Uhr trug und mein Handyakku mittlerweile leider den Geist aufgegeben hatte. Gerade noch rechtzeitig konnte ich eine »Macht euch keine Sorgen Nachricht« an meine Mutter und Julia schicken.

»Wie geht es dir?« Neben mir ging Jay in die Hocke und betrachte mich von der Seite.

»Gut«, sagte ich, ohne ihn anzusehen, und starrte stattdessen stur geradeaus.

»Warum kommst du nicht zu uns ans Feuer?«

»Weil ich die Aussicht genießen möchte.«

»Was dagegen, wenn ich dir Gesellschaft leiste?«

Ungläubig sah ich zu ihm. »Auf einmal legst du Wert auf meine Meinung?«

»Nicht wirklich. Ich wäre trotzdem geblieben, auch wenn deine Antwort nein lautet.«

»War ja klar. Ich vergaß, du fragst ja nur, um mir das Gefühl zu geben, ich hätte eine Wahl.«

Ein schiefes Grinsen zierte seine Mundwinkel. »Ich sehe, du lernst dazu.«

Einige Minuten saßen wir schweigend nebeneinander und blickten in die Ferne.

»War ganz schön aufregend die letzten zwei Tage«, durchbrach er die Stille.

»Jay, was willst du?«

»Nichts. Ich will nur nicht, dass du so alleine hier herumsitzt.«

»Lass mich raten, ein Auftrag von deinem Vater?«, entgegnete ich mit einem sarkastischen Unterton.

»Mein Vater hat damit gar nichts zu tun.«

Mir kamen Tobys vorherigen Worte wieder in den Sinn: *Er beschützt dich nicht nur, weil sein Vater es verlangt.*

Aus diesem Grund beschloss ich, das Thema mit seinem Vater nicht weiter zu vertiefen. »Habt ihr schon etwas von Nathan gehört?«

»Ja. Leider nichts Neues. Er hat uns bloß ein paar seiner Gedanken mitgeteilt.«

»Und das wär?«

Jay zögerte kurz. »Er glaubt, dass die roten Augen vor dem Haus von Lilith waren.«

»Lilith? *Die* Lilith?«, fragte ich ungläubig: »Sie existiert wirklich?«

»Ja, na klar«, antwortete Jay trocken und klang dabei, als hätte ich gefragt, ob es die Sonne gibt.

»Ist sie auch eine Gefallene?« Ich musste einfach fragen, da ich kaum etwas über Liliths Geschichte wusste.

»Nein, sie ist geflohen. Lilith war die erste Frau Adams. Sie wurde wie er, aus Schlamm und Dreck erschaffen, war aber trotzdem schön und wild. Als Adam mit ihr in der Missionarsstellung schlafen wollte, weigerte sie sich, seine Unterordnung zu akzeptieren. Sie war überzeugt, dass sie sich ihm so unterlegen fühlte und es keinen Grund dafür gab, etwas dergleichen zu akzeptieren. Schließlich wurden sie aus der selben Hand und dem selben Material erschaffen. Sie verließ Adam, brachte jedoch Gott mit ihrem Charme dazu, ihr seinen geheimen Namen zu offenbaren, was ihr große Macht verlieh. Um sein Geheimnis zu wahren, verlangte sie von Gott, ihr Flügel zu schenken, mit denen sie schließlich davonflog. Sie gilt als die Königin der Nacht.« Als er mich leicht anstupste und ich das Gesicht verzog, hoben sich seine Mundwinkel an. »Sie verführt Männer zu sexueller Zügellosigkeit und Betrug. Es heißt, dass sie nachts in ihre Schlafzimmer eindringt, um sich der Männer zu bemächtigen.« Er machte eine kurze Pause: »Doch in Wahrheit gehört ihre Liebe nur einem Einzigen.«

»Luzifer«, kam ich Jay zuvor.

»Richtig. Sie buhlt um seine Aufmerksamkeit und würde alles dafür tun. Wir glauben, dass sie hier war, um ihm ein Geschenk zu bringen. Dich.«

»Das heißt, es suchen nicht nur Dämonen nach mir, sondern der Teufel höchstpersönlich? Habt ihr eine Ahnung, was er von mir will?«

Mit nach oben gezogener Braue sah er mich an. Hatte er erwartet, ich würde in Panik ausbrechen oder schreiend davonrennen. Immerhin hatte er mir offenbart, dass der Teufel hinter mir her war, doch ich blieb überraschend gelassen. Nach den letzten Tagen konnte mich anscheinend nichts mehr schockieren.

»Luzifer war der strahlendste und vollkommenste aller Engel. Voller Weisheit und, zugegeben, auch ziemlich … heiß.« Als er loslachte, konnte ich mir ein Grinsen nicht verkneifen, doch die Ernsthaftigkeit kehrte schnell zurück. »Er konnte sich mit der Rolle des Dienergottes nicht zufriedengeben und wollte stattdessen lieber selbst den Himmel beherrschen. Nach seiner Verbannung versuchte er über Jahre hinweg mehrmals die Engel anzugreifen und Gottes Schöpfung zu zerstören. Einige Naturkatastrophen gehen vermutlich auf sein Konto. Und jetzt vermuten wir, dass er dich für den Kampf gegen die Engel rekrutieren will.«

»Aber warum? Warum ich?«

»Das wissen wir nicht. Aber mein Vater wird dir mehr darüber erzählen können.«

»Also weißt du auch nicht alles?«

»Ich weiß genug, um dich beschützen zu können.«

Ich schnaubte, doch plötzlich schoss mir ein weiterer Gedanke durch den Kopf. »Glaubst du, dass die Engel ebenfalls nach mir suchen? Sie können doch unmöglich wollen, dass ich Luzifer in die Hände falle?«

Mit dem Kopf in den Nacken gelegt sah er zu den Sternen, bevor er einen schweren Atemzug ausstieß und seine türkisblauen Augen auf mich richtete. »Möglicherweise ist es genau das, was sie wollen?« Entsetzt starrte ich ihn an. »Sei doch mal ehrlich. Alles, was wir dir bis jetzt erzählt haben … klang da irgendetwas liebevoll? Die Engel haben nichts mit den Gutenachtgeschichten aus den Büchern gemeinsam.«

»Aber warum wollt ihr dann zurück, wenn ihr so über sie denkt?«

»Weil wir tief im Herzen Engel sind und nach Hause wollen. Manche mehr als andere.«

»Und was willst du?« Diese Frage lag mir brennend auf der Zunge.

Sein Schulterzucken war Aussage genug.

Ich sah in den Himmel. Für mich war es unvorstellbar, dass jenseits der Sterne die Heimat dieser Wesen liegen sollte.

Ein Windhauch erfasste mich und ließ mich frösteln. Sofort schlang ich meine Arme um mich. »Ist dir kalt? Warte.« Völlig überraschend zog er seine Jacke aus und legte sie um meine Schultern, bevor er mich in den Arm zog. Dankbar und ohne darüber nachzudenken, ließ ich meinen Kopf an seine Brust sinken. Sein Herzschlag war so kraftvoll, dass ich dachte, gleich würde mir sein Herz entgegenspringen.

»Bellena?«

»Ja?«

»Würdest du mir zeigen, was auf deinem Amulett steht?«

Kaum merklich zuckte ich zusammen und griff nach dem kühlen Metall auf meiner Haut. Woher wusste er von dem Amulett? Natürlich baumelte es um meinen Hals, aber woher wusste er von der Gravur? Die veränderte Freundlichkeit und die zugelassene Nähe, war das alles nur ein Mittel zum Zweck? Hatte sein Vater ihn beauftragt, mich danach zu fragen? Natürlich bemerkte er mein Zögern.

»Du musst es nicht tun, wenn du nicht willst. Es ist nur …« mit der freien Hand raufte er sich die Haare. »Ich tappe im Dunkeln, was dich angeht und hoffe, dass uns das Amulett weiterhilft.«

»Woher weißt du von der Gravur?«

»Ist dir nicht aufgefallen, dass ich dich immer wieder beobachtet habe? Dabei lag das Amulett nicht immer mit der Gravur nach unten.«

»Hast du mich auch beobachtet, wenn ich …« Ich suchte nach den richtigen Worten.

»Du meinst, wenn du geschlafen hast? Ja, habe ich. Ich sehe dir gerne dabei zu.« Noch während ich über seine Worte nachdachte, vibrierte sein Handy. Doch er ignorierte es, was mich doch sehr wunderte.

»Glaubst du, du könntest dadurch mehr über meine Träume erfahren? Du hättest es dir längst anschauen können, warum hast du es nicht schon getan?«

»Weil ich dich nicht einfach im Schlaf berühre, obwohl die Versuchung groß war. Und das nicht nur einmal.«

Geschockt über seine ehrliche Antwort, war ich erst mal sprachlos. Schmunzelnd strich er mir eine Haarsträhne aus dem Gesicht. »Und wenn du mich jetzt fragen willst, warum ich dich beobachte, lautet meine Antwort: Weil du bezaubernd aussiehst, wenn du schläfst.«

Ich schluckte schwer. Hatte mir Jay gerade seine Gefühle gestanden?

Durch die Intensität in seinem Blick begann mein gesamter Körper zu glühen. Ein Feuerwerk an Gefühlen explodierte in mir.

Jays Handy vibrierte erneut, doch er ließ es weiterhin unbeachtet. Stattdessen senkte er seinen Kopf immer näher zu meinem, bis sich fast unsere Lippen berührten.

»Jay!«, rief Aria, wie ein Blitz aus heiterem Himmel.

Ein Seufzen ging von ihm aus. »Perfektes Timing, so wie immer«, flüsterte er mir zu und ohne den Blick von mir zu nehmen, rief er anschließend zu Aria: »Was ist?«

»Eine Warnung von Nathan. Wir müssen weiter.«

»Sieht so aus, als müssten wir das hier später fortführen«, murmelte er enttäuscht.

Auch mir versetzte es einen Stich, da dieser innige Moment so abrupt verflogen war. Die Enttäuschung darüber schmerzte mehr, als es sollte, schließlich war es Jay, der diese Gefühle in mir auslöste. Und weil seine Emotionen gerne mal Achterbahn fuhren, sollte ich vorsichtig sein und mich ihm nicht so bereitwillig an den Hals werfen. Zumal mich der Gedanke nicht losließ, dass er irgendetwas vor mir verheimlichte. Etwas sehr Wichtiges. Er stand auf und hielt mir seine Hand entgegen, um mir aufzuhelfen. Mein Atem stockte, da er mich so dicht an sich zog. Behutsam nahm er seine Jacke von meinen Schultern und half mir, sie anzuziehen. Sein Blick nach wie vor auf mich gerichtet.

»Komm, lass uns fahren.«

Schweigend liefen wir zu den anderen, bis wir den Wagen erreichten und er mir die Tür öffnete. Nachdem ich ein gestiegen war, nahm er wieder neben Toby Platz und wir fuhren los. Nun zitterten meine Hände nicht mehr nur wegen der Kälte.

Kapitel 14

Ich starrte aus dem Fenster und ließ meinen Blick über die eintönige Landschaft schweifen. Viel mehr als die Natur, die gleichmäßig an mir vorbeizog, gab es hier nicht zu sehen. Toby steuerte uns über versteckte Schleichwege, fernab von Straßen und neugierigen Blicken. Im Auto herrschte eine drückende Stille. Jeder schien in Gedanken versunken zu sein, doch die Anspannung war nahezu greifbar. Jay hatte seine Augen kaum von seinem Handy gelöst. Während unserer unerwarteten Annäherung hatte Nathan ihm gleich zwei Warnungen geschickt. Da er nicht reagiert hatte, wandte er sich schließlich an Aria. Seitdem herrschte Funkstille. Niemand wusste, wie nah die Dämonen inzwischen waren oder welche Gefahr hinter der nächsten Wegbiegung lauern könnte. Dan sah starr aus dem Fenster und wippte mit seinem rechten Bein auf und ab, Toby konzentrierte sich auf das Fahren. Man sah ihm an, dass er überlegte, welcher Weg am geeignetsten wäre. Ein paar Mal blieb er unentschlossen an der Kreuzung stehen, atmete schwer aus und sah zu Jay, der daraufhin entschied, in welche Richtung er fahren sollte. Und Aria? Die war wie immer. Sie saß unbekümmert neben mir und betrachtete ihre Fingernägel. Zwischendurch holte sie ihr Handy heraus, tippte etwas darauf und legte es wieder auf ihren Schoß. Ich fragte mich, ob sie auf eine Nachricht von Noah wartete. Zu gerne wollte ich sie danach fragen, verwarf den Gedanken aber schnell wieder.

»Bellena? Ich habe dein Handy geladen. Vielleicht solltest du dich kurz bei deiner Mutter melden«, riss Jay mich aus meinen Gedanken und reichte es mir.

Als ich es dankend entgegennahm, berührten sich kurz unsere Finger. Sofort spürte ich, wie mein Herz an Fahrt aufnahm. *War das noch normal?*

Ich lehnte mich in den Sitz zurück und schloss kurz die Augen, bevor ich aufs Display sah. Elf verpasste Anrufe und Nachrichten von Julia, Chrissy und Lukas.

Meiner Mum schrieb ich nur eine kurze Nachricht und versicherte ihr, dass es mir gut ginge. Lukas‹ Nachrichten ignorierte ich völlig. Chrissy bat mich mehrfach, mich bei ihr zu melden, weil sie und Julia sich Sorgen machten. Inzwischen waren die beiden auf dem Weg in den Urlaub, zu dem wir eigentlich heute Morgen um drei Uhr losfahren wollten. So schnell konnten sich Pläne ändern. Mittlerweile war es fast fünf Uhr und draußen konnte man die ersten Sonnenstrahlen durch die Baumwipfel schimmern sehen. Als Nächstes öffnete ich Julias Nachrichten.

Julia: *Ich habe etwas gefunden. Bitte melde dich.*

Julia: *Ist alles in Ordnung?*

Julia: *Lukas hat nach dir gefragt. Er macht sich ebenfalls Sorgen.*

Julia: *Bellena, ich werde hier wahnsinnig.*

Ich tippte eine Nachricht an sie, beschloss jedoch, die Ereignisse der letzten Stunden vorerst nicht zu erwähnen. Dazu war später noch genug Zeit und keine neugierigen Augen neben mir sitzen hatte.

Ich: *Hey, Julia. Sorry, mein Akku war leer. Es geht mir gut. Was hast du gefunden?*

Es dauerte nicht lange, bis sie sich meldete.

Julia: *Wir sind hier fast gestorben vor Sorge! Wieso hast du deinen Standort aus?*

Ich scrollte zu den Einstellungen und stellte fest, dass er tatsächlich aus war. War es nur ein Versehen? Oder hatte Jay es getan? »Hast du an meinem Handy herumgespielt?«

Er drehte sich zu mir um, während die anderen versuchten, das Geschehen zu ignorieren. Doch ich schwöre, dass Aria neben mir geseufzt hatte.

Jay funkelte sie kurz an, bevor er sich an mich wandte. »Ich musste deinen Standort deaktivieren. Das Risiko ist zu hoch, dass sie uns schneller finden.«

Als ich nickte, bemerkte ich aus den Augenwinkeln, wie Aria und Dan überrascht zu mir aufsahen. Selbst Jay schien darüber erstaunt zu sein. Deshalb sah er mich noch einen Moment an, warf Aria und Dan ein schulterzuckendes Lächeln zu und drehte sich wieder nach vorn. Was hätte ich denn entgegenbringen sollen? Es war nur logisch, wenn man darüber nachdachte. Klar, er hätte vorher fragen können, aber ich schien mich allmählich an ihn und seine Art zu gewöhnen. Oder lag es an unserem intimen Moment, dass ich es ihm einfach durchgehen ließ? Die letzten Tage waren von so vielen verrückten Ereignissen geprägt, dass ich schlicht und ergreifend zu müde war, um mich darüber aufzuregen.

Dämonen nutzten die Standortsuche. Ein völlig irrsinniger Gedanke, aber ich hatte sie selbst gesehen. Auf den ersten

Blick sahen sie aus wie ganz gewöhnliche Menschen. Sie trugen Kleidung und besaßen vermutlich auch Handys. So wie die vier, mit denen ich gerade blind umherreiste. Doch nicht nur das hatten sie, sondern auch ein eigenes Auto und nicht zu vergessen ihre Flügel.

Wieder einmal wurde mir klar, in welchen Irrsinn ich hineingeraten war. Träume, die mir von Engeln oder Dämonen gesendet wurden. Sarafina, meine Katze, die angeblich damit zu tun hatte. Sie, die mich jahrelang begleitete und deren Fell ich streichelte, während sie womöglich versuchte, meine Gedanken auszuspionieren. Engel, die mich brauchten. Luzifer, der mich wollte, um gegen eben jene zu siegen. Und ich saß in einem schicken BMW und ließ mich mit fünfzig durch die Ortschaft fahren, damit wir keine Aufmerksamkeit erregten.

Ich beobachte Jay, der erneut in den Rückspiegel sah und mir zulächelte. Das mit ihm war eine echte Achterbahnfahrt. Erst zeigte er Abneigung, dann Zuneigung, dann wollte er nur seine Aufgabe erfüllen und schließlich war es sein Ziel, mich zu beschützen. Als Nächstes mochte er mich, daraufhin empfand er mich als nervig, bis er mich letztlich wieder mochte. Wie sollte ich da nur wissen, ob er aufrichtig zu mir war?

Eine Nachricht von Julia ploppte auf.

Julia: *Bellena?*

Ich zögerte kurz, bevor ich ihr antwortete.

Ich: *Das mit der Standortverfolgung hat seine Richtigkeit. Es ist besser, wenn keiner weiß, wo*

ich bin. Ich erkläre euch alles später. Was habt
ihr herausgefunden? Wir haben vermutlich nicht
viel Zeit.

Ich sah, wie Julia schrieb, und starrte gebannt auf den Bildschirm. *Verdammt, was tippte sie da nur,* dachte ich. Quälende Minuten vergingen, bis endlich ihre Nachricht erschien.

Julia: *Das habe ich in einem Buch gefunden, in dem*
es um Metratrons Symbol und seine Energien
ging. Feuersymbol: Wenn das Feuer der Basis
durch die Lichtzentren des Körpers aufsteigt und
sich mit dem Licht des Symbols vereint, wird dies
Erwachen oder Erleuchtung genannt. Der
Lichtkörper erwacht zu vollem Bewusstsein und
entfaltet sein volles Potenzial. Die Einweihung in
das Feuer ist das Opfer. Ein Teil der Energie der
Menschen muss sich dem höchsten Licht beugen.
Ihm dienen und sich ihm hingeben, also geopfert
werden, damit die höheren Lichtkräfte sich
reinigen. Symbol: Flamme, Fackel, Sonne,
Pyramide. Engelschwingung: Metatron, Uriel,
Elohime. Erscheinungsform: Blitz und Donner,
Nordlichter, Flammen, Sonnenstrahlung.

Dann steht noch was von positiven und negativen Eigenschaften, welche Erfahrungen andere mit dem Symbol hatten. Aber es ist nichts dabei, was zu dir passt.

Dann wurde mir die nächste Nachricht angezeigt.

Julia: *Wegen des Amuletts habe ich viele Ähnliche gefunden. Die gibt es auf Amazon und Ebay. Aber keines hatte eine Gravur, deshalb gehe ich davon aus, dass es individuell graviert wurde. Ich glaube, ich habe die Symbole entziffern können. Es könnte sich um das thebanische Alphabet handeln. Es wird auch als Engelsalphabet bezeichnet. Nicht alle Symbole passten, einige sahen anders aus. Warte.*

Eine weitere Nachricht folgte.

Julia: *Engel, Engel, komm herbei, lehre mich die Weltzauberei. Lass mich mit deiner Kraft vereinen. Lass mich dein Weisheitslicht nicht verneinen. Lass mich das Weltenlicht verstehen, lass mich durch das Göttliche sehen.*

Ich antwortete ihr, ohne auf die Informationsflut einzugehen.

Ich: *Okay, kannst du mir etwas zu den gefallenen Engeln sagen?*

Ihre Antwort kam prompt.

Julia: *Bisher nur das, was wir aus Erzählungen kennen. Luzifer, der sich gegen Gott auflehnte und in die Hölle mit seinen Verbündeten verbannt wurde. Und andere, die sich nicht an die Regeln hielten und zur Erde geschickt wurden oder freiwillig gingen. Da bin ich gerade noch dran.*

Also nichts Neues, dachte ich.

Ich: *Was ist mit Sarafina?*

Julia: *Sarafina ist weg. Ich habe nichts gefunden, dass Jays Aussage belegt oder widerlegt.*

Diese Informationen halfen mir leider nicht weiter. Aber was hatte ich erwartet? Es wird wohl kaum eine Bedienungsanleitung für all das geben. Ich überlegte, Jay das Gedicht zu zeigen, schließlich hatte er mich nach der Gravur gefragt. Doch erneut überkamen mich Zweifel und ich beschloss, noch damit zu warten.

Ich: *Julia, danke. Ich lese mir das alles später in Ruhe durch. Vielleicht kann ich damit etwas anfangen. Sucht ihr bitte weiter? Aber genießt auch euren Urlaub. Ich melde mich, sobald es etwas Neues gibt.*

Julia: *Okay. Sei bitte vorsichtig! Wir machen uns wirklich Sorgen. Lukas übrigens auch. Kannst du dich nicht mal bei ihm melden? Ausnahmsweise?*

Durch mein entnervtes Stöhnen erntete ich mal wieder Jays Blick, was ich jedoch geflissentlich ignorierte.

Ich: *Ja, ich kann mich bei ihm melden. Ich mache mir auch Sorgen. Immerhin sitze ich zusammen mit Engeln im Auto - oder was von ihnen übrig ist - und werde vom Teufel verfolgt. Ich hoffe, dass ich gleich aufwache und ...*

Weiter kam ich nicht, denn plötzlich krachte es. Ein Aufprall warf mich zuerst nach vorn und dann zurück gegen den Sitz. Etwas benommen öffnete ich die Augen.

Toby schrie: »Was zum Teufel ist in dich gefahren?!«, während er ausstieg.

Nathan stand vor dem Wagen und murmelte ein leises »Sorry«.

»Sorry? Sieh dir das nur an!« Noch während er auf die Motorhaube zeigte, färbten sich seine Haare feuerrot.

Nun stiegen auch wir aus. Erst nachdem Jay sich bei mir vergewissert hatte, dass ich in Ordnung war, folgten wir den anderen.

Eine riesige Beule in Form eines Fußabdrucks zeichnete sich auf der Motorhaube ab. So wie es für mich aussah, musste Nathan auf dem Wagen gelandet sein.

»Wieso?«, fragte Toby mit zitternder Stimme.

»Es tut mir leid, Toby. Ich habe die Geschwindigkeit des Wagens falsch eingeschätzt. Ich wollte vor euch landen. Aber du warst schneller unterwegs, als ich dachte.« Verlegen griff er sich an den Hinterkopf.

Dan und Jay hingegen brachen in Gelächter aus.

»Das ist nicht lustig!«, meckerte Toby empört und wandte sich zu Aria: »Du kannst doch heilen?«

Fassungslos schüttelte sie den Kopf. »Ja, aber bestimmt kein Blech.«

»Ihr wisst doch, wie wichtig mir der Wagen ist! Wie soll ich mich fortbewegen, wenn er beschädigt ist?« Allmählich klang er verzweifelt.

»Äh, fliegen?«, warf ich ein.

Alle schwiegen für einen Moment und starrten betreten zu Boden.

»Ich kann nicht«, antwortete Toby Sekunden später und ließ niedergeschlagen den Kopf hängen. Es war Jay, der für ihn antwortete. »Er kann nicht, weil er Höhenangst hat.«

Toby drehte sich zur Seite, so unangenehm war es ihm.

»Du hast Höhenangst? Aber du bist doch ein Engel, oder? Hast du deshalb nicht gekämpft?«

Wieder antwortete Jay für ihn. »Jap, er ist ein Angsthase. Aber das macht nichts. Seine Verteidigungskünste sind echt gut, obwohl sie mal besser waren. Trotzdem ist er mir eine große Hilfe.« Zweimal klopfte Jay ihm auf die Schulter, bevor er die Motorhaube öffnete und dagegen schlug, um sie auszubessern. »Toby mach mal den Motor an.«

Ohne ein Wort setzte er sich hinein und drehte den Zündschlüssel. Sofort heulte der Motor auf.

»Na bitte, er läuft doch. Wenn wir zu Hause sind, helfen wir dir, es wieder in Ordnung zu bringen. Richtig, Nathan?«

»Ja, das machen wir natürlich.«

Nickend stieg Toby wieder aus und wechselte seine Haarfarbe von Rot auf Grün, nachdem ich ihm sagte, wie gut ihm Erstere Farbe stand.

»Du bist verrückt, Toby.« Wenigstens konnte er jetzt wieder lachen – genau wie ich.

Während er sich zu den anderen stellte, lehnte ich mich lieber an den Wagen, konnte aber dennoch jedes Wort verstehen.

»Wieso bist du überhaupt hier? Ich dachte, du behältst unsere Feinde im Auge?«, wollte Dan wissen.

»Das tue ich auch«, sagte Nathan etwas beleidigt. »Aber ich wollte lieber persönlich nach dem Rechten sehen. Vor allem, weil ihr den Dämonen nur knapp entkommen seid. Wieso hast du nicht auf meine Nachrichten reagiert, Jay?«

»Weil ich beschäftigt war«, entgegnete er genervt.

Skeptisch hob Nathan seine Braue.

»Er hat sich um Bellena gekümmert«, raunte Dan ihm, mit einem verspielten Lächeln zu.

»Ach, so ist das.« Wo er amüsiert wirkte, rollte Jay nur mit den Augen. Danach wurde Nathan aber wieder ernst und sah zu mir. »Bellena, wie gut kennst du diese Maja aus deiner Schule?«

»Nicht, so gut«, antworte ich zögernd.

»Sie ist ziemlich nervig, mischt sich überall ein, plappert ständig, ist eine motorische Petze und Tratschtante und taucht immer dann auf, wenn man sie am wenigsten braucht.«

»Wow, Jay, noch deutlicher konntest du nicht klarmachen, dass du sie nicht magst.«Schmunzelnd wandte ich mich daraufhin an Nathan. »Aber du fragst doch nicht ohne Grund nach ihr? Ist ihr etwas passiert?«

Hin und her gerissen, schien er nach den richtigen Worten zu suchen.

»O Gott. Ist sie tot? Sie war die Letzte, die mich gesehen hat, bevor ich bei Toby eingestiegen bin. Sie haben ...«

»Nein, ihr geht es gut, aber ...«

»Was aber?«

»Sie ist eine von ihnen.«

Jay und Aria holten scharf Luft.

»Wen meinst du mit,`von ihnen`?« Diese Frage musste ich ihm einfach stellen, obwohl mir die Antwort darauf bereits klar war.

»Sie ist ein Dämon. Ich habe sie mit Samael gesehen.«

Für einen Moment schloss ich fassungslos die Augen. »Wer ist Samael?«

»Er ist ein Fürst der Hölle und verkehrt gerne mit Lilith«, entgegnete dieses Mal Aria.

»Also hatten wir recht mit unserer Vermutung? Lilith will Bellena«, schlussfolgerte Dan.

Das alles durfte doch nicht wahr sein. Was sollte noch kommen? Es war einfach zu viel. Ich spürte, wie meine Beine nachgaben.

Jay bemerkte es sofort, nahm mich in seine Arme. »Hey langsam. Am besten du setzt dich.« Er half mir, im Wagen Platz zu nehmen, und sah mich mit einem besorgten Blick an.

»Sie sollte etwas trinken«, merkte Toby an und reichte Jay eine Flasche Wasser.

»Trink!«

Während ich trank, beobachtete ich die anderen, die sich leise miteinander unterhielten. Toby stand ebenfalls bei ihnen. Gelegentlich sahen sie in unsere Richtung, denn Jay hockte immer noch vor mir.

»Geht es wieder?«

Ich ließ meinen Kopf gegen die Nackenstütze fallen und nickte schwach.

»Es wird Zeit, dass du ordentlich schläfst und isst. Es ist nicht mehr weit.«

Ich schnaubte sarkastisch. »Und dann? Wie geht es dann weiter? Dann bleibe ich bei euch, bis der Nächste als Verräter enttarnt wird und ich wieder flüchten muss? Wie lange soll das so gehen? Wie soll es überhaupt gehen, wenn ich niemandem vertrauen kann?«

»Das weiß ich nicht. Deshalb ist es so wichtig, dass du mir vertraust«, sagte Jay einfühlsam, aber bestimmt. »Mein Vater kann dich beschützen. Vielleicht nicht für immer, aber für eine Weile. Dort, wo wir hingehen, ist es sicher. Keiner kommt einfach so rein und die Dämonen kennen das Versteck nicht.«

Was sollte ich dazu sagen? Unterschiedliche Szenarien spielten sich in meinem Kopf ab. Konnte ich ihm überhaupt vertrauen? War es klug, seinen Worten zu glauben, wenn sein Vater eigentlich die Fäden zog? Möglicherweise sollte ich fliehen und alleine weitergehen, mich einfach stellen und das Schicksal seinen Lauf nehmen lassen? Es bestand die Möglichkeit, dass mich die Engel beschützen würden. Oder wollten sie möglicherweise meinen Tod, um mich als Werkzeug auszuschalten?

»Bellena, sieh mich an!«, riss Jay mich aus meinen wirren Gedanken. In seinen türkisblauen Iriden stand Sorge. Mit der Hand auf meinen Oberschenkel gelegt, sah er mir eindringlich in die Augen. »Wir finden eine Lösung. Du musst mir nur vertrauen.«

Kapitel 15

Nathan verließ uns, bevor wir wieder einstiegen und weiterfuhren. Jay schätzte, dass noch etwa eine Stunde Fahrt vor uns lag.

Ich fragte mich, warum Nathan überhaupt da war. Was er uns zu erzählen hatte, hätte er genauso gut auch am Telefon sagen können, aber er wollte persönlich nach uns sehen. Doch warum? Nur weil Jay sich nicht direkt gemeldet hatte? Aria hatte ihm bereits versichert, dass alles in Ordnung sei. War er womöglich wegen Maja da? Hielt er es für notwendig, sich mit den anderen zu beraten?

Wegen meines dummen Schwächeanfalls hatte ich das Gespräch nur teilweise mitbekommen, genau wie Jay, doch er bekam zumindest ein Update, bevor es weiter ging und Nathan davonflog. Vielleicht gab es später die Möglichkeit, ihn danach zu fragen und herauszufinden, ob sie etwas wegen Maja unternehmen wollten. Für mich war es noch immer unvorstellbar, dass sie mit Dämonen zusammenarbeitete oder womöglich selbst einer war. Rückblickend würde es erklären, warum sie immer zur Stelle war, wenn etwas Aufregendes passierte. Gehörte diese Neugierde und Getratsche zu ihrer Show, um so unauffälliger an ihre Informationen zu kommen? Ich erinnerte mich an ihren Gesichtsausdruck, als ich sie zuletzt sah. Es war der Moment, bevor ich zu Toby in den Wagen gestiegen bin. Da sie aus meinem Sichtfeld verschwunden war, könnte sie sich genauso gut auch versteckt haben. Hatte sie uns beobachtet und den anderen Dämonen den entscheidenden Hinweis gegeben? Vielleicht hatte sie seinen BMW gesehen und das Kennzeichen weitergeleitet. Diese Höllendinger hatten bestimmt Kontakte bei der Polizei und konnten uns somit leichter aufspüren. Moment mal, was dachte ich denn da? Das waren Dämonen, die auf Garantie keine Dienststelle benötigten. Sie hatten magische Fähigkeiten, konnten Gedanken lesen oder Ähnliches. Ob Maja ebenfalls Kräfte besaß? O Gott. Das klang alles so Irre. Wie sollte ich aus der Nummer bloß wieder herauskommen?

»Wir sind gleich da«, teilte Jay unvermittelt mit und riss mich aus meinen Gedanken. »Es wird dir bestimmt gefallen.«

Im Rückspiegel sah ich, wie er mir zulächelte, und erwiderte es, wenn auch zaghaft. In diesem Moment freute ich mich nicht wirklich über unsere Ankunft, denn es bedeutete, dass ich mich in die Hände seines Vaters begab. Nach allem, was ich gehört hatte, war es nicht immer ein Vergnügen, ihn zu treffen.

Während wir parkten, warf ich einen skeptischen Blick aus dem Fenster. War das sein Ernst? Warum sollte es mir hier gefallen? Ich war zwar nicht wählerisch, aber vor uns stand etwas, das man nur mit viel Fantasie als ein Haus bezeichnen konnte. Ein sehr altes abgewohntes Gebäude, das eher abrissreif war als bewohnbar. Das rote Backsteinhaus hatte drei, nein vier Etagen, wenn man das Dachgeschoss mitzählte und das Dach war löchriger als ein Schweizer Käse. Fehlende Dachschindeln und rankender Efeu prägten das Bild. Die Fenster waren eingeschlagen oder hatten zum Teil überhaupt keine Scheiben mehr, die Tür hing schief in den Angeln. Kein Wunder, dass Jay meinte, hier wären wir sicher. Niemand würde uns an einem solchen Ort vermuten. Ich stellte mir vor, wie ich auf alten Metallbetten schlief und mein Bad in einer Zinkwanne im Innenhof einnahm, wo mich jeder beobachten konnte. Nicht zu vergessen das Plumpsklo.

»Endlich zu Hause«, rief Toby und streckte sich. »Was ist los, Bellena? Du schaust so ungläubig. Gefällt es dir nicht?« Er grinste mich frech an.

»Na ja, es ist nicht gerade das, was ich erwartet habe.«

Von hinten trat Jay an mich heran, beugte sich ganz nah an mein Ohr und flüsterte mir zu: »Warte es ab.« Mein Atem stockte, als er seine Hände an meine Hüfte legte. Daraufhin schob er mich in Richtung Eingang. Es fühlte sich an, als gingen wir durch einen Schleier. Ähnlich wie der Schutzzauber, den Toby über mich gelegt hatte. Ich sah über meine Schulter zurück, entdeckte aber nichts Auffälliges. Doch als ich wieder nach vorn sah, hatte sich der Anblick des Gebäudes verändert und raubte mir den Atem. Der Haupteingang war nun von einem Sandsteinband mit vegetativen Elementen gerahmt. Links und rechts standen zwei Statuen, die offenbar Himmel und Hölle repräsentierten. Die Himmelsfigur war ein imposanter Engel, der ein Schwert erhoben hielt, während die Darstellung der Hölle durch Satan verkörpert wurde, mit schlangenartigen Wesen zu seinen Füßen und mächtigen Fledermaus ähnlichen Flügeln. Ein filigranes Sandsteinband umrahmte die riesigen Fenster und verlieh dem Gebäude zusätzlich Eleganz. Überall fanden sich kunstvolle Verzierungen: kleine Engel in verschiedenen Posen sowie Reliefmedaillons, die die Fassaden zierten. Auf dem Dach thronte eine riesige Glaskuppel, gekrönt von einem goldenen Engel, der würdevoll einen Stab hielt. Doch nicht nur das Gebäude hatte sich gewandelt, auch der Vorgarten erstrahlte in neuer Pracht. Ein Kiesweg schlängelte sich hindurch, flankiert von blühenden Beeten, Engelstatuen und gemütlichen Bänken, die zum Verweilen einluden.

»Na, was sagst du jetzt?«, fragte mich Jay. Ich war sprachlos. Der Anblick war atemberaubend, aber wie war das möglich?

»Was ist los, Bellena? Auf einmal wieder so schweigsam?« Er ergriff meine Hand und zog mich zur Tür. »Wenn dich das hier schon sprachlos macht, wird dich der Rest umhauen.«

Die anderen waren bereits im Inneren des Gebäudes verschwunden, wohingegen wir kaum vom Fleck kamen.

»Jay!« Ein Junge, kaum älter als vierzehn, kam herausgerannt. Er hatte eine blonde, wilde Frisur, strahlend blaue Augen und fiel ihm direkt in die Arme.

»Hallo Maro.« Der Anblick, wie sich die beiden umarmten und Jay durch seine Haare wuschelte, kam unerwartet.

Maro versuchte, sich von Jay zu befreien, und startete einen kläglichen Versuch, seine Haarpracht zu richten. »Schön, dass ihr endlich wieder da seid. Es war so langweilig ohne euch.«

Als Maro mich sah, strahlte er mich bis über beide Ohren an. »Hallo, du bist bestimmt Bellena. Ich bin Marosamel, aber alle nennen mich Maro.« Seine saphirblauen Augen funkelten regelrecht, als er mir seine Hand reichte.

»Hallo, es freut mich dich kennenzulernen.«

»Du bist ja noch hübscher, als Jay dich beschrieben hat. Deine Augen sind ja wirklich wie Gold.«

»Maro«, ermahnte ihn Jay und schüttelte den Kopf, um ihn zum Schweigen zu bringen.

»Oh, sorry. Das hätte ich wohl nicht sagen sollen.«

Sein warnender Blick brachte ihn dazu, etwas von uns abzurücken.

»Okay, ich geh mal lieber rein«, stammelte Maro. »Wir sehen uns dann später.« Er sprintete zurück ins Innere und verschwand dahinter.

»War das dein kleiner Bruder?«

»Nein, aber wir sind wie Brüder aufgewachsen. Ich war vier, als er geboren wurde. Er ist … jung und spricht oft, ohne nachzudenken.«

»Was meinst du? Die Aussage, dass ich hübsch bin?«

»Ja. Ich meine, nein. Natürlich bist du hübsch. Ich meine …«

Als er anfing zu stammeln, biss ich mir auf die Unterlippe, um mir mein Lachen zu verkneifen.

Verlegen rieb er sich über die Nasenwurzel. »Können wir jetzt vielleicht hineingehen?«

Noch immer bemüht, nicht loszulachen, presste ich die Lippen zusammen und nickte knapp. Gemächlich folgte ich ihm, bis er an der Tür wartete und sie mir ganz Gentlemanlike, aufhielt.

Als ich eintrat, verschlug es mir ein zweites Mal den Atem. Jay hatte nicht übertrieben, vielmehr hatte er untertrieben.

Obwohl kein Tageslicht den Raum erreichte, wirkte er strahlend hell. Wir überquerten einen Marmorboden mit einer kristallähnlichen Struktur. Er erstreckte sich durch die gesamte Eingangshalle bis hin zu einer zweiflügligen Treppe. Das kunstvoll verzierte Geländer aus Marmor windete sich elegant nach oben. Bevor wir die Stufen hinaufstiegen, drehte ich mich einmal um die eigene Achse und bestaunte das Bauwerk. Die Decke wurde von Säulen getragen, die ein golden verziertes Bogenensemble mit Engeln schmückten. Dank des Kunstunterrichts wusste ich, dass es korinthische Säulen waren, die neben mir in die Höhe ragten. Zwischen den Fundamenten stand jeweils eine Engelstatue, jede einzigartig in ihrer Gestaltung. Mit verschränkten Armen lehnte er sich ans Geländer und betrachtete mich amüsiert. Trotzdem wirkte er angespannt und sah immer wieder nach oben, als würde etwas Unvermeidliches auf uns zukommen.

»Du hast später noch ausreichend Zeit, dir alles anzusehen.« Mit diesen Worten stieß er sich ab und ging die Treppe nach oben.

Ich blieb davor stehen und betrachtete eine aus Marmor gefertigte Engelsstatue, die vor mir emporragte. Dezent lächelnd ahmte sie eine Verbeugung nach und wirkte, als würde sie sich mir unterwerfen.

Jay blieb auf der Treppe stehen und musterte mich ungeduldig. »Bellena, kommst du?« Sein Ton klang leicht genervt. Ich warf dem Engel einen letzten Blick zu, bevor ich mich in Bewegung setzte. Oben angekommen deutete Jay mit einem knappen Nicken nach rechts. Wir liefen einen weiteren Gang entlang, dessen Fenster von Marmorrahmen eingefasst waren. An den Wänden hingen Gemälde, die in goldene Bilderrahmen eingelassen wurden. Ich konnte sie nicht genauer betrachten, da er mich zügig zu einer riesigen, verzierten Flügeltür führte.

Seufzend blieb er davor stehen, bevor er sich zu mir umdrehte. »Hör zu, mein Vater ...«

»Jerahmel, mein Sohn. Da bist du ja endlich.« Jays Vater trat vor, um ihn zur Begrüßung zu umarmen. Obwohl er mit dem Rücken zu mir stand, sah ich ihm an, dass ihm die

Situation unangenehm war. Jay hob die Arme nicht, sondern ließ sie schlaff an seiner Seite hängen, während er den Rücken durchdrückte. Nachdem sein Vater von ihm abließ, huschte ihm ein knappes Lächeln über die Lippen, als er seinen Sohn betrachtete. Anschließend fixierte er mich und kam zu mir. Ich hörte, wie Jay scharf die Luft einzog und fragte mich, was mit ihm los war.

»Und du musst Bellena sein.« Sein Vater nahm meine Hand in seine und schaute mir tief in die Augen, als wollte er in mein Inneres blicken. *O Gott, ob er Gedanken lesen kann,* schoss es mir durch den Kopf.

»Du glaubst nicht, wie sehr ich mich freue, dass wir uns endlich kennenlernen, mein Kind. Ich habe schon viel von dir gehört.«

»Bellena, das ist Asazel, mein Vater«, stellte Jay ihn mir vor, ohne uns dabei anzusehen. Seinen Blick hielt er starr auf die Tür gerichtet. »Es freut mich sehr, Sie kennenzulernen, Sir.«

Noch immer hielt er meine Hand fest umschlossen. »Mein liebes Kind, wer ist denn hier so förmlich? Hier sind wir alle eine Familie. Nenn mich Asazel.«

Ich nickte ihm knapp zu und war erleichtert, als er endlich meine Hand freigab.

»Nun bleibt nicht so stehen. Kommt rein«, lud Asazel uns euphorisch ein.

Während er an seinem Sohn vorbeilief, wirkte Jay seltsam distanziert und teilnahmslos. Umso überraschter war ich, dass er kurz meine Hand drückte, als ich an ihm vorbei schritt.

Mit einem mulmigen Gefühl trat ich in den Saal. Die Wände waren mit einzelnen Spiegeln bedeckt und verziert von goldglänzenden Engelsfiguren, die beinahe lebendig wirkten. Am Ende des Raumes thronte ein prächtiger Thron, versehen mit einem roten Samtbezug. Zu seiner Rechten und Linken standen kleinere, kunstvoll gearbeitete Holzstühle. Trotz ihrer edlen Verarbeitung wirkten sie im Schatten des goldenen Thrones geradezu unscheinbar. Dahinter hing ein gewaltiges Gemälde, das Engel inmitten eines Kampfes darstellte. Keine Fenster unterbrachen die Wände, doch als ich den Blick hob, offenbarte sich die gigantische Glaskuppel, die den Raum mit Tageslicht durchflutete, während ihre goldverzierten Streben in der Sonne funkelten. »Das ist beeindruckend«, murmelte ich, während ich mich umsah. »Aber wie kann das sein? Von außen wirkte das Gebäude doch ganz anders…«

»… Trostlos, verfallen, alt«, fiel Asazel mir ins Wort und lächelte. »Das ist mein Zauber. Ich kann eigene Welten erschaffen, genauer gesagt, ich konnte es. Aber das erzähle ich dir, wenn wir mehr Zeit haben.«

Er ließ sich auf den Thron sinken und richtete seinen Blick abwechselnd auf Jay und mich. »Ich habe erfahren, dass euer Weg hierher nicht ganz reibungslos verlief. Hast du dich dabei verletzt, Bellena?«

Bevor ich antworten konnte, kam Jay mir zuvor. »Sie hatte eine kleine Kopfverletzung. Aria hat sich darum gekümmert.«

Asazel schnalzte mit der Zunge. »Du siehst müde aus, mein Kind. Für heute ist es genug. Ich würde es begrüßen, wenn du dich etwas ausruhst. Jerahmel, zeig ihr das Zimmer.«

»Ja, Sir«, entgegnete er emotionslos. Von dem Jay, den ich die letzten Wochen kennengelernt hatte, fehlte momentan jede Spur. Es war, als hätte er seine Selbstsicherheit vor der

173

Tür abgelegt. Mit einem knappen Blick bedeutete er mir, ihm zu folgen.

»Und danach mein Junge, würde ich dich gerne sprechen«, rief Asazel noch hinterher.

Jay nickte knapp, bevor die Tür hinter uns ins Schloss fiel.

Kapitel 16

Wir liefen durch unzählige Gänge, deren Wandverzierungen, Gemälde und Statuen ich allesamt bewunderte. Wenn ich länger vor einem Bild stehen blieb, musste ich fast rennen, um ihn wieder einzuholen, denn Jay schenkte mir kaum Beachtung.

Seit dem Gespräch mit Asazel herrschte Funkstille zwischen uns. Die Stille zwischen uns konnte ich nur schwer ertragen, also sagte ich das Erstbeste, was mir in den Sinn kam. »Dein Vater ist … nett.« Die Worte kamen mir nur schwer über die Lippen, denn es entsprach nicht annähernd dem, was ich wirklich über ihn dachte. Ja, er war mir gegenüber nett, aber auf eine beunruhigende Art. So wie ein schräger Nachbar, vor denen Mütter warnten. Einer, der mit Süßigkeiten lockte, um einen ins Haus zu bekommen. Asazel war autoritär und beherrschend. Mit seinem Verhalten gegenüber Jay bestätigte er mir genau das, was Toby während unseres Spaziergangs erwähnt hatte. In seiner Gegenwart verhielt Jay sich überhaupt nicht, wie der junge Mann, den ich kennengelernt hatte. Er schien eingeschüchtert. Dass er ihn Sir nannte, fand ich besonders befremdlich.

Ich sah Jay von der Seite an und wartete vergeblich auf eine Antwort. Sein Blick blieb stur geradeaus gerichtet. Doch so schnell gab ich nicht auf. »Du erwartest aber hoffentlich nicht, dass ich mich hier zurechtfinde? Dafür brauche ich eine Landkarte.«

Dieses Mal schenkte er mir ein flüchtiges Lächeln. »Keine Sorge, du wirst hier nicht alleine herumlaufen.«

»Klingt fast wie eine Drohung«, antworte ich scherzhaft.

»Womöglich war es auch eine«, entgegnet er und grinste mich an.

Da war er wieder, so wie ich ihn kannte. Doch kaum war der alte Jay aufgetaucht, verschwand er auch schon wieder. Sein Grinsen erstarrte abrupt und änderte sich zu einer schmalen Linie. So als hätte ihm jemand eine Schelle auf den Hinterkopf gegeben und ihn daran erinnert, mürrisch und wortkarg zu sein. Schweigend gingen wir weiter, bis er vor einer großen Holztür stehen blieb. »Nach dir.«

Seufzend schob ich mich an ihm ins Zimmer vorbei. Es war ebenso prachtvoll wie der Rest des Hauses. In der Mitte des Raumes stand ein prächtiges Himmelbett aus Gold, großzügig bemessen für zwei Personen. Die vier Bettpfosten wurden von vergoldeten Engelsfiguren gekrönt, die den funkelnden, weißen Baldachin elegant emporhoben. Direkt darüber hing ein imposanter, goldener Kronleuchter, der den Raum in warmem Licht erstrahlen ließ. Zu beiden Seiten des Bettes öffneten sich hohe Fenster, die den Blick auf einen weitläufigen Garten freigaben.

»Falls du dich frisch machen möchtest.« Jay zeigte auf eine weitere Tür, ohne den Raum dabei zu betreten. »Dort befindet sich das Badezimmer. Im Kleiderschrank findest du frische Kleidung. Nimm dir, was du benötigst, mein Vater hat es speziell für dich herbringen lassen. Er erwartet uns um 18 Uhr zum Abendessen. Ich werde dich dorthin begleiten. In der Zwischenzeit solltest du dich ausruhen und ich lasse dir etwas zu essen bringen.«

Er wollte bereits die Tür schließen, hielt aber nochmals inne. »Im Nachttisch findest du ein Buch zur Unterhaltung. Und mein Vater bevorzugt es, wenn Frauen Kleider tragen.«

Mit diesen Worten blieb ich alleine zurück. Erschöpft ließ ich mich aufs Bett fallen. Es war so bequem, dass ich am liebsten liegen geblieben wäre. Ich zwang mich in eine aufrechte Position und blieb im Schneidersitz auf der Matratze sitzen und nahm mein Handy zur Hand. Es zeigte mir eine weitere Nachricht von Lukas und meiner Mum. Letzterer schrieb ich zurück, dass wir heute Abend telefonieren.

Julias Bitte kam mir wieder in den Sinn, also textete ich Lukas mit einem Hauch von Genervtheit, zurück.

Ich: *Es geht mir gut. Danke der Nachfrage.*

Das sollte fürs Erste reichen. Es war mehr, als er in meinen Augen verdient hatte. Im weiteren Verlauf meldete ich mich bei Julia. Die beiden müssten ihr Ziel mittlerweile erreicht haben.

Ich: *Seid ihr beide gut angekommen? Wie ist es bei euch? Ihr werdet nicht glauben, wo ich mich befinde. Habt ihr noch etwas herausgefunden? Meldet euch bitte, sobald ihr Zeit habt.*

Keiner meldete sich zurück, also legte ich das Handy auf den Nachttisch. Im selben Augenblick klopfte es an meiner Tür. Ich erhob mich und öffnete. Vor mir stand eine ältere Frau mit einem Tablett.

»Hallo, ich bin Esme und bringe dir etwas zu essen. Jay meinte, du liebst Spaghetti Bolognese.«

Woher wusste er das? Ich konnte mich nicht erinnern, ihm das jemals erzählt zu haben.

Esme ging ins Zimmer und stellte das Tablett auf dem Nachttisch ab. »Lass es dir schmecken. Ich werde das Tablett später wieder abholen.« Dann verschwand sie und ich stürzte mich auf eine leckere Portion Spaghetti.

Frisch gesättigt beschloss ich, ein Bad zu nehmen, und quälte mich aus dem Bett. Auf der Suche nach meinem Rucksack, viel es mir schlagartig wieder ein. Ich hatte ihm im Auto vergessen. Leider hatte auch kein anderer ihn mir aufs Zimmer gezaubert, also musste ich vorerst ohne ihn vorliebnehmen. Ich sah an mir herunter, roch an meinem Shirt und verzog angewidert das Gesicht. Mein Blick fiel zum Kleiderschrank. Vielleicht fand ich etwas Brauchbares? Zu meiner großen Überraschung stand doch tatsächlich mein Rucksack darin. Aber nicht nur das, denn der Schrank war prall gefüllt mit Dutzenden Kleidern, jedes für sich ein kleines Meisterwerk. Meine Finger glitten über die weichen Stoffe, bis ich ein knielanges, weißes Kleid heraus holte. Einen Moment lang hielt ich es vor mich, betrachtete den zarten Stoff im Licht und überlegte, ob es die richtige Wahl für heute Abend wäre. Doch vorerst hängte ich es zurück und griff stattdessen einen Bademantel, mit dem ich in das angrenzende Zimmer huschte.

Das Badezimmer strahlte eine angenehme Gemütlichkeit aus, obwohl es mit dem üblichen Inventar ausgestattet war: Toilette, Waschbecken, Spiegel und eine Eckbadewanne.

Ich ließ warmes Wasser in die Wanne laufen und gab einen Badezusatz mit dem zarten Duft von Orchideen hinzu. Nachdem ich mich meiner Kleidung entledigt hatte, glitt ich in die Wanne. Das wohltuende Wasser umschloss meinen Körper und ließ mich einen tiefen Atemzug nehmen. Wie von selbst schlossen sich meine Augen, um den Moment zu genießen.

Unerwartet klopfte es an die Tür. »Bellena, ich bin es. Darf ich reinkommen?«

Bevor ich etwas entgegnen konnte, öffnete sich die Tür und Jay streckte seinen Kopf herein. »Sorry, aber wir müssen dringend reden.«

Ich sah nach unten und war dankbar, dass mein Körper von einer Schaumkrone bedeckt war. Mittlerweile stand er direkt neben der Wanne und sah mich aus dunklen Augen an. Sein Körper zeigte pures Verlangen. Mir stockte der Atem, als er sich zu mir herunterbeugte. Hauchzart streichelte er mir über die Wange. Ich schmiegte mich dagegen und schloss erneut die Lider.

Dann passierte etwas, das mich vollkommen unvorbereitet traf. Schlagartig drückte er mich unter Wasser. Ich riss die Augen auf und versuchte, mich zu wehren, doch ich hatte keine Chance. Stattdessen spürte ich, wie das nasse Element in meine Lungen eindrang. Ein Brennen in der Brust breitete sich in meinem Inneren aus. Noch bevor ich das Bewusstsein verlor, streckte es sich in meinem gesamten Körper aus. Ich sah, wie Feuer an Jays Armen emporstieg und er in Flammen aufging.

Aufgeschreckt hustete ich Wasser aus meinen Lungen und sah mich panisch um. Ich war alleine. Am Wannenrand festhaltend, atmete ich hektisch durch. Mein ganzer Körper zitterte. Ich musste kurz eingenickt sein, denn das Wasser war unverändert warm. Wenn ich genauer darüber nachdachte, war es sogar wärmer als zuvor. Trotzdem wollte ich nur noch von hier raus. So schnell ich konnte, stieg ich aus der Wanne und fing mich taumelnd am Waschbecken ab. Meine Hände umklammerten den Beckenrand so fest, dass die Knöchel weiß hervortraten. Mehrmals atmete ich tief durch, bis ich das Gefühl hatte, wieder festen Boden unter den Füßen zu spüren. Erst dann hüllte ich mich in den kuscheligen Bademantel und verließ schwankend das Badezimmer, um mich erschöpft auf das Bett zu legen. Mein Körper sagte mir, ich solle schlafen, doch mein Kopf fürchtete sich davor. Einen weiteren Mordversuch in solch kurzer Zeit hätte ich nicht überlebt. Die Frage, ob man im Traum getötet werden konnte, schoss mir durch den Kopf. In dem Moment wurde mir klar, dass ich Abwechslung brauchte und sah auf mein Handy. Drei Nachrichten, davon eine von Julia und zwei von Lukas. Ich ignorierte sie, denn dafür war ich gerade nicht in Stimmung.

Mein Blick fiel auf die Uhrzeit. Es war 3:33. Lag ich doch länger in der Wanne als gedacht? Aber warum war das Wasser noch so warm? Am Ende kam ich zu dem Entschluss, dass es Asazels Werk war. Ich wusste zwar nicht wie, aber es war für mich die einzig plausible Erklärung.

Inzwischen hatte ich von Julia einiges gelernt. Also googelte ich nach der Bedeutung der Uhrzeit. Schon nach wenigen Sekunden wurde fündig und las: *Das Universum möchte dir sagen, dass du gerade danach suchst, eine Stabilität herzustellen. Mit dir selbst, einem Freund oder in einer*

Beziehung. Du suchst nach Geselligkeit oder einer Gemeinschaft.

Meine Gedanken kreisten. Irgendetwas daran fühlte sich richtig an. Ich suchte wirklich, und zwar jemandem, dem ich vertrauen konnte. Und ich glaubte, Jay könnte genau dieser Jemand sein. Das Problem? Er hatte versucht, mich zu töten, obwohl es nur im Traum war. Ich warf das Handy auf die Matratze und seufzte. Wer auch immer mir diese Träume oder Botschaften geschickt hatte, sollte sich langsam mal etwas genauer ausdrücken. Ich drehte mich im Kreis und wurde zunehmend unsicherer, wem ich vertrauen konnte und wem nicht.

Ich überlegte, wie ich die Zeit bis zum Abendessen sinnvoll nutzen könnte. Am liebsten wäre ich nach draußen gegangen, um mich umzusehen, aber alleine wäre es, als würde ich in einem verrückten Labyrinth verloren gehen. Deshalb entschied ich mich, das Buch zur Hand zu nehmen das Jay erwähnt hatte. Ich öffnete den Nachttisch und zog *Save me* daraus hervor. Überrascht sah ich es an. Es war nicht das Buch, das ich erwartet hatte. Aber ich hatte nur Positives darüber gehört, also begann ich, es zu lesen.

Ich kam ein gutes Stück voran und wollte es kaum noch aus der Hand legen, dabei könnte Jay jeden Moment an der Tür klopfen und mich abholen.

Ein mulmiges Gefühl beschlich mich, allein mit ihm zu sein. Doch andererseits: Hätte er mir etwas antun wollen, hätte er es längst getan. Vielleicht war der Traum in der Badewanne wirklich nur ein Traum gewesen? Die roten Augen und das Flüstern hatten gefehlt – jene unheilvollen Vorzeichen, die mich sonst immer warnten. Ohne sie fühlte ich mich fast sicher.

Ich zog das weiße Kleid an, das mir heute Mittag schon so gut gefallen hatte. Die Träger ließen sich zu Schleifen binden und der geraffte Stoff um die Brust betonte sanft meine Figur. Nach hinten verlief es dreieckig und ließ meinen Rücken frei. Meine Haare hatten sich durch die Feuchtigkeit leicht gelockt und ich beschloss, sie offen zu tragen.

Im Badezimmer entdeckte ich einige Kosmetikartikel und trug ein wenig Lidschatten und Kajal auf. Meine Lippen betonte ich mit etwas Lipgloss. Die Kette meiner Oma und die offenen Sandalen, mit leichtem Absatz rundeten mein Gesamtbild ab.

Wie ich feststellte, war das Badewasser immer noch eingelassen. Ich betätigte den Ablauf und spürte, dass das Wasser mittlerweile kalt geworden war. Noch bevor ich groß darüber nachdenken konnte, klopfte es an der Tür. Jay trat ein, und als sich unsere Blicke trafen, blieb er wie angewurzelt stehen. Seine Augen wanderten langsam von meinem Gesicht über das Kleid bis zu meinen Füßen. Ein kurzes, kaum merkliches Lächeln huschte über seine Lippen, dass meinen Herzschlag zum Beschleunigen brachte. Was dachte er gerade? Ich hielt seinem Blick stand und fühlte, wie die Spannung zwischen uns wuchs. Schließlich brach ich das Schweigen mit einem kecken, herausfordernden Spruch. »Gefällt dir, was du siehst?«

Damit schien ich ihn aus seiner Trance zu reißen. »Ja, natürlich.«

Dabei sah er selbst auch nicht schlecht aus. Dunkelblaue Jeans und ein schwarzes Hemd, das seine türkisblauen Augen noch mehr zur Geltung brachte.

»Wir sollten los. Mein Vater wartet nicht gern.«

Jay schloss die Tür hinter uns und reichte mir seinen Arm. Bei ihm eingehakt liefen wir erneut durch das Labyrinth von Gängen, bis wir die Tür erreichten, wo wir seinen Vater das erste Mal getroffen hatten. *Hoffentlich geht das gut.*

Kapitel 17

Anders als zuvor, stand nun ein langer Tisch mit sieben Sitzplätzen in dem Saal. Drei davon auf jeder Tischseite sowie einer am Tischende. Auf der einen Seite saßen Aria, Dan und Toby. Maro saß gegenüber von Aria.

»Mein Vater wollte es dir an deinem ersten Abend so angenehm wie möglich machen«, flüsterte Jay leise und neigte sich zu mir. »Er dachte, du würdest dich wohler fühlen, wenn du nicht gleich all den neugierigen Blicken ausgesetzt bist. Deshalb hat er uns ein privates Dinner arrangiert.«

Erst jetzt wurde mir klar, dass uns im ganzen Haus keiner entgegengekommen war.

»Ist das der Grund, warum ich sonst niemanden gesehen habe?«

»Ja. Sie dürfen heute nur von 18:30 bis 20:00 ihr Abendessen einnehmen. Ansonsten herrscht strikte Ausgangssperre.«

»Meinetwegen?« Meine Stimme überschlug sich beinahe, so entsetzt war ich über seine Worte. Das konnte doch nicht sein Ernst sein? Hatte sein Vater wirklich das gesamte Haus lahmgelegt? Nur für mich?

Abrupt drehten sich alle zu uns um. Bisher hatten sie uns nicht bemerkt, da sie sich angeregt unterhalten hatten.

»Na ihr zwei? Wir haben uns schon gefragt, ob ihr euch verlaufen habt.« Schief grinsend sah Maro uns an.

Mit Jays Hand am unteren Rücken wurde ich sanft in Richtung Tisch geführt. Seine Berührung fühlte sich beruhigend an, obwohl sie zeitgleich mein Herz schneller pochen ließ.

Unsicher griff ich nach dem nächstgelegenen Stuhl, doch Jay hielt mich zurück. »Mein Vater wünscht, dass du neben ihm sitzt.«

Als er besagten Stuhl für mich zurückzog, blieb ich einen Moment lang wie angewurzelt stehen und spürte, wie sich ein Kloß in meinem Hals bildete. Ich wusste, dass Widerstand zwecklos war, also zwang ich mich zu einem Lächeln und ließ mich auf den Stuhl sinken.

Toby saß mir gegenüber und lächelte mich ermutigend an. »Du siehst zauberhaft aus, Bellena.«

»Danke, du auch. Heute mal zweifarbig in Rosa und Schwarz.« Er strich sich durch die Haare. »Ja, ich dachte, immer nur einfarbig wirkt irgendwann langweilig.«

»Du verstehst jedenfalls, dich ins Rampenlicht zu stellen.«

Mittlerweile hatte Jay zwischen mir und Maro Platz genommen. Wie ich bemerkte, musterte er mich eingehend, bis sein Blick vernichtend wurde, als Toby mir antwortete. »Sagte die Person, die heute einem Engel gleicht.« Ein verwegenes Lächeln fuhr ihm über die Lippen.

Jay zog hörbar die Luft ein, während sich seine Augen zu Schlitzen verengten. Es war, als würde er Toby mit einem einzigen Blick warnen: *Noch ein Wort und es gibt Ärger.* Dieser erkannte die bevorstehende Bedrohung sofort und wandte umgehend seinen Blick von mir ab, indem er sich am Gespräch von Aria und Dan beteiligte, die von alldem nichts mitbekommen hatten. Genau wie Maro, der nun ebenfalls in ihre Unterhaltung einstieg. Ich konnte mir das eine oder andere Lachen nicht verkneifen, als Maro eine Anekdote zum Besten gab, die von Dan und Nathan handelte.

Wo ich amüsiert war, saß Jay steif wie ein Brett auf seinem Stuhl und hatte seine Finger fest um die Armlehnen gekrallt. Sein Kiefer war so angespannt, dass ich befürchtete, er könnte knirschen. Selbst als Aria ihn ansprach, wich sein Blick keinen Moment von mir.

Es dauerte noch einige Minuten, bis Asazel den Raum betrat und sich zu uns setzte. Schlagartig wurde es still am Tisch. »Nun meine Lieben, wie ihr wisst, haben wir heute einen ganz besonderen Gast. Als ihre Begleiter der letzten Tage, habt ihr das Recht erhalten, mit uns zu speisen.«

»Ich habe sie nicht begleitet«, warf Maro mit einem gespielt beleidigten Unterton ein.

Toby lehnte sich erheitert zurück und nahm einen Schluck von seinem Getränk. »Du bist hier, damit die Anzahl der Stühle aufgeht.«

Alle brachen in Gelächter aus. Selbst Jay, der bisher so ernst geblieben war, konnte sich ein dezentes, kaum sichtbares Lächeln nicht verkneifen.

»Nun, Marosasiel, du hast Bellena ja bereits kennengelernt«, begann Asazel mit einem warmen Lächeln. »Du bist für mich wie ein eigener Sohn, außerdem weiß ich, wie sehr du Jerahmel vermisst hast.« Er ließ seinen Blick langsam über die Tischrunde schweifen, bevor er mit ruhiger, bestimmter Stimme fortfuhr. »Nun, lasst mit dem Mahl beginnen und unseren Abend genießen.«

Je länger wir aßen und uns unterhielten, desto mehr löste sich Jays Anspannung. Immer wieder suchte er meinen Blick, so als würde er sichergehen wollen, dass ich in Ordnung war.

Das schätzte ich und hoffte, ihm durch mein Lächeln Bestätigung zu geben.

Als Jays Hand kurz meine berührte, bemerkte ich, wie Asazel sich mit einem zufriedenen Lächeln zurücklehnte. Er hob sein Glas und prostete seinem Sohn zu, ein stiller Ausdruck von Zustimmung, der in mir ein zweifelhaftes Gefühl hinterließ. »Was hältst du davon, wenn du Bellena noch etwas von unserem Garten zeigst, mein Sohn?«

Erneut versteifte sich Jay neben mir. In seinen Augen sah ich kurz etwas aufblitzen, doch ich schob es beiseite, da mich seine türkisblauen Augen so sehr fesselten, wie das Licht, das durch die Wellen des Ozeans bricht. Die einzelnen Spektren seiner Iris schienen in einem hypnotischen Tanz zu leuchten, sodass ich alles um mich herum vergaß. »Hast du Lust auf einen Spaziergang?«

Ich nickte, da ich kein Wort mehr heraus bekam.

Der Weg nach draußen war kurz. Bereits in der Dämmerung entzündeten sich Fackeln entlang des Pfades, als wir unter offenen Himmel traten, über uns die funkelnden Sterne. Gebannt hob ich den Blick, bis Jays Arme sich von hinten um meine Taille schlossen und mich sanft an ihn zogen. Meine Hände fanden die seinen und ich lehnte mich an ihn, als wäre es das Natürlichste der Welt. In diesem stillen Moment, eng aneinandergeschmiegt, beobachteten wir die Welt, wie sie über uns hinweg zog.

»Komm, ich zeige dir meinen Lieblingsplatz«, raunte er mir ins Ohr. Überraschend nahm er meine Hand und steuerte mit mir zusammen auf ein Heckenlabyrinth zu. Dank seines

Orientierungssinns verliefen wir uns kein einziges Mal, doch es dauerte eine Weile, bis wir unser Ziel erreichten. Auf dem Weg dorthin passierten wir zahlreiche Springbrunnen, Statuen und Abzweigungen, die wir jedoch kaum beachteten. Jays Augenmerk lag auf einem weitläufigen Platz, an dessen Seiten zwei gewundenen Treppen nach unten führten. Als wir die unterste Stufe erreichten, wurde mir klar, dass wir an einem künstlichen Steilhang standen. Zu unseren Füßen lag ein Becken, in dem ruhig und unbewegt Wasser schimmerte. Nachdem er am Beckenrand Platz genommen hatte, klopfte er neben sich »Setzt dich. Es geht gleich los.«

Ihm gegenüber setzte ich mich und sah fragend zu ihm. »Was geht gleich los?«

»Psst. Schließ die Augen.«

Zögernd kam ich seiner Bitte nach. Nach wenigen Sekunden drang das sanfte Plätschern eines Wasserfalls an meine Ohren, gefolgt von zarter Klaviermusik. Vorsichtig öffnete ich die Augen und traf auf einen Anblick, der mir den Atem verschlug. Der Steilhang war nun in weiches, indirektes Licht getaucht. Wasser strömte in geschmeidigen Kaskaden hinab und füllte das Becken zu unseren Füßen. Zwei elegante Wasserfontänen schossen empor und vervollständigten das faszinierende Schauspiel.

»Das ist unglaublich«, flüsterte ich überwältigt.

»Nicht so unglaublich wie du.« Er war näher gekommen. So nah, dass ich seine Wärme spüren konnte, als er meine Hand in seine nahm. Hitze stieg in mir auf und mein Herz, begann wie wild zu klopfen, so sehr als wollte es einen Salto schlagen. Wir verharrten in diesem Moment, ließen uns von der Musik tragen, die perfekt mit dem Spiel des Wassers harmonierte.

Als sich unsere Blicke trafen, strich er mir ganz sanft eine Haarsträhne hinters Ohr. Seine Präsenz wirkte auf mich wie ein Rauschen. Die Schmetterlinge in meinem Bauch tanzten wie wild durcheinander und ließen mich die Augen schließen. Ich spürte seine Nähe, fühlte, wie er mir einen zarten Kuss auf die Stirn hauchte.

Ein Lächeln legte sich auf meine Lippen, doch als ich die Augen öffnete, erstarrte ich. Feuerrote Pupillen starrten mich an, sein Grinsen war nun kalt und bedrohlich. Mit einem Griff packte er meine Hand und ließ mir kaum Spielraum zu entkommen, während seine andere Hand meine Kette umfasste. Ein Flüstern erhob sich, kaum hörbar, doch eindringlich: »Bellena, du darfst ihnen nicht trauen. Lauf. Vertraue niemandem. Lauf weg.«

Jays Griff verstärkte sich, seine Stimme kalt und endgültig: »Zu spät, Bellena. Jetzt gehörst du mir.« In diesem Moment glühte das Feuerzeichen im Wasser auf und breitete sich aus, loderte immer stärker, bis Flammen uns beide umhüllten.

Mit einem Keuchen riss ich die Augen auf und sprang auf. Panik durchflutete mich und ließ mein Herz rasen.

»Entschuldige«, murmelte Jay leise, »Ich hätte dich nicht einfach küssen sollen.«

Ich spürte noch immer meinen Herzschlag und das Brennen auf meiner Haut. Es fühlte sich so real an, so sehr spannte und schmerzte sie. Instinktiv griff ich nach der Kette, um sie dann ruckartig wieder loszulassen. Sie glühte ebenso, wie ich.

»Bellena, was ist los?«

Nach Luft ringend sah ich ihn an. Die Sorge stand ihm ins Gesicht geschrieben. War das eine Halluzination oder spielte Jay mit mir? Ich atmete mehrmals tief ein und aus. Ein dröhnendes Brummen erfüllte meinen Kopf, als würde sich ein Schwarm Bienen darin austoben. Schwindel überkam mich wie eine Welle und drückte mich zu Boden. Die Welt um mich herum verschwamm und ich wusste, dass ich jeden Moment das Bewusstsein verlieren würde. Noch ehe ich fiel, war Jay bei mir und stütze mich.

»Du glühst ja«, war das Letzte, was ich von ihm hörte, bevor die Dunkelheit mich einholte.

Als ich erwachte, lag ich in Jays Armen, der mich durch den Garten trug. »Hey, da bist du ja wieder.«

Es dauerte einen Moment, bevor ich verstand, was vorgefallen war. Doch je mehr die Erinnerungen in mein Gedächtnis drangen, umso unwohler wurde mir in seiner Nähe. »Lass mich runter. Ich kann selbst laufen.«

»Vergiss es. Ich bringe dich nach oben ins Bett. Und dann erklärst du mir, was da eben los war.«

»Wenn ich das nur wüsste«, murmelte ich. Es musste eine Halluzination gewesen sein, anders konnte ich es mir nicht erklären. Jay hatte vor meinen Augen gebrannt, aber im nächsten Moment stand er ahnungslos, unverletzt und voller Sorge neben mir. Wenn die anderen mit Sarafina recht hatten, würde es bedeuten, sie oder ihr Auftraggeber wären hier. Doch laut Jay war es unmöglich, dass ein Dämon uns hier finden konnte. Was war also der Auslöser? Machte mich der Schlafmangel verrückt? Waren diese Träume schon ein so

190

fester Bestandteil meines Lebens, dass ich ohne sie nicht mehr auskam und sie mir selbst zusammenstellte? Aber warum gingen meine Träume gegen Jay? Der Mensch, dem ich mehr als allen anderen vertrauen wollte. Diese Bilder, diese unheimlichen Botschaften, stellten ihn infrage. Mein Herz wollte ihm glauben, doch mein Verstand zog eine unsichtbare Grenze. Konnte ich riskieren, mich ihm völlig anzuvertrauen?

Obwohl er mich fest auf seinen Armen trug, öffnete er geschickt meine Zimmertür.

»Jay, ich kann wirklich selbst laufen.« Meine Stimme klang allerdings schwächer, als ich wollte.

»Keine Widerrede.« Ohne sich beirren zu lassen, lief er auf mein Bett zu. Sein Blick wirkte entschlossen, doch auch eine unergründliche Wärme lag in seinen türkisblauen Augen, die mich einen Moment lang sprachlos machten. Nachdem er die Decke über mich geschlagen hatte, legte er seine Hand an meine Stirn. »Hmm, du fühlst dich wieder normal an. Vorhin war das anders. Da dachte ich, du hast Fieber.«

»Es geht mir gut. Es war nur eine Panikattacke«, log ich.

»Weil ich dich auf die Stirn geküsst habe?«, fragte er ungläubig.

»Ja«, antworte ich vorsichtig und hoffte, dass er diese Ausrede akzeptierte.

»Also sollte ich dich in Zukunft besser vorwarnen?«

Unsicher zuckte ich mit der Schulter. Was sollte ich schon großartig erwidern?

Jay seufzte und grinste mich an. »Wo bleibt denn da der Reiz?«

Ich biss mir auf die Unterlippe. Er hatte recht, das klang einfach nur bescheuert. War es ja auch, aber er hatte mir den Köder hingeworfen und ich war prompt darauf angesprungen. In diesem Moment fühlte ich mich wie jemand, der panische Angst vor einem harmlosen Stirnkuss hatte. Was wohl in Jays Kopf vorging? Falls er mich für komplett durchgeknallt hielt, ließ er es sich zumindest nicht anmerken.

»Dir geht's wirklich wieder besser?«

»Ja.«

»Kann ich dich beruhigt alleine lassen?«

Zögernd nickte ich, obwohl ich tief in mir spürte, dass ich ihn eigentlich nicht gehen lassen wollte.

»Darf ich dir zum Abschied einen Gute-Nacht-Kuss auf die Wange geben?« Schelmisch grinsend beugte er sich zu mir und berührte meine Wange für einen Moment mit seinen Lippen, dann flüsterte er in mein Ohr. »Du bist eine schlechte Lügnerin. Ich wünschte, du würdest mir mehr vertrauen und sagen, was wirklich los war.«

Seine Enttäuschung stand ihm ins Gesicht geschrieben. Mein Körper spannte sich an, während ich beschämt die Augen senkte. Am liebsten hätte ich mich unsichtbar gemacht.

Sanft strich seine Hand über meine Wange. »Schlaf gut, Bellena«, murmelte er, bevor er leise das Zimmer verließ.

Kapitel 18

Es dauerte nicht lange und mich übermannte die Müdigkeit. Etwas benommen erwachte ich, als es an der Tür klopfte. Mein Kopf dröhnte und die Helligkeit zwang mich, sofort wieder die Augen zu schließen. Leise Schritte waren zu vernehmen, bis die Matratze neben mir leicht einsank. Eine warme Hand strich mir hauchzart über den Kopf, bevor sie behutsam eine meiner Strähnen umspielte. Die Geste war so vertraut und beruhigend, dass ich mich beinahe wieder in den Schlaf hätte wiegen lassen.

»Hey, hast du gut geschlafen?«, fragte Jay mit einer Sanftheit in der Stimme, als hätte er Angst, ich könnte an der Frage zerbrechen. Ohne ihm zu antworten, drehte ich mich um und sah ihn an.

»Alles okay?«

»Ja, ich habe nur etwas Kopfschmerzen.«

Umgehend erhob er sich. »Ich hole Aria.«

»Nein.« Ich hielt seine Hand fest und zwang ihn so, bei mir zu bleiben. »Nein, es geht schon.«

»Bist du sicher? Du siehst nicht gut aus.«

»Danke für das Kompliment. Dir auch einen schönen guten Morgen.«

»Du weißt genau, dass es nicht so gemeint war.«

Er nahm seine zweite Hand und legte sie behutsam über unsere bereits verschlungenen Hände. Der Druck seiner Finger war leicht, doch in der Geste lag eine stille Entschlossenheit, die mir sagte, dass er hierbleiben würde –

egal, was ich sagte. »Ich wollte dich zum Frühstück abholen, damit du dich nicht verläufst.« Mit dem rechten Auge zwinkerte er mir zu. »Zieh dich an. Ich warte draußen.«

Kaum war Jay aus dem Zimmer, stand ich mit etwas wackligen Beinen auf. Um nicht das Gleichgewicht zu verlieren, klammerte ich mich an den Fuß eines Engels, der als Bettpfosten diente – eine ironische Stütze in meiner aktuellen Lage. Schwankend machte ich mich auf den Weg ins Badezimmer, wo ich einen großen Schluck Wasser nahm, bevor ich mir die Zähne putzte und mein Gesicht wusch. Die Wirkung war sofort spürbar: Ich fühlte mich wacher und klarer im Kopf. Mit neuem Elan kämmte ich meine Haare und flocht sie zu einem lockeren Seitenzopf. Anschließend lief ich deutlich sicherer zum Kleiderschrank, wo ich mich für eine blaue Skinny Jeans und ein enges weißes Shirt entschied. Turnschuhe an, ein letzter prüfender Blick in den Spiegel und ging zufrieden zu Jay hinaus.

Der Ausdruck, mit dem er mich musterte, war undefinierbar. »Was ist?«, fragte ich misstrauisch. »Sag bloß, dein Vater erwartet, dass ich zum Frühstück im Kleid auftauche?«

Prompt begann er zu schmunzeln. »Nein, das nicht.« Doch einen Wimpernschlag später wurde sein Blick ernst und eine Sorgenfalte bildete sich auf seiner Stirn. »Geht es dir wirklich besser? Ich könnte Aria immer noch Bescheid geben.«

»Jay!«, unterbrach ich ihn energisch. »Ich habe dir doch gesagt, das ist nicht nötig. Und jetzt komm, bevor ich verhungere.«

Anders als gestern Abend kamen uns dieses Mal viele Personen im Haus entgegen. Sie musterten mich merkbar und steckten ihre Köpfe zusammen, um miteinander zu tuscheln. Nur die wenigsten begrüßten Jay und mich mit einem »Guten Morgen«.

Als wir den Speiseraum betraten, war es nicht anders. Jay schob mich zu einem Tisch, an dem bereits Toby und Maro saßen. »Setz dich, ich bringe dir etwas«, sagte er und verschwand.

Toby und Maro wünschten mir einen guten Morgen, setzten ihr Gespräch jedoch fort, ohne eine Antwort abzuwarten. Da es um Tobys BMW ging – ein Thema, von dem ich kaum etwas verstand – ließ ich meinen Blick lieber durch den Saal schweifen. Dieser war beeindruckend groß, jedoch ganz anders als die übrigen Räume des Hauses. Keine Spur von Prunk oder Glanz, stattdessen verlieh die dunkle Holztäfelung dem Raum eine schlichte, fast schon gedämpfte Atmosphäre. Die hohen Fenster ließen nur spärlich Tageslicht herein und es gab weder pompös gerahmte Bilder noch Statuen zu sehen. Lediglich in der Mitte des Saales stachen vier Säulen hervor, an denen sich goldene Blattranken elegant nach oben wanden. Überall im Raum standen Tische in verschiedensten Größen, die mal Platz für zwei, mal für bis zu zehn Stühle boten.

Am Tisch neben uns registrierte ich drei Frauen, die ihre Köpfe zusammen steckten und auffällig murmelten. Eine nickte mir kurz zu, als sie bemerkte, dass ich sie direkt ansah, doch es hielt sie nicht davon ab, weiter zu flüstern, bis Jay zum Tisch zurückkam. Erst dann erhoben sie alle drei ihre Köpfe und erröteten. Eine davon, mit blonden langen Haaren und himmelsgleichen blauen Augen, warf ihm schmachtende Blicke zu und stellte sich ihm in den Weg. Sie trug ein hautenges rotes Kleid und berührte ihn an der Schulter. »Guten Morgen Jay. Hast du gut geschlafen?«

»Ja, danke«, gab er kurz angebunden zurück, lief an ihr vorbei und setzte sich neben mich. Als er einen großen Teller vor mir abstellte, warf sie mir vernichtende Blicke zu und stampfte deutlich erzürnt aus dem Raum.

»Wer war das?«, fragte ich und betrachtete Jay, wie er der blonden Schönheit hinterher sah. Die Art, wie er sie beäugte, gefiel mir nicht. Genauso wenig seine oberflächliche Antwort.

»Niemand Wichtiges. Ich hätte Rührei, Speck, ein Brötchen mit Schinken, ein paar Erdbeeren und einen Schokocappuccino.«

»Woher wusstest du das mit dem Cappuccino?«, fragte ich erstaunt.

»Das bleibt mein Geheimnis. Und jetzt iss.«

Dies ließ ich mir nicht zweimal sagen. Jay trank seinen Kaffee und unterhielt sich angeregt mit Maro und Toby. Vereinzelt drehte er sich zu mir, als ob er nachsehen wollte, ob ich noch da war. Direkt am Gespräch beteiligen konnte ich mich nicht, denn es ging noch immer um das verbeulte Auto. Maro machte unentwegt Vorschläge, was man verbessern könnte, Toby jedoch war von der Idee alles andere als begeistert. Da Jay Maro aber zustimmte, brachte es Toby nahe an den Rand der Verzweiflung. Schließlich erklärte er, dass er seinen Wagen lieber alleine reparieren würde. So zufrieden, wie Jay sich zurücklehnte, wirkte es, als wäre das genau sein Ziel gewesen.

Nach dem Frühstück brachte mich Jay zu seinem Vater. Erneut trat ich in den imposanten Saal ein, doch diesmal waren nur Asazel und ich dort. Sein Sohn hingegen durfte nicht bleiben und nahm stattdessen ohne Einwände die Aufgaben entgegen, die ihm von seinem Vater aufgetragen wurden. Bevor er ging, schenkte er mir ein knappes Lächeln und ließ mich bei ihm zurück.

»Nun, Bellena«, begann Asazel, »ich hoffe, du hattest gestern einen angenehmen Abend. Wie hat dir mein Garten gefallen?«

»Der Garten war atemberaubend. Ich kann es kaum erwarten, mehr davon zu sehen.«

»Das freut mich. Ich habe mir viel Mühe gegeben – mit allem hier.«

»Das sieht man. Es ist wirklich beeindruckend. Aber wie sieht es mit der Realität aus?«

»Wie meinst du das?«

»Was ist real? Wurde dieses prächtige Gebäude tatsächlich gebaut und dieses Abrisshaus ist nur eine Illusion, oder ist es vielleicht genau andersherum?«

Asazel lachte leise, bevor er antwortete. »Beides, mein Kind. Alles hier existiert nur durch mich. Sollte ich jemals verschwinden, würde nichts als eine leere Wiese übrigbleiben.« Er machte eine kurze Pause, dann fuhr er mit einem Anflug von Wehmut fort. »Das ist allerdings nichts im Vergleich zu dem, was ich einst vollbringen konnte. Ich habe ganze Welten erschaffen – Kontinente, Städte. Rom, Paris … auch an der Schönheit dieser Städte hatte ich meinen Anteil.« Seine Augen wurden plötzlich trüb und für einen Moment herrschte eine bedrückende Stille im Raum. Schließlich räusperte er sich und sprach mit festerer Stimme weiter. »Bei unserer Verbannung hat man uns einen Großteil unserer Gaben genommen.«

»Das weiß ich,« sagte ich leise. »Toby hat mir schon ein wenig davon erzählt.«

Ich biss mir auf die Unterlippe, als mir bewusst wurde, dass ich ihn unterbrochen hatte. Nicht gerade die klügste Entscheidung, denn Asazel war gewiss nicht an Unterbrechungen gewöhnt. Doch zu meiner Überraschung ließ er sich nichts anmerken und lächelte sogar leicht. »Ah, der gute Toby hat also schon ein bisschen geplaudert.«

»Na ja, nicht viel«, korrigierte ich mich schnell, um Toby zu schützen. Jay hatte mir oft genug deutlich zu verstehen gegeben, dass nur seinem Vater die Ehre gebührte, mich über alles aufzuklären. Und das Letzte, was ich wollte, war Toby Ärger einzuhandeln. »Nur ein paar Kleinigkeiten, was ihn betrifft. Jay hatte über seine Höhenangst erzählt. Ich frage mich, ob es auch etwas mit dem Fall zu tun hat?«

»Bellena, ich spüre, dass du viele Fragen hast. Ich werde versuchen, dir so viele wie möglich zu beantworten. Doch was Toby betrifft …« Er machte eine kurze Pause, bevor er fortfuhr, »Nun, ich bevorzuge es, dass er dir die Dinge selbst erklärt.«

»Oh, es lag nicht in meiner Absicht, dass du …«

Er hob die Hand und unterbrach mich sanft. »Bellena, ich möchte, dass du dich zu mir setzt.« Mit einer geschmeidigen Bewegung ließ er sich auf seinem Thron nieder und deutete auf den Stuhl zu seiner Linken.

Ohne zu zögern, folgte ich seiner Aufforderung und nahm Platz.

»Bevor das Licht existierte, gab es Engel. Wir waren Gottes erste Schöpfung. Unsere Existenz war erfüllt von Harmonie und Frieden. Jeder von uns hatte eine Aufgabe, ein Ziel. Es gab keine Zweifel, keine Fragen. Wir waren vollkommen – oder so dachten wir.« Seine Stimme wurde tiefer, fast melancholisch, als er weitersprach. »Selbst unter den Vollkommenen gab es jene, die noch vollkommener waren.«

»Die Erzengel, wie Aria?« platzte es aus mir heraus, bevor ich mich bremsen konnte. Sofort biss ich mir auf die Lippe. »Entschuldige, ich wollte dich nicht unterbrechen.«

Ein mildes Lächeln legte sich auf sein Gesicht. »Das ist in Ordnung, Bellena. Zögere nicht, Fragen zu stellen oder dich einzubringen, wenn etwas unklar ist.«

»Die Erzengel, wie Aria, waren nicht nur die ersten Wesen, die Gott erschuf, sie waren auch die reinsten unter uns. Ihre Aufgabe war es, das Licht in die Welt zu tragen und über uns zu wachen. Am Anfang gab es acht Erzengel, später kamen weitere hinzu. Doch einer von ihnen war Gottes erster und liebster Engel. Er war der Lichtbringer, bekannt unter dem Namen Luzifer. Kein Engel genoss größeres Ansehen bei Gott als er.« Asazels Blick wurde ernst, seine Worte schwer. »Doch Luzifer war eitel und verfiel dem Hochmut. Er hegte den Wunsch, über dem Allmächtigen selbst zu stehen. Als Gott verkündete, die Menschen zu erschaffen, und von den Engeln verlangte, sich ihnen zu unterwerfen und ihnen zu dienen, lehnte sich Luzifer auf. Er sammelte jene Engel um sich, die seine Ansichten teilten, und führte sie in den Widerstand gegen den Allmächtigen. Es entbrannte ein Kampf, der tagelang durch den Himmel tobte.«

Er erhob sich und zeigte auf ein imposantes Wandgemälde hinter uns. »Dieses Bild erzählt von jenem Kampf. Dort unten rechts siehst du Luzifer. Über ihm kämpfen die Engel. Die vier, die besonders hervorstechen, sind seine Brüder: Uriel, Raphael, Gabriel und – mit dem Schwert in der Hand – Michael. Diese vier und ihre Heerscharen hatten den Auftrag, die Rebellen niederzuschlagen. Chamuel, Jophiel und Zadkiel hingegen wurden mit anderen Aufgaben betraut.«

»Heerscharen? Was bedeutet das?«

»Ein Erzengel führt stets eine Vielzahl von Engeln an, die in seinem Dienst stehen. Zum Beispiel Raphael, der Engel der Heilung, Segnung und Weihung. Zu seinen Heerscharen zählen Engel der Wissenschaft, der Medizin, aber auch solche, die Freude, Lebensmut und Heilung bringen.«

»War Aria eine von Raphaels Heerscharen?«

Asazel nickte. »Richtig. Aria war die Erzengelin der Heilung. Unter ihrem Befehl standen tausend Engel.«

»Also hat sie auch im Krieg gekämpft?«

Er seufzte leise. »Ja. Am Ende war es jedoch Michael selbst, der Luzifer mit seinem Schwert aus den Himmeln stürzte. Trotz seines Verrats liebte Gott Luzifer so sehr, dass er ihm erlaubte, ein eigenes Reich zu erschaffen – jenes, das heute als die Hölle bekannt ist.«

»Die Hölle«, murmelte ich.

»Alle, die sich gegen Gott auflehnten, wurden zu Luzifers Anhängern. Sie lebten fortan an der Seite von Dämonen, da sie nichts Gutes mehr in sich trugen. Als sich die Lage im Engelsreich beruhigte, erschuf Gott seine geliebten Menschen. Als erstes Adam und dann Lilith.«

»Lilith, die sich weigerte, sich zu unterwerfen. Jay hat mir davon erzählt«, sagte ich nachdenklich.

Asazel nickte. »Und hat er dir auch verraten, dass sie später eine von Luzifers Bräuten wurde?«

Überrascht zog ich meine Brauen nach oben. »Nein, er meinte nur, sie kämpfe um seine Aufmerksamkeit.«

Ein leises, bitteres Lachen entwich Asazel. »Das ist nicht ganz falsch. Luzifer hatte vier Bräute, mit denen er Kinder zeugte. Doch Lilith wurde für ihre Flucht aus dem Himmel hart bestraft. Gott ließ all ihre Kinder sterben und dieser Verlust fraß sich tief in ihr Herz. Aus diesem Grund wandte sich Luzifer zunehmend von ihr ab und widmete sich den Frauen, die weiterhin Nachkommen gebären konnten. So wuchs die Hölle mit jedem neuen Kind.« Er hielt kurz inne, bevor er weitersprach. »Doch Lilith gab nie auf. Ihr einziges Ziel war es, Luzifer zu beweisen, dass sie die wichtigste Frau an seiner Seite ist. In ihrer Verzweiflung schloss sie sich ihm bei dem Versuch an, die Schöpfung zu verhindern. Aber sie scheiterten. Die Menschen wurden erschaffen und die Engel erhielten Gottes Befehl, sich ihnen zu unterwerfen und ihnen zu dienen.«

Seine Stimme wurde düster. »Das war der Anfang des Verfalls. Viele Engel wurden von den Schwächen der Menschen verführt. Einige verfielen der Gier, andere dem Neid und manche verliebten sich in sie. Als sie damit begannen, den Menschen die Geheimnisse des Himmels preiszugeben, wurden sie verbannt und ihrer Gnade beraubt. Fortan waren sie Gefallene, ohne Hoffnung, jemals ins Himmelreich zurückkehren zu dürfen.«

Ich schluckte schwer. »Warum wurdest du verbannt?« fragte ich vorsichtig.

Asazel richtete seinen Blick in die Ferne, als würde er in eine längst vergangene Zeit zurückblicken. »Ich brachte den Menschen Wissen. Ich lehrte sie die Kunst der Metallverarbeitung, die Schmuckherstellung und die Geheimnisse der Farbstoffe. Doch sie nutzten meine Lehren, um Waffen zu schmieden und damit Kriege zu führen. Man beschuldigte mich, Unheil über die Welt gebracht zu haben. Raphael selbst sprach das Urteil und verbannte mich im Namen Gottes.«

»Warum werdet ihr für die Fehler der Menschen bestraft?«

»Die Menschen sollten so vollkommen sein, wie wir und unsere Aufgabe war es, aus ihnen diese Wesen zu machen. Gott ließ nach den Schuldigen suchen und sie bestrafen.« Asazels seufzte und in seinen Augen zeigte sich Reue. »Viele Engel wurden ungerecht behandelt. Meine Frau, Jays Mutter, ging freiwillig mit mir auf die Erde. Gemeinsam hatten wir viele Kinder, doch alle wurden uns genommen. Jay ist unser letztes Kind. Als er zwei Jahre alt war, nahm ein Dämon seine Mutter von uns.«

Er hielt kurz inne, die Erinnerung schien schwer auf ihm zu lasten. »Ich habe mir die Schuld dafür gegeben, dass er ohne eine Mutter aufwachsen musste. Dass er nie die Chance hatte, seine Geschwister kennenzulernen. Dieser Verlust hat mich nie losgelassen. Also fasste ich den Entschluss, einen Weg zurückzufinden – um Vergebung zu bitten.«

Sein Blick wurde trüber, seine Stimme leiser. »Viele folgten mir, in der Hoffnung, dass wir eines Tages von den Engeln erhört werden. Doch sie bleiben stumm. Kein Zeichen, kein Funke der Vergebung.«

Er richtete seinen Blick auf mich und verzog seine Mundwinkel zu einem knappen, melancholischen Lächeln. »Als Jay fünf Jahre alt war, hörten wir zum ersten Mal von dir – von der Prophezeiung.«

Diese Aussage überraschte mich vollends. »Es gibt eine Prophezeiung? Über mich?«

»Nun, nicht direkt über dich, mein Kind.« Seine Stimme wurde leiser, fast ehrfürchtig, als er die Worte rezitierte. »Die Verstoßenen vermissen ihr himmlisches Leben, voller Sehnsucht nach Gabe und Licht, die Gefährten geflügelt, wie sie einst waren. Doch der Schöpfer wollte nicht vergeben, das Unglück, das durch ihre Fehler geschah. Da wart geboren, die Lichtgestalt im Verborgenen, die neue Hoffnung gesandt.«

Ungläubig schüttelte ich den Kopf. »Das soll die Prophezeiung sein? Dafür käme jeder in Frage. Warum denkt ihr, dass ich ...«

Asazel hob die Hand, unterbrach mich. »Wir haben unsere Fühler in alle Richtungen ausgestreckt. Die Engel, zu denen wir noch Kontakt haben, waren keine Hilfe. Doch dann kam ein entscheidender Hinweis von jemandem aus der Hölle.«

Meine Augen weiteten sich vor Schreck. »Ihr habt Kontakt zu Dämonen?«

»Ja«, antwortete er knapp und wich meinem Blick aus.

Es war offensichtlich, dass er dieses Thema nicht vertiefen wollte. Seine Haltung, die Spannung in seiner Stimme – alles schrie danach, besser nicht nachzuhaken.

»Wir suchten viele Jahre,« fuhr er schließlich fort. »Jay war gerade einmal sechs Jahre alt, als wir den Namen erfuhren, nach dem wir suchen mussten.« Ein kurzes, raues Lachen entwich ihm. »Schon damals setzte er sich in den Kopf, dass er dich finden würde. Und tatsächlich – er hat sein Ziel erreicht.«

»Wie hat er mich gefunden?«

»Um dich zu finden, habe ich Gefallene überall auf der Welt verteilt,« begann Asazel ruhig. »Bei einem Fußballspiel an deiner Schule hörte Jay zufällig deinen Namen und beschloss, der Spur nachzugehen. Ich stellte ihm Aria zur Seite ...«

»... und sie machte sich an meinen Bruder ran«, unterbrach ich ihn kühl und vollendete seinen Satz.

Asazel zuckte kaum merklich mit den Schultern. »Wie sie dabei vorgingen, überließ ich ihnen. Das Wichtigste war, dass dir nichts geschieht.«

»Damit ihr mich benutzen könnt?«, warf ich scharf ein.

»Benutzen? Wofür?«, fragte er sichtlich irritiert.

»Für eure Prophezeiung natürlich.«

Mit ernstem Gesicht beugte er sich leicht nach vorne. »Weißt du denn, wie diese Prophezeiung erfüllt werden soll?«

»Nein, woher sollte ich? Ich habe gerade erst davon erfahren.«

»Siehst du,« sagte er mit einem Hauch von Nachdruck. »Wir wissen es auch nicht. Und dennoch bist du hier – weil wir dich beschützen wollen.«

»Beschützen? Vor Luzifer?«

»So ist es.«

»Und was glaubst du, hat er mit mir vor?«

»Ich weiß es nicht genau. Wir vermuten, dass er dich als Druckmittel gegen die Engel einsetzen will.«

Ein Schauer lief mir über den Rücken. »Wenn das stimmt, bedeutet es, dass die Engel ebenso Interesse an mir haben, richtig? Warum sind sie dann nicht hier? Warum versuchen sie nicht, mich zu finden, damit sie mich selbst beschützen können?«

»Wer sagt, dass sie dich beschützen wollen? Laut der Prophezeiung bist du unsere Hoffnung auf Erlösung. Es könnte genau das sein, was sie verhindern wollen. In diesem Fall könnten sie genauso gut deinen Tod in Betracht ziehen.«

»Aber dann ergibt das doch alles keinen Sinn?!«

»Solange wir nicht wissen, wie diese Prophezeiung mit dir zusammenhängt, bist du nur hier sicher. Wir sind die Einzigen, denen du vertrauen kannst. Nur wir können dir helfen, ohne dass du dich fürchten musst.«

»Auch nicht, wenn ich sterben müsste, um euch zu retten?«, fragte ich unvermittelt und war selbst schockiert, wie leicht mir die Frage über die Lippen kam.

Asazel sah mich entgeistert an und musterte mich nachdenklich, bevor er antwortete. »Nein auch dann nicht. Glaube mir, das würde Jay niemals zulassen. Aber es ist wichtig, dass du uns alles sagst, was du weißt. Nur so könnenwir dir helfen.«

Seine Antwort beruhigte mich nicht wirklich. Erneut sah ich vor meinen inneren Augen den Nachbarn, der alles sagte, um das Kind in sein Haus zu locken. Immer wieder hörte ich das Flüstern in meinen Kopf: *»Vertraue niemandem, Bellena.«*

Daher entschied ich, ihm nur das zu erzählen, was ich bereits Jay anvertraut hatte. Ich verschwieg die Tatsache, dass ich trotz Sarafinas Abwesenheit weiterhin Träume mit Botschaften empfing. Auch die Halluzination von gestern

Abend ließ ich unerwähnt. Ich hoffte, dass Julia und Chrissy bald mehr herausfinden würden, denn ihnen hatte ich jedes noch so kleine Detail berichtet.

»Ich weiß leider überhaupt nichts, außer dem, was ich von euch gehört habe. Meine Oma, wusste sie davon?«

»Wir glauben es. Aber wir haben keine konkreten Informationen und konnten bisher kaum etwas über sie in Erfahrung bringen. Sie starb, bevor wir dich finden konnten.«

Plötzlich erhob er sich, seine Haltung wieder ganz die eines Herrschers. »Bellena, ich muss mich leider entschuldigen. Andere Pflichten warten auf mich. Wir können unser Gespräch gerne später fortsetzen, sofern du möchtest.«

Sein abrupter Abbruch ließ mich perplex zurück. Doch noch mehr überrascht war ich, als Jay unangekündigt durch die Tür trat.

»Jerahmel, kümmerst du dich bitte während meiner Abwesenheit um sie?«

»Ja, Sir.«

»Wir sehen uns bald, Bellena.« Mit diesen Worten ging er nach draußen.

Kapitel 19

Mit einer knappen Geste bedeutete mir Jay, ihm zu folgen. Ohne ein Wort zu verlieren, kam ich seiner Aufforderung nach. Auch er blieb still, doch die Stille war nicht bedrückend. Im Gegenteil, sie wirkte beinahe tröstlich. So, als hätte er instinktiv gespürt, dass ich genau das brauchte.

Wir liefen nebeneinander durch die weitläufigen Gänge, während meine Gedanken wie ein unaufhaltsames Karussell in meinem Kopf kreisten. Ich versuchte, die Flut an Informationen zu sortieren, zwischen den Zeilen zu lesen, aber alles drehte sich so schnell, dass ich keinen klaren Gedanken fassen konnte.

Plötzlich griff Jay nach meiner Hand, bevor wir am Ausgang zum Garten anhielten. »Möchtest du spazieren gehen oder willst du lieber alleine sein?«

Meine Antwort kam fast automatisch, ohne dass ich lange darüber nachdenken musste. »Ein Spaziergang klingt gut.«

Lächelnd zog er mich hinaus ins Freie, wo wir von einer herrlichen Wärme empfangen wurde. Die Sonne strahlte hell am makellos blauen Himmel, nicht eine einzige Wolke war zu sehen.

»Wo bringst du mich heute hin?« fragte ich, als ich bemerkte, dass wir einen anderen Weg einschlugen als am Tag zuvor.

Ein spielerisches Lächeln stahl sich auf seine Lippen. »Ich weiß es noch nicht. Es gibt hier so viele schöne Plätze. Mal sehen, wohin uns der Weg führt.« Wir liefen eine lange Allee entlang, an der rechts und links Bäume gepflanzt waren und in regelmäßigen Abständen weiße Bänke standen. Vom Hauptweg zweigten zahlreiche kleine Pfade ab, die nur flüchtige Einblicke erlaubten. Jeder von ihnen schien einzigartig. Mal von dichtem Grün überwuchert, mal geschmückt mit kunstvollen Statuen oder plätschernden Springbrunnen. Einige führten über gewundene Treppen hinauf oder hinab, gesäumt von Sitzgelegenheiten in den unterschiedlichsten Formen: Bänke, filigrane Stühle oder einladende Liegen. Jay hatte nicht übertrieben, der Garten war ein Labyrinth aus Schönheit und Überraschungen. Selbst wenn man Tage hier verbringen würde, gäbe es immer noch etwas Neues zu entdecken.

Eine Weile gingen wir schweigend nebeneinanderher, unsere Hände ineinander verschlungen, bis Jay mir ein Zeichen gab, nach links abzubiegen. Der schmale Pfad führte zu einer Wendeltreppe, die sich elegant in die Tiefe schlängelte. In der Mitte der Treppe stand eine Engelsstatue, die eine leuchtende Kugel zum Himmel emporhielt und so den Blick nach unten verhinderte.

Als wir die letzten Stufen erreichten, offenbarte sich uns ein großer Springbrunnen. In seiner Mitte erhoben sich drei Engel, die ihre Arme in unterschiedlicher Höhe ausstreckten. Das Wasser floss friedlich durch ihre Hände, als reichten sie es einander weiter.

Fasziniert von diesem Anblick, ließ ich meinen Blick über die Szene schweifen, bis ich schließlich die blonde Frau aus dem Speisesaal entdeckte. Sie stand ein wenig abseits und sah lächelnd zu Jay, der ihr jedoch nur ausdruckslos entgegen starrte. Daraufhin fiel ihr Blick auf mich. Ihre Augen funkelten vor Zorn, bis sie schließlich die Treppe hinauf stampfte.

»Jay, wer ist das?«

»Ist das wichtig?«

»Ja, ich würde schon gerne wissen, wer mich sonst noch tot sehen möchte.«

Mein Spruch ließ ihn leise lachen. »Jetzt übertreib nicht. Sie ist bloß eifersüchtig.«

»Weil ihr mal etwas miteinander hattet?«, kam es sehr direkt aus meinem Mund.

Ertappt fuhr er sich über den Hinterkopf. *Wusste ich es doch.* »Na ja, bevor ich auf die Suche nach dir gegangen bin, sah es so aus, als würden wir uns näher kommen.«

»Es sah so aus oder es war so?«

Sichtlich unwohl rieb er sich den Nacken. »Es ist nichts Nennenswertes passiert. Wir wussten beide, dass ich für längere Zeit weg sein würde. Ich hatte ihr gesagt, sie solle auf mich warten. Anfangs hatten wir noch viel Kontakt, aber mit der Zeit wurde es immer weniger.«

»Warum? Was hat sich verändert?« fragte ich, obwohl ich die Antwort schon ahnte.

»Warum wohl? Wegen dir natürlich.«

»Weil ich die Erlöserin bin oder weil ich bin, wer ich bin?«

Meine Worte ließen ihn kurzzeitig verstummen, bis er sich wieder fing und einen Schritt auf mich zutrat. Dicht vor mir blieb er stehen und strich eine lose Strähne hinter mein Ohr. Die Berührung löste ein vertrautes Kribbeln in mir aus und ließ meine Schmetterlinge im Bauch einen Walzer tanzen. Ich versuchte, seinem intensiven Blick auszuweichen, doch er nahm mein Kinn zwischen seine Finger und zwang mich, ihn anzusehen. »Was ist das denn für eine dumme Frage?«, sagte er leise, fast vorwurfsvoll.

»So dumm ist sie nicht. Immerhin wusstest du von Anfang an, wer ich bin. Was, wenn du dich geirrt hast? Was, wenn ich gar nicht die Richtige bin? Wie hast du mich überhaupt gefunden? Du wirst ja wohl kaum nach mir oder einem Fußballspiel gegoogelt haben, oder?«

»Weißt du, was ich jetzt am liebsten tun würde?« Mit dem Daumen strich er mir über die Wange und hielt mein Kinn fest, sodass ich ihm nicht ausweichen konnte. Dabei kam er mir so nah, dass sich beinahe unsere Lippen berührten. »Dich küssen, aber leider muss ich vorher um Erlaubnis fragen, sonst bekommst du womöglich wieder eine Panikattacke.« Jay legte eine Hand auf meinen unteren Rücken und drückte mich enger an sich.

Ich schloss die Augen. Mein Herz setzt aus und in meinem Kopf herrschte für einen Moment Leere. »Jay«, wisperte ich atemlos und öffnete meine Augen, die sich ohne mein Zutun geschlossen hatten. Direkt vor mir seine verdunkelten Augen und seine Lippen, die nur wenige Zentimeter vor meinen schwebten. »Du weichst meiner Frage aus.«

»Nein, ich mag jetzt bloß nicht reden«, flüsterte er zurück und verringerte den Abstand zwischen uns noch etwas mehr.

»Aber ich«, sagte ich klar und entzog mich ihm ein wenig. Es fiel mir schwer, doch ich musste es tun, bevor ich ganz einknickte.

Seufzend ließ er die Schultern sacken, bevor er mich freigab. »Also gut. Wie du möchtetst. Wir haben nirgendwo etwas über dich gefunden, weshalb wir in sämtliche Richtungen verteilt wurden. Ich habe mich oft an

Veranstaltungen und in Diskotheken aufgehalten. Dort, wo viele Menschen zusammenkamen. Es war für mich einfach, den Gesprächen zu folgen und mich an die Mädels heranzumachen, die für ihr Leben gern tratschten. Meine Bemühungen blieben lange erfolglos, bis ich zufällig beim Fußballspiel deines Bruders war. Dort hörte ich ihn über dich sprechen. Sofort habe ich mich nach ihm erkundigt und habe so mehr über dich erfahren. Und dann kam der Moment, als wir uns zum ersten Mal getroffen haben.«

»War unser Zusammenstoß geplant?«

»Nein, er war genauso unvorhersehbar wie die Tatsache, dass ich mich in dich verlieben würde.«

Verlieben? Hatte er gerade ›verlieben‹ gesagt? Mein Herz setzte einen Moment aus, bevor es wie wild zu hämmern begann. *Atme, Bellena*, befahl ich mir, während mein Kopf versuchte, die Bedeutung seiner Worte zu erfassen. Erneut kam er mir näher, jedoch bemühte ich mich, den derzeitigen Abstand beizubehalten, denn ich wusste, dass ich es kein zweites Mal schaffen würde, ihm zu widerstehen.

»Moment mal, Romeo. Bevor du hier weiter in die romantische Schiene abrutschst - warum warst du dir so sicher, dass ich diejenige bin, die du gesucht hast?«

»Der Name Bellena ist nicht gerade häufig und als ich dich das erste Mal traf, fühlte ich es. Daraufhin habe ich dich weiter beobachtet und ...«

»Belauscht«, beendete ich seinen Satz.

»Meine Familie hat fast mein ganzes Leben lang nach dir gesucht, Bellena. Du warst der Schlüssel zu allem. Und dann, plötzlich, standest du vor mir. Greifbar, real – ich konnte es kaum glauben. Ich konnte nicht ahnen, dass sich mehr zwischen uns entwickeln würde.«

»Wie?«

»Was, wie?«

»Wie hast du mich noch beobachtet?«

Niedergeschlagen ließ er mich los und setzte sich auf den Rand des Springbrunnens. »Vieles hat Aria übernommen.«

»Deshalb war sie ständig bei Noah? Er ist so verliebt in sie und sie hat ihn nur ausgenutzt.«

»Ja, das stimmt. Zumindest am Anfang. Mittlerweile glaube ich, er bedeutet ihr wirklich etwas. Sie meldet sich jeden Tag mehrfach bei ihm.«

»Ja, klar.« Neben ihm nahm ich Platz, glaubte ihm aber kein Wort. »Dein Vater hat mir erzählt, dass ein Dämon euch von der Prophezeiung berichtet hat. Wer war das? Und warum habt ihr überhaupt Kontakt zu ihnen?«

Als er meine Hand nahm, sah ich erwartungsvoll zu ihm. »Bellena, ich...«

»Hey, ihr zwei Turteltauben!«, rief Maro plötzlich von der Treppe aus. Neben ihm standen Dan, Toby und Aria, die vertieft auf ihr Handy starrte. Schrieb sie gerade mit Noah? Was sie betraf, war ich mir sehr unschlüssig, doch Jays Worte hallten in mir nach.

»Oh, das darf doch nicht wahr sein«, murmelte Jay und rieb sich die Schläfen. »Kann man hier nicht mal fünf Minuten seine Ruhe haben?«

Ich biss mir auf die Unterlippe und bemerkte, wie sich seine Pupillen etwas weiteten. »Das nächste Mal küsse ich dich einfach.« Genervt drehte er sich zu den anderen. »Was wollt ihr und wie habt ihr uns gefunden?«

»Dara war so nett«, antwortete Maro mit einem schiefen Grinsen und deutete auf die blonde Schönheit, die neben ihm stand. Ihre Augen blitzten kalt auf, als sich unsere Blicke begegneten. »Jay? Können wir kurz reden? Alleine?«, fragte sie mit einer Stimme, die zugleich süß und schneidend klang.

Jay sah mir tief in die Augen und brummte, bevor er ihr antwortete. »Klar, ich komme.« Erst da wendete er seinen Blick von mir ab und ließ meine Hand los.

Während sich mir die anderen näherten, entfernte er sich immer mehr von mir.

»Na Bellena, wie findest du es bei uns?«, wollte Maro wissen und setzte sich gut gelaunt neben mich.

»Sehr gut. Das alles beeindruckt mich. Aber ich vermisse auch meine Familie und Freunde.«

Ich sah zu Jay hinüber. Seine Mimik verriet nichts über das Gespräch, das sie gerade führten. Daras Hand lag leicht auf seiner Schulter, aber er rührte sich nicht, um sie abzuschütteln. Ein unangenehmes Stechen breitete sich in meiner Brust aus, das ich nur schwer ignorieren konnte.

»Du brauchst dir wegen ihr, keine Sorgen machen. Das ist vorbei«, sagte Maro und lächelte mich ermutigend an.

»Wie kommst du darauf, dass ich mir deshalb Sorgen mache?«

»Ach komm, Bellena. Wir sind doch nicht blind und haben gesehen, wie er an dir hängt und wie du ihn mit deinen Augen verschlingst.«

Tobys Aussage ließ mich empört die Hand in die Hüfte stemmen.

»Ich verschlinge ihn nicht.«

213

Jetzt legte auch Aria ihr Handy beiseite. »Nein, das macht sie nicht. Wir verschlingen euch nicht mit unseren Augen.«

»Danke Aria.« Zum ersten Mal empfand ich ein wenig mehr Sympathie für sie. Doch mit ihrem nächsten Satz war diese schnell wieder verflogen. »Wir ziehen euch gedanklich aus«, fügte sie mit einem unschuldigen Lächeln hinzu.

Für einen Moment herrschte Stille, bevor die ganze Gruppe in schallendes Gelächter ausbrach. Alle lachten so laut auf, dass auch Jay und Dara kurz in unsere Richtung sahen, bevor sie ihr Gespräch fortführten. »Dara ist manchmal eine Zicke, ich geb's zu«, sagte Maro und zuckte mit den Schultern. »Aber sie kann ganz charmant sein.«

»Wenn sie bekommt, was sie will«, fügte Dan hinzu und warf Maro einen wissenden Blick zu.

»Du musst es ja wissen.«

Dans Hände bewegten sich in fließenden, fast tänzerischen Bewegungen, während sich zwischen seinen Fingern ein glühendes Schwert aus Feuer formte. Die Flammen züngelten wild, doch das Schwert blieb kompakt und präzise. Kleiner als im Kampf, aber nicht weniger beeindruckend. Trotzdem strahlte es eine enorme Wärme aus. »Ich genieße und schweige«, sagte er mit seinem verschmitzten Lächeln und spielte weiter mit dem Schwert.

»Das ist unglaublich, was du da machst.« Völlig fasziniert beobachtete ich ihn.

»Ach, das ist doch nichts weiter«, gab Maro an und sprang auf. Er formte mit seinen Händen einen Wasserball, der zunehmend wuchs und bald so groß war, dass man ihn nicht mehr sehen konnte.

»Maro, ich warne dich.« Warnend erhob Aria einen Finger.

Doch es war zu spät, denn schleuderte den Wasserball bereits in unsere Richtung. Wir tropften alle vor Nässe und Maro stand da und lachte sich kaputt. Auch Jays Lachen drang bis zu uns durch, während Dara nur da stand und mich weiterhin anfunkelte.

»Super, Maro. Wie ich sehe, hast du einiges gelernt, als ich weg war.« Lässig kam Jay zu uns zurückgelaufen und ließ Dara stehen, bis er Maro erreichte und ihm ein High Five gab.

Ein plötzlicher, warmer Windhauch wirbelte durch die Luft und legte sich wie ein sanfter Föhn um uns. Die Wärme kroch mir unter die Haut und ich spürte, wie meine Kleidung langsam trocknete.

»Danke Dara!«, rief Dan, die mittlerweile die Treppe nach oben verschwand. »Das war ein Punkt für dich. Aber viele wirst du davon nicht mehr bekommen.«

»Das werden wir ja sehen. Du glaubst doch wohl nicht, dass das schon alles war? Ich habe viel gelernt, während ihr auf Schatzsuche wart.«

»Na danke, jetzt werde ich auch noch mit einem Piratenschatz verglichen. Das wird ja immer schöner.« Ich verschränkte die Arme vor der Brust und spielte einen auf beleidigt.

»Siehst du, jetzt ist die Kleine deinetwegen auch noch verstimmt«, rügte Toby ihn zum Spaß.

»Warum nennst du mich eigentlich immer Kleines?«

Toby zuckte mit den Schultern. »Weil du kleiner bist als wir alle.«

»Ja, aber nur weil Unkraut schnell wächst, während die Rose sich Zeit lässt, bis sie in ihrer vollen Pracht erblüht.« Meine Entgegnung ließ sie alle lachen.

»Wir alle warten gespannt darauf, wie diese Blüte aussieht, wenn sie sich öffnet.« Niemandem war die Zweideutigkeit hinter Jays Worten entgangen. Aber es stimmte. Keiner wusste, was die Blüte wirklich am Ende hervorbrachte, wenn das Geheimnis um mich endlich gelüftet war.

»Wie kommt es, dass ihr trotz der Verbannung noch eure Kräfte habt?«

»Durch den Fall verloren wir die Fähigkeit, ins Engelreich zurückzukehren und somit alle damit einhergehenden Privilegien. Auf der Erde musste jeder selbst entscheiden, ob und welche Magie er nutzen wollte. Es dauerte eine Weile, bis unsere Kräfte zurückkamen, doch sie sind bei keinem von uns so stark wie früher«, erklärte Dan.

»Also gibt es auch Gefallene, die gar keine Kräfte mehr haben?«

»Ja, sie leben auf der Erde, wie normale Menschen«, antwortete Dan.

»Und sie ...sterbe wie Menschen?« Es war eine Frage, die ich nur ungern stellte.

»Nur wer seine Magie einsetzt, kann den Alterungsprozess verlangsamen. Aber selbst wir sind nicht unsterblich«, erwiderte Aria mit einem ernsten Blick.

Diese Erkenntnis traf mich wie ein Schlag. Ich brauchte einen Moment, um ihn zu verarbeiten. So viele Möglichkeiten, so viele Eventualitäten. War meine Oma vielleicht ein Engel gewesen? Hatte sie deshalb all diese Erkenntnisse? Vielleicht waren da draußen noch mehr. Jay und ich könnten womöglich ein ganz normales Leben miteinander führen, aber ich schob diesen Gedanken schnell beiseite. Es gab Wichtigeres als meine Gefühle. Außerdem waren seine Gefühle mir gegenüber alles andere als klar. Er hatte mir zwar gesagt, dass er in mich verliebt sei, aber was, wenn er mich nur manipulierte, um Informationen aus mir herauszuholen? Was, wenn all hier mir etwas vormachten? Etwas mussten meine Träume doch zu bedeuten haben. Gedanklich notierte ich mir, mit Julia darüber zu sprechen. Vielleicht würden ihr die neusten Erkenntnisse bei den Recherchen helfen.

»Wann geht's eigentlich los mit dem Training?«, fragte Toby und ließ seinen Blick bedeutungsvoll in die Runde schweifen.

»Ich würde sagen, morgen. Heute darf Bellena sich noch ein wenig erholen. Wer weiß, wie lange sie das noch kann?«

Hellhörig aufgrund von Tobys und Dans Worten, begann es in mir zu rattern. »Äh ... Training? Was genau habt ihr vor?«

»Ich hab den anderen gesagt, dass wir an deiner Kondition arbeiten müssen. Also ...«

»Großartig. Trainiere ich jetzt für den nächsten Marathon?«, warf ich trocken ein und besah Toby mit einem Kopfschütteln.

»Genau. Und Dan schwingt dabei elegant seine Peitsche, während wir dich kreischend durch den Garten scheuchen.« War ja klar, dass Jay noch eins oben drauf setzen musste. Sprachlos starrte ich ihn an. Was sollte man darauf schon erwidern.

Toby ließ sich Zeit, bevor er schließlich hinzufügte: »Nein, im Ernst. Da wir momentan sowieso nur abwarten können, dachten wir, ein paar Lektionen in Selbstverteidigung könnten nicht schaden.«

»Ich? Selbstverteidigung?«

Maro ließ sich neben mir auf den Brunnenrand fallen und stupste mich mit einem spitzbübischen Grinsen an. »Ach komm, Bellena. Ein bisschen Spaß kann doch nicht schaden.«

Alle sahen mich mit leuchtenden Augen an.

»Der Spaß wird wohl ganz auf eurer Seite sein.«

Kaum war ich in meinem Zimmer, griff ich nach meinem Handy. Mehrere Nachrichten warteten auf mich. Von Julia, Chrissy, meiner Mum … und Lukas. Letzteres ließ mich aufseufzen. *Wann lernte er es endlich?* Meine Mum war wie immer besorgt und fragte, ob es mir gut gehe. Ihr schrieb ich natürlich sofort zurück und leitete ihr ein paar Fotos weiter, die mir Julia und Chrissy geschickt hatten.

Zwar versicherte ich ihr, dass alles in Ordnung sei, doch in Wahrheit war ich alles andere als das. In ein paar Tagen musste ich mir etwas anderes einfallen lassen, aber noch hatte ich Zeit. Anschließend scrollte ich durch die Nachrichten von Julia und Chrissy, die beide deutlich besorgt waren. Mehrfach hatten sie gefragt, ob alles okay sei, warum ich mich nicht gemeldet hatte. Sofort breitete sich das schlechte Gewissen in mir aus. Ich musste mir mehr Zeit für sie nehmen, das nahm ich mir fest vor.

Dann scrollte ich weiter – zu den Nachrichten, die wirklich spannend klangen.

Julia: *Ich habe im Buch deiner Oma etwas zu deinen »neuen Freunden« gefunden. Außer zu Jay, Maro und Maja. Da blieb die Suche erfolglos.*

Samael: Er war ein Todesengel und gilt jetzt als Fürst der Dunkelheit. Er verlor sein Augenlicht als Engel, als Moses – im Sterben liegend – ihn mit letzter Kraft schlug. Seine Blindheit ließ ihn als unwissenden Engel erscheinen, eine Demütigung, die ihn so sehr traf, dass er sich mit Luzifer zusammentat. In der Hölle erhielt er sein Augenlicht zurück. Gerüchten zufolge verband ihn eine Affäre mit Lilith. Als sie sich in eine Schlange verwandelte, soll er auf ihrem Rücken durch die Finsternis geritten sein.

Asazel: Man sagt, er verführte Menschenfrauen und lehrte die Menschheit die Kunst der Metallverarbeitung. Den Frauen offenbarte er die Verführung durch Farben. Es wird sogar behauptet, er habe Adam und Eva zur Sünde geführt. Also ziemlich viele Gründe, warum man ihn rauswarf, wenn du uns fragst.

Ariel: Einst Erzengel der Heilung und Natur, bis sie den Himmel hinter sich ließ und sich für ein Leben auf der Erde entschied.

Daniel: Engel der Barmherzigkeit und Liebe. Doch seine Liebe zu einem Menschen wurde ihm zum Verhängnis, als er himmlische Geheimnisse preisgab.

Nathan: Herr des Feuers, der den Weg zur Einheit weist, indem er Dualitäten überwindet. Doch er scheiterte und wurde verbannt – ein Feuermagier ohne Heimat.

Jetaeral: Schutzengel mit der seltenen Gabe, die Gedanken seiner Gegner zu durchschauen.

Ich atmete auf. Jay und die anderen hatten mich nicht angelogen. Asazel war, wie erwartet, nicht ganz ehrlich – aber das überraschte mich nicht im Geringsten. Eine weitere Nachricht drehte sich um die Prophezeiung, doch Julia hatte nichts gefunden. Sie bat mich darum, noch einmal in mich zu gehen, ob mir nicht doch etwas einfiel. Aber die Worte der Prophezeiung lagen wie Nebel in meinem Kopf – kaum greifbar. Auch zu Sarafina blieb die Suche erfolglos.

Ich: Hey ihr beiden, ich hoffe, ihr habt eine tolle Zeit und könnt euren Urlaub in vollen Zügen genießen. Danke für eure Hilfe. Schade, dass wir nicht telefonieren können – hier hat wirklich jede Wand Ohren. Wegen der Prophezeiung werde ich Jay auf den Zahn fühlen. Mal sehen, was ich aus ihm herauskriege. So weit geht es mir gut. Ich hatte heute keine Halluzinationen. Dafür erwartet mich morgen ein Selbstverteidigungskurs.

Kaum hatte ich die Nachricht abgeschickt, vibrierte mein Handy schon wieder.

Julia: *Hey! Selbstverteidigungskurs? Klingt gar nicht mal so übel. Schade, dass wir das verpassen. Das wird bestimmt lustig. Aber Bellena, wie konntest du nur den Inhalt der Prophezeiung vergessen? Hoffentlich bekommst du Jay dazu, sie dir zu erzählen. Wie benimmt sich unser arrogantes Engelchen?*

Bei den Worten »arrogantes Engelchen« musste ich auflachen.

Ich: *Launenabhängig, wie immer. Aber er zeigt ganz deutlich, was er will: mich. Ich bin mir bloß nicht sicher, ob ich ihm das glauben kann. Und es gibt jetzt eine neue Konkurrenz. Eine blonde Schönheit Namens Dara. Die beiden scheinen eine gemeinsame Geschichte zu haben.*

Julia: *Dara? Die setzten wir auf die Rechercheliste.*

Gerade wollte ich zurückschreiben, als eine neue Nachricht aufploppte. Diesmal war es nicht Julia, sondern Lukas.

Lukas: *Hey Bellena, können wir reden? Du hattest recht – ich habe mich von Leonie getrennt. Es tut mir so leid. Bitte verzeih mir. Ich vermisse dich ... und unsere Gespräche. Ich brauche dich, meine beste Freundin. Bitte melde dich.*

Ich ließ das Handy sinken. Es war vorbei. Leonie und Lukas gab es nicht mehr. Aber was sollte ich jetzt tun? Ihn anrufen? Er hatte mich so tief verletzt, anderseits war es aber auch mein bester Freund. Konnte ich ihn wirklich noch weiter ignorieren? Meine Gedanken sprangen hin und her. Bevor ich eine Entscheidung treffen konnte, vibrierte mein Handy erneut. Lukas. Ohne nachzudenken, bewegte sich mein Daumen auf »Anruf annehmen«.

Kapitel 20

ℬellena ... Bellena, wach auf.«

Ein sanftes Flüstern drang in meine Traumwelt und zog mich langsam aus dem tiefen Schlaf. Aber ich wollte nicht. Nicht jetzt. Mit aller Kraft kniff ich die Augen zusammen. Die Müdigkeit klebte an mir wie eine schwere Decke. Das Gespräch mit Lukas zog sich bis tief in die Nacht. Immer wieder sprach er über die Trennung, entschuldigte sich fast flehentlich. Anfangs war ich wortkarg und hin- und hergerissen. Dann ließ ich meinen Emotionen freien Lauf. Ich schrie, weinte und lachte, bevor ich erneut in einen weiteren Wutanfall ausbrach. Doch Lukas blieb ruhig, verständnisvoll und mit jeder Minute wurde es besser, bis meine Wut verschwand. Am Ende fühlte es sich fast an wie früher. Wir lachten und neckten uns. Als ich auflegte, war da ein seltsames Gefühl von Frieden und Leichtigkeit.

»Bellena«, flüsterte es erneut.

Genervt zog ich mir die Decke über den Kopf. »Jay, verschwinde. Ich schlafe.«

»Bellena, jetzt steh endlich auf«, tönte es in meinem Ohr.

»Jay, ich sagte nein!«, schrie ich, während ich mich ruckartig aufsetzte. Meine Augen suchten wütend den Raum ab – und dann traf es mich wie ein Blitz. Ich war allein. Vollkommen verdutzt sah ich mich noch einmal um und rief vorsichtig Jays Namen. Doch es blieb still. Womöglich ein Traum? Ich ließ mich auf das Kissen zurückfallen und schloss erneut die Augen.

Plötzlich tauchte vor meinem inneren Auge eine glühende Zahl auf: 127, umgeben von lodernden Flammen. Die Hitze schien fast greifbar. Wieder erklang das Flüstern meines Namens – sanft, aber eindringlich. Wie ein Hauch direkt neben meinem Ohr.

Abrupt riss ich die Augen auf und griff zu meinem Telefon. Zum Glück hatte Julia mir die Seite mit den Engelszahlen abgespeichert, sodass ich sofort nachschauen konnte.

Die Engel wollen dir zeigen, dass du auf dem richtigen Weg bist. Vertraue deiner Intuition und deiner inneren Eingebung. Sie ermutigen dich, ihren Anweisungen zu folgen, und versichern dir, dass du alles hast, was du für deine Selbstverwirklichung benötigst.

Ich ließ das Handy sinken und fiel zurück auf das Kissen. Einen Moment lang schloss ich die Augen, ehe ich sie wieder öffnete und meinen Blick auf einen der verzierten Engel an meinem Bett richtete. Die feinen Züge und das angedeutete Lächeln auf seinen Lippen schienen fast lebendig. »Heißt das, ihr seid für den Selbstverteidigungskurs?«

Ein sanftes Klopfen unterbrach meine Gedanken und Jays Kopf tauchte im Türspalt auf. »Guten Morgen. Bereit für deine erste Trainingseinheit?«, fragte er mit einem leicht verschmitzten Lächeln.

Ich warf ihm ein zögerliches Lächeln zu, bevor mein Blick wieder zum Engel wanderte. »Das heißt dann wohl ja.«

Kaum hatte ich den letzten Bissen heruntergeschluckt, führten die Jungs mich voller Tatendrang in den Garten. Aria

224

schlenderte hinter uns her, ein Lächeln auf den Lippen und das Handy fest im Griff.

»Aria, beweg dich! Du hattest die ganze Nacht deinen Schatz für dich. Gönn ihm mal eine Pause«, rief Toby mit einem breiten Grinsen über die Schulter.

Hatte ich gerade richtig gehört? Abrupt blieb ich stehen und starrte sie an. Doch sie schien völlig unbeteiligt, ihr Blick klebte wie hypnotisiert auf ihrem Handy. Ich wartete, bis sie auf meiner Höhe war, und fragte sie: »Was soll das heißen, du warst bei deinem Schatz?«

»Ich war bei deinem Bruder.« Ohne den Blick zu heben, lief sie neben mir her.

Ich blinzelte ungläubig. »Du warst … bei meinem Bruder? Heute Nacht?«

»Ja.«

»Einfach so? Wie? Warum?«

»Weil ich es wollte.« Völlig perplex starrte ich sie an, bis sie endlich stehen blieb und mich ansah. »Bellena, ich bin mit deinem Bruder zusammen. Ich habe ihn vermisst, also bin ich … rüber geflogen.«

»Und was hast du ihm gesagt? Was hat er gesagt?«

»Nichts, was man dir erzählen müsste. Wir hatten uns ein paar Tage nicht gesehen, da stand reden nicht ganz oben auf der Liste.« Sie lächelte, als ich angewidert das Gesicht verzog. »Und nebenbei konnte ich nach dem Rechten sehen. Du weißt schon, wegen Sarafina. Bisher gibt es nichts Neues, aber das weißt du ja längst, oder?« Sie machte eine Pause, während ich für einen Moment den Atem anhielt. »Deine Mum hatte es dir doch gesagt, oder?«

»Äh … ja, klar. Natürlich hat sie das.« Für einen Moment hatte ich geglaubt, unser kleines Geheimnis wäre aufgeflogen und war froh, dass sie wieder in ihr Gerät vertieft war. Meine Freundinnen und ich waren also sicher.

»Kommt ihr endlich?«, brüllte Toby aus dem Garten. »Scheint, als könnte es einer kaum erwarten, dich leiden zu sehen«, feixte Aria und steckte ihr Handy weg. »Na dann mal los. Ich bin gespannt, was du drauf hast, Bellena.«

Wir betraten eine weite, von einem einfachen Holzzaun eingefasste Wiese. Keine Bäume, keine Bänke, keine Statuen, nur endloses grünes Gras, das im leichten Wind wehte.

»Was macht ihr hier normalerweise? Flugstunden für Anfänger?«

»Pass auf, Süße. Lachen wirst du gleich nicht mehr«, sagte Jay mit einem schiefen, fast herausfordernden Lächeln.

Die Jungs lehnten sich an den Zaun, bis auf Dan, der gegenüber von uns stand und seine Worte an mich richtete. »Beginnen wir mit den Basics. Erstens.« Er zeigte mit dem Daumen nach oben. »Du musst immer aufmerksam sein. Beobachte deine Umgebung und vermeide jede potenzielle Konfrontation.«

Das musste er nicht zweimal sagen. Ich drehte mich um und ging.

»Bellena, was machst du?«, rief Jay mir hinterher.

Grinsend drehte ich mich zu ihm. »Ich befolge Regel Nummer eins: Konfrontation vermeiden.«

Bevor ich meinen Satz beendet hatte, stand Jay bereits vor mir, die Arme lässig verschränkt. Es war, als hätte er sich in Luft aufgelöst und vor mir wieder materialisiert. *Verdammt war er schnell.* »Falsche Richtung, Prinzessin.« Bevor ich reagieren konnte, hatte er mich an den Schultern gepackt, umgedreht und zurück auf die Wiese geschoben.

Mit einem Seufzer musste ich einsehen, dass ich den Punkt verloren hatte. »Also gut, was ist Regel Nummer zwei?«

»Braves Mädchen«, raunte Jay mir zu. Ein Schauer lief mir über den Rücken, als sein warmer Atem meine Haut streifte. Dann gesellte er sich wieder zu den anderen an den Zaun und ich folgte genervt Dans Worten. »Der zweite Punkt ist selbstbewusstes Auftreten und lauter werden.«

»Den Punkt kannst du überspringen. Darin ist sie eine Meisterin«, rief Toby zu Dan.

Ich drehte mich empört zu ihm um und sah, dass alle von ihnen grinsten. Ich wollte bereits etwas sagen, bis Dan mit dem Finger vor mir schnipste. »Bellena, hier spielt die Musik.« Er zeigte drei Finger nach oben und ich war kurz vorm Explodieren. »Regel drei: Schwachstellen angreifen. Augen, Kehlkopf, Tiefschlag. Ziele auf die empfindlichen Stellen. Hände immer schützend vor den Kopf, Schrittstellung für besseren Halt. Und wenn du zuschlägst, nimm die flache Hand, um dir nicht selbst weh zu tun.« Dan warf Maro einen Blick zu und nickte ihn zu sich. »Zeit für die Praxis.«

»Warum Maro?«, fragte ich und warf dem Jüngsten im Bunde einen kurzen Blick zu. »Nichts für ungut, aber ich hätte lieber jemanden vor mir, der den Tiefschlag auch wirklich verdient.«

»Vertrau mir, Bellena. Du willst mit Maro anfangen. Er wird dich genug fordern und ich verspreche, es wird kein Spaziergang mit ihm werden.«

Natürlich sollte Dan recht behalten. Maro war ein Albtraum. Immer wieder erwischte er mich, bevor ich überhaupt wusste, was los war. Es war nicht nur frustrierend, es brachte mich beinahe zum Verzweifeln. Kaum legte Maro seine Arme von hinten um mich, war es vorbei. Ich zappelte hilflos wie ein Käfer, der auf dem Rücken gestrandet war. Ein paar Mal erwischte ich seine Füße, jedoch ohne jeglichen Effekt. Selbst mein verzweifelter Versuch, in seine Hand zu beißen, brachte nichts außer einem amüsierten Grinsen seinerseits. Nach einer Stunde brauchte ich eine Pause. Jay kam auf mich zu und presste die Lippen fest aufeinander.

»Ja, ja. Schon gut. Lach nur. Ich weiß, ihr alle denkt, ich wäre etwas Besonderes. Aber ehrlich? Im Moment ist das einzig Besondere an mir mein Name.«

Er legte eine Hand an meine Wange und raunte mir einen Kuss auf die Stirn. »Du gibst doch sonst nicht so schnell auf. Das wird schon.« Er zwinkerte mir zu, bevor er zu den anderen ging.

Jetzt waren die Jungs dran. Ich lehnte mich an den Zaun und beobachtete, wie sie einander ohne Magie herausforderten. Schnelle Bewegungen, präzise Schläge und dennoch spielerische Leichtigkeit.

Aria stand etwas abseits, den Blick wie gewohnt auf ihr Handy gerichtet. Mit geschlossenen Augen ließ ich den sanften Wind über mein Gesicht streichen und war froh um die Abkühlung. Für einen Augenblick war alles friedlich. Ich hörte Maro, der gerade mit Jay raufte und dabei herzlich am Lachen waren. Dann driftete ich weiter ab und nahm die Geräusche der Umgebung wahr. Bis zu dem Moment, als mein Name flüsternd in mein Ohr drang und ich die Augen aufriss.

Aria spielte immer noch mit ihrem Telefon und die Jungs waren zu weit weg, als dass sie es hätten sein können. Langsam drehte ich mich um und entdeckte eine Taube, die reglos auf dem Zaun saß und mich mit durchdringendem Blick fixierte. Ihr Kopf neigte sich leicht zur Seite und vor meinen Augen verwandelte sich das sanfte Rotbraun ihrer Augen in ein tiefes, glühendes Feuerrot. Instinktiv wich ich einen Schritt zurück, doch seltsamerweise fühlte ich keine Bedrohung. Die glühenden Augen schienen eher wissend als gefährlich.

»Bellena, alles in Ordnung?« Jays Hand legte sich schwer auf meine Schulter, doch ich konnte nicht reagieren. Mein Blick blieb starr auf die glühenden Augen gerichtet. »Das ist ...«

»Eine Taube«, beendete Jay den Satz, als ich nach Worten suchte.

Gebannt starrte ich den Vogel mit dem strahlend weißen Gefieder an. Ein seltsames Ziehen erfasste meinen Geist, als würde sie ihn unaufhaltsam in ihren Bann ziehen.

Wie aus weiter Ferne hallte Jays Stimme in meinem Kopf, doch seine Worte verschwammen zu einem dumpfen Murmeln. Er ergriff meine Hand und drehte mich mit Nachdruck zu sich. »Bellena!« Seine Hände umfassten mein Gesicht, während seine Augen sich vor Schreck weiteten. »Verdammt, du glühst wieder!«

Meine Atmung ging schwer und mein Körper wankte. Panisch suchte ich nach etwas, das mich hielt – nach einem Anker. Und den fand ich ihn in Jays türkisblauen Augen. Leuchtend und beruhigend zugleich. Sie waren mein letzter Halt, doch noch bevor ich mich an ihnen festhalten konnte, versagten meine Beine. Die Welt verschwamm und die Dunkelheit riss mich mit einer erschreckenden Wucht in die Tiefe.

Als ich langsam zu mir kam, fühlte ich mich seltsam fremd, als hätte mein Geist den Körper verlassen. Und doch schien ich auf seltsame Weise wieder eins mit ihm zu sein. Ich wusste, dass es Jays Hand war, die sich sanft mit meiner verschlungen hatte, seine Finger strichen beruhigend über meinen Handrücken.

Doch ich brauchte noch einen Moment, um die losen Fäden meiner Gedanken zu ordnen. Deshalb hielt ich die Augen geschlossen und dachte darüber nach, was geschehen war. War es wieder eine dieser Halluzinationen? Es musste so sein. Wie sonst hätte Jay so ruhig bleiben können, als wäre nichts Ungewöhnliches geschehen? Vor meinem geistigen Auge erschien die Taube erneut, ihr schneeweißes Gefieder und die glühenden roten Augen fixierten mich unerbittlich. Doch dann begann sie zu leuchten – ein strahlendes, warmes Licht, das alles umhüllte. Eine sanfte Stimme flüsterte: »*Bellena. Öffne dich und vertraue mir.*« Ruckartig riss ich die Augen auf.

»Hey, Bellena. Schön, dass du wieder da bist«, flüsterte Jay mit einer sanften, fast beruhigenden Stimme. Seine freie Hand strich leicht über mein Haar, während die andere meine fest umschlossen hielt.

Ich zog meine Mundwinkel leicht nach oben und genoss seine Berührungen.

»Aria hat gute Arbeit geleistet. Du bist wieder auf Normaltemperatur.«

»Aria?« Meine Stimme war kaum mehr als ein heiseres Flüstern.

»Ja, vermutlich ein Virus. Aria hat … na ja, ihre Magie angewandt. Du weißt schon.«

Ich versuchte, mich aufzusetzen, doch meine Muskeln fühlten sich an wie Pudding. Selbst bei der kleinsten Bewegung zitterten meine Hände unkontrolliert.

»Du solltest dich wirklich noch ausruhen«, meinte Jay, doch ich ignorierte ihn. Mit zitternden Armen und schmerzendem Körper kämpfte ich mich in die Vertikale – stur wie eh und je.

Mit zusammengekniffenen Augen sah ich mich um, die Verwirrung wuchs. »Warte mal … das ist doch keine Krankenstation?«

Jay lachte. »Nein, mein Zimmer. Es war der kürzere Weg.«

»Ah, gib es zu. Du wolltest mich nur in dein Bett locken.«

Nun wurde sein Grinsen breit und spitzbübisch. »Wäre möglich.«

Mit aller Kraft setzte ich mich auf, doch der Schwung war zu heftig. Das Zimmer begann sich wie ein Karussell zu drehen und ein dumpfer Druck breitete sich in meinem Schädel aus. Um Halt zu finden, umklammerte ich den Bettrahmen.

Jay stand von der anderen Seite des Bettes auf und kam zu mir, während ich die Augen fest geschlossen hielt und verzweifelt versuchte, den Schwindel zu stoppen. »Dir gefällt mein Bett wohl nicht?«

Mit einem gezwungenen Lächeln öffnete ich langsam die Augen, bis mein Blick bei einem Bild auf seinem Nachttisch hängen blieb. Das Porträt zeigte eine Frau mit markanten

Wangenknochen und einem bezaubernden Lächeln, das Wärme ausstrahlte. Ihr langes, schokoladenbraunes Haar umrahmte ihr perfektes Gesicht und ließ ihre strahlend blauen Augen noch lebendiger wirken.

Mein Blick wanderte zu Jay, der wie erstarrt auf das Bild starrte. Seine sonst lebendigen Augen schienen leer und voller unausgesprochener Erinnerungen. »Ist das ...?«, begann ich leise, unsicher, ob ich die Frage überhaupt laut aussprechen sollte.

»Ja.« Seine Stimme war schwer vor Trauer, während sein Blick starr auf dem Bild seiner Mutter verweilte.

»Sie war wunderschön«, flüsterte ich, meine Augen noch auf das Porträt gerichtet.

Als er mich lächelnd ansah, durchströmte eine wohlige Wärme mein Herz. »Hast du schon gesehen?«, fragte er und nickte mit dem Kopf in eine Ecke des Zimmers.

Mein Blick folgte seiner Kopfbewegung und da stand er – ein schwarzer Klavierflügel. Mein Herz machte einen freudigen Satz, und bevor ich nachdenken konnte, sprang ich auf. Doch meine Beine gaben nach. Ein Glück, dass Jay mich noch rechtzeitig auffangen konnte.

»Hey, langsam, kleiner Engel. Der Flügel läuft dir nicht davon.« Seine Hände lagen fest um meine Taille und sein Blick, tief und intensiv, schickte ein Kribbeln durch meinen Körper.

Nervös biss ich mir auf die Unterlippe, bevor ich ihm zuflüsterte. »Spielst du für mich?«

»Ich dachte vielmehr, dass du mir mal zeigst, was du drauf hast.«

»Später vielleicht. Im Moment bin ich noch viel zu schwach, um zum Spielen.« Sein skeptischer Blick brachte mich dazu, ihn zu necken. »Du willst doch nicht, dass ich mich überanstrenge, oder?«

Da er seinen Kopf schief legte und gespielt nachdenklich zum Bett sah, erhielt er einen Klaps von mir. Das wiederum ließ ihn so herzlich auflachen, dass sich das warme Gefühl in meinem Herzen im ganzen Körper ausbreitete.

»Du hast recht. Du bist noch viel zu schwach. Das war kein Schlag, sondern eine Streicheleinheit.«

Meinen Schmollmund ließ ihn eine gespielte Miene des Bedauerns auflegen. »Na komm, ich zeig dir, wie man das richtig macht«, sagte er und zog mich sanft zum Piano.

Wir setzten uns gemeinsam auf die Klavierbank und er begann, die vertrauten Klänge von »*Für Elise*« in die Luft zu spielen. Danach wechselte er nahtlos zu »*River Flows in You*« und ich ließ mich von der sanften Melodie mitreißen. Als er *Diamonds* anstimmte, setzte ich mit ein und bald flogen unsere Hände synchron über die Tasten.

Jay strahlte mich an, als die letzten Noten verklangen. »Na, sieh mal einer an. Du kannst ja doch mehr als nur *Alle meine Entchen*.«

»Ich spiele nicht gerne vor anderen.« Jays fragender Blick ließ mich zögern. »Lange Geschichte. Leonie hat damals ein Gerücht über mich verbreitet und ...« Ich verstummte, als ich in seine wissenden Augen sah. »Ah, du wusstest es schon. Natürlich. Es war ja Teil deiner Mission, alles über mich herauszufinden, nicht wahr?«

Betroffen rieb er sich über die Nasenwurzel und seufzte. Er suchte nach Worten, fand sie aber nicht.

Ich stand auf und ging zu dem Bücherregal, das zwischen den beiden Fenstern thronte. Die Regalbretter waren vollgestopft mit Büchern – alte Folianten über Engel und Dämonen, aber auch moderne Thriller und Fantasyromane mit bunten Einbänden. Ich fuhr mit den Fingern über die Buchrücken. »Warum *»Save me«*?«, fragte ich mit hochgezogener Braue und sah ihn nur mit der Schulter zucken. »Echt jetzt? Bei all den Büchern über Engel und Dämonen stellst du mir ausgerechnet eine Liebesschnulze hin?«

Er stand auf und trat zu mir. »Ich dachte, du bist ein Mädchen und die stehen nun mal auf Drama.« Mein Stirnrunzeln ließ das Grinsen auf seinen Lippen nur breiter werden. »Komm schon, Bellena. Gib's zu, du hast es genossen, wie der coole James ausgerechnet jemandem wie Ruby verfällt.« *Hat er das Buch tatsächlich gelesen?*

Mit gedämpfter Stimme sprach er weiter und nahm meine Hand. »Wie er all seine Prinzipien über Bord wirft, nur um bei ihr zu sein. Wie er mit ihr lacht.« Mit seinem Finger strich er mir eine Strähne aus der Stirn und kam mir noch näher. »Mit ihr tanzt.« In einer geschmeidigen Bewegung drehte er mich im Kreis, nur um mich wieder fest an sich zu ziehen.

Mein Herzschlag beschleunigte sich und mein Atem stockte. Nicht nur ich war schwer am Atmen, als er seine Stirn gegen meine legte und mir in die Augen sah. Seine Lippen schwebten nur Millimeter vor meinen. »Wie er sich gegen seinen Vater stellt.« Dann schloss er die Lücke zwischen uns und sein Mund traf auf meinen. Der Kuss war zunächst sanft, doch voller unausgesprochener Gefühle. Er wirkte sehnsüchtig. Ich öffnete mich seinen Lippen, fühlte, wie seine

Hände fester an meine Taille griffen, und verlor mich vollständig in seinem Kuss. Alles andere verblasste. Die Welt um mich herum hörte auf zu existieren. Ich schlang meine Arme um seinen Nacken und presste mich enger an ihn. Unser Kuss wurde inniger und unsere Zungen begannen, miteinander zu tanzen. In meinen Adern floss das pure Verlangen, bis plötzlich lautes Hämmern an der Tür die Stille zerriss.

Diese unerwartete Unterbrechung ließ uns beide keuchend auseinanderfahren, dabei hatten wir im Grunde genommen überhaupt nichts Verbotenes getan.

Die Tür öffnete sich und Jays Vater trat ein. Sein Blick wanderte von ihm zu mir und wieder zurück. Zuerst wirkte er leicht verwundert, bis sich ein zufriedenes Lächeln in sein Gesicht legte. Mit einem bedeutungsvollen Räuspern durchbrach er die Stille. »Verzeiht die Störung. Ich wollte nur nachsehen, ob es Bellena besser geht. Aber wie ich sehe, geht es dir hervorragend, mein Kind.«

Kapitel 21

Eine Woche war vergangen, seit ich hier angekommen war. Obwohl ich mich inzwischen gut zurechtfand, ließ Jay es sich nicht nehmen, mich jeden Morgen abzuholen und abends wieder zurückzubringen. Es war unsere einzige Zeit allein – die wenigen, kostbaren Minuten, die ich inzwischen wie einen Schatz hütete. Jedes Mal wurde es schwieriger, das Feuer zwischen uns im Zaum zu halten. Doch so stark die Versuchung auch war, ich wusste, dass ich noch nicht bereit war, mich ihr vollständig hinzugeben.

Doch an diesem Morgen blieb Jay weg. Unruhig saß ich in meinem Zimmer und ließ den Blick immer wieder zu meinem Handy wandern. Unzählige Male nahm ich es in die Hand, doch der Bildschirm blieb stumm, egal wie oft ich nachsah. So oft setzte ich dazu an, ihm eine Nachricht zu schreiben, nur um sie im nächsten Moment, wieder zu löschen. Was, wenn ich überreagierte? Vielleicht hatte ihn sein Vater aufgehalten oder etwas anderes war ihm dazwischengekommen. Trotzdem nagte ein ungutes Gefühl an mir.

Die letzten Tage waren für mich eine Achterbahnfahrt der Gefühle. Die gute Nachricht: Meine Träume wurden seltener, sie quälten mich nicht mehr jede Nacht, doch die Schatten wichen mir nicht von der Seite. Stattdessen wurden die Halluzinationen und das leise, unaufhörliche Flüstern in meinem Kopf immer lauter und präsenter. Immerhin bekam ich sie so weit in den Griff, dass es niemand bemerkte und ich nicht jedes Mal in Ohnmacht fiel.

Die Einzigen, die Bescheid wussten, waren Julia und Chrissy. Sie waren weiterhin im Urlaub und recherchierten über alles, was ich ihnen zukommen ließ. Doch ihre Nachforschungen hatten nichts Nennenswertes ergeben. Zum Glück hatte bisher niemand gemerkt, dass ich nicht wirklich bei Julia und Chrissy war. Selbst Lukas hatte keinen Verdacht geschöpft, obwohl wir täglich telefonierten. Ich nutzte die Bilder von Julia, um die Fassade aufrechtzuerhalten, doch das schlechte Gewissen nagte an mir, selbst wenn ich mich vorübergehend in Sicherheit wiegte. Wenn wir telefonierten, versuchte ich die Gespräche von mir weg zu lenken und fragte ihn aus, was es zu Hause Neues gab. Lukas schien die Trennung gut verarbeitet zu haben, zudem tat es so gut, meinen besten Freund wieder an meiner Seite zu wissen. Etwas, das ich vor ein paar Wochen noch für unmöglich gehalten hätte.

Es hatten sich auch neue Freundschaften entwickelt, besonders mit Toby und Maro. Die beiden waren ständig für einen Scherz zu haben, wenn sie nicht gerade unter Tobys Auto lagen. Meistens sah ich sie nur zu den Mahlzeiten, aber ihre Energie war ansteckend.

Dan blieb meist auf Abstand, aber ich bemerkte, wie er sich beim täglichen Training, das oft nur zwischen uns beiden stattfand, Stück für Stück öffnete. Manchmal war Jay dabei, wenn er gerade keine Botengänge für seinen Vater erledigte. Mit jedem Trainingstag wurde ich besser. Inzwischen konnte ich mich aus den meisten Umklammerungen befreien und sogar gezielte Angriffe erfolgreich abwehren. Es war ein Fortschritt, der mich stolz machte, auch wenn ich wusste, dass noch viel Arbeit vor mir lag. Trotzdem blieb die drängende Frage: Wie sollte all das helfen, wenn ich einem

Dämon gegenüberstand, dessen Kräfte weit über das hinausgingen, was ich im Training lernte? Trotz meiner Zweifel erkannte ich, dass das Training mir guttat. Also ließ ich es über mich ergehen – wer wusste schon, wann es nützlich sein könnte?

Nathan meldete sich gelegentlich bei Jay, um uns auf dem Laufenden zu halten. Die Dämonen verhielten sich bisher auffällig unauffällig, abgesehen davon, dass sie weiterhin fieberhaft nach mir suchten. Dank Asazel hatten sie jedoch keinen Hinweis auf meinen Aufenthaltsort. Selbst Maja, die wir längst auf ihrer Seite vermuteten, schien ihnen keine nützliche Hilfe zu sein – zumindest noch nicht. Natürlich war uns bewusst, dass Nathan nicht alles im Blick behalten konnte, doch jedes Mal, wenn er sich meldete, legte sich eine spürbare Anspannung über uns. Wer wusste schon, welche Neuigkeiten er beim nächsten Mal für uns parat hatte?

Bei Aria hatte ich jedoch das Gefühl, dass sie mich lediglich dudelte. Ihre Blicke waren kalt und ihre Antworten distanziert. Alles deutete darauf hin, dass ich für sie mehr eine Last, als eine Freundin war. Was Noah anging, konnte ich Jays Worte nur bestätigen. Aria trug ein breites Grinsen auf dem Gesicht, während sie fast ununterbrochen auf ihr Handy starrte. Sie mochte meinen Bruder wirklich und ich freute mich für die beiden. Aber wie sah eine Zukunft mit einem gefallenen Engel aus? Diese Frage sollte ich mir wohl selbst stellen, schließlich hatte auch ich mein Herz an einen verloren.

Es gab auch Personen, deren bloße Anwesenheit meine Gelassenheit sofort trübte. Ein beklemmendes Gefühl machte sich jedes Mal in mir breit, wenn sie in meine Nähe kamen. Dass einer davon ausgerechnet Jays Vater war, sorgte bei mir für einen bitteren Nachgeschmack. Er hielt sich zwar meist im Hintergrund, aber jeden Tag stellte er mir dieselben Fragen: Ob mir etwas Sorgen bereitete oder ob mir etwas Neues eingefallen sei. Seine scheinbar beiläufige Neugier fühlte sich nie ganz uneigennützig an. Aber da ich so oder so nicht vorhatte, ihm etwas zu verraten, blieben die Gespräche zwischen uns nur kurz. Wie es schien, waren ihm meine Gefühle für Jay nicht verborgen geblieben. Zu meiner Überraschung schien es ihn aber zu freuen. Ein Umstand, den er vor allem durch wohlwollende Blicke und anerkennende Worte gegenüber Jay deutlich machte.

Und dann war da noch Dara. Mit jedem weiteren Tag war ich ihr mehr ein Dorn im Auge, genau wie sie mir. Ich konnte nicht ertragen, wie Dara ihre Gefühle für Jay zur Schau stellte. Noch weniger, dass er ihre Berührungen scheinbar ohne ein Zögern zuließ. Mit jeder flüchtigen Geste von ihr kochte mein innerer Vulkan gefährlich hoch. Ihre Gespräche schienen von Tag zu Tag vertrauter zu werden. Es fühlte sich an, als würde sie ihn mir Stück für Stück entreißen. Jays ständige Gefühlsschwankungen ließen meine Befürchtungen nur noch realer wirken. Trotz unserer wachsenden Nähe gab es Momente, in denen ich ernsthaft in Erwägung zog, Dans Lektionen in Selbstverteidigung an ihm auszuprobieren. Das Verlangen war groß, ihm gelegentlich einen Tiefschlag zu verpassen.

Nach einer weiteren Viertelstunde hielt ich es nicht mehr aus. Besorgt machte ich mich allein auf den Weg zum Frühstück. Vielleicht war etwas passiert, daher hoffte ich, jemanden zu finden, der mir sagen konnte, wo er war.

Dort angekommen sah ich sofort zu unserem gewohnten Tisch und entdeckte Aria, Toby, Maro und Dan. Sie alle waren da und unterhielten sich ausgelassen miteinander. Am Nachbartisch saßen Daras Freundinnen, ihre Köpfe dicht zusammengesteckt. Kaum hatten sie mich entdeckt, zogen sich ihre Münder zu einem schadenfrohen Grinsen nach oben. Ihr tuschelndes Gelächter fühlte sich wie winzige Nadelstiche auf meiner Haut an. Weder von Dara noch von Jay war eine Spur zu sehen. Die Sorge, die mich eben noch quälte, verwandelte sich rasch in rasende Eifersucht. Je länger ich den Saal absuchte und sie beide nicht fand, desto stärker kochte die Wut in mir hoch. Ich kam zu dem Entschluss, dass es dafür nur eine Erklärung gab. Jay musste mit ihr zusammen sein.

Toby winkte mir mit einem fröhlichen Lächeln zu, doch ich ignorierte ihn. Ohne ein Wort drehte ich auf dem Absatz um und marschierte mit festen, zornigen Schritten aus dem Saal. Der Vulkan in mir stand kurz vor dem Ausbruch. Ich brauchte dringend frische Luft, sonst würde ich explodieren.

Ohne zu zögern, rannte ich hinaus in den Garten, wo mir eine warme Sommerbrise entgegenkam. Ziellos lief ich weiter und kam an Ecken vorbei, die ich vorher nie gesehen hatte. Ob ich hier wieder herausfinden würde, war mir in dem Moment egal.

Nach einer Weile des Umherlaufens beruhigte sich das Feuer in mir. Ich redete mir ein, dass es eine simple Erklärung gab und ich bloß abwarten musste, bis Jay wieder auftauchte.

»Ich habe dir gesagt, dass du ihm nicht trauen kannst.«

Die vertraute Stimme erhob sich wieder. Leise, aber unerbittlich. Sie hatte mich schon seit Tagen verfolgt, bohrte sich unaufhaltsam in meine Gedanken und ließ keinen Raum für Ruhe.

Nach einer halben Stunde kam ich etwas beruhigter bei der mit Bäumen bepflanzten Allee an, die zum Ausgang des Gartens führte.

Als ich den Weg zurücklief, fiel mein Blick auf Asazel, der lässig auf einer der Bänke saß, ein Bein über das andere geschlagen. Er beobachtete mich mit ruhigen, aber durchdringenden Augen. »Guten Morgen, Bellena.«

»Guten Morgen«, erwiderte ich knapp.

Ich wusste, dass ich nicht so einfach an ihm vorbeikommen würde, aber ich versuchte es trotzdem. Mit gesenktem Blick setzte ich meinen Weg fort. Natürlich vergeblich.

»Komm, setzt dich doch zu mir.«

Kurz schloss ich die Augen, durchforstete meinen Kopf nach einer passenden Ausrede, aber keine wollte mir einfallen.

Seine Nähe ließ mich unruhig werden, doch bevor ich eine passende Ausrede finden konnte, hatte ich mich bereits in einigem Abstand neben ihn gesetzt.

»Kein Jay heute Morgen?«, fragte er und ließ seine Mundwinkel kurz zucken.

»Nein, ich wollte etwas Zeit für mich«,log ich.

»Inzwischen kennst du dich hier ja gut aus. Aber Vorsicht ist immer geboten – man weiß nie, was hinter den Bäumen lauert.« Sein Lächeln wirkte freundlich, doch sein Tonfall ließ es mehr wie eine Warnung klingen. »Vermisst du etwas? Ich kann dir alles bringen lassen, was du benötigst. Ein paar Bücher oder ein Klavier? Jay sagte mir, dass du ebenfalls spielst.«

»Danke, ich habe alles«, tat ich es ab, obwohl ich sein Angebot gerne angenommen hätte. Ich vermisste das Klavierspielen und seit unserem ersten Kuss war ich nicht mehr in Jays Zimmer gewesen.

Wieder wanderte mein Blick flüchtig zum Handy. Keine Nachricht von ihm, nur eine von Lukas. Schnell steckte ich es wieder weg.

»Ein großartiger Tag, findest du nicht?«, bemerkte Asazel beiläufig.

»Kannst du das Wetter beeinflussen?«

»Nein, zum Glück nicht. Ich könnte mich nie entscheiden. Jedes Wetter hat seinen Reiz. Es ist besser, wenn es eine Laune der Natur bleibt.«

Ich blieb still.

»Wie geht es dir, Bellena?«, fragte er, den Blick unverändert auf einen Baum gerichtet. Seine Stimme war ruhig, aber durchdringend.

»Das fragst du mich jeden Tag.«

»Weil ich auf eine ehrliche Antwort hoffe.«

»Du glaubst, dass ich die letzten Tage nicht ehrlich war?«

»Wir glauben, du verschweigst uns etwas.«

»Wir?«, fragte ich scharf. »Meinst du damit auch Jay?«

Asazel schwieg, ließ die Frage unbeantwortet und fixierte weiter den Baum vor uns. »Wir können dir nur helfen, wenn du aufrichtig bist. Zum Beispiel, was dein Amulett betrifft.«

»Was soll damit sein?« Die Anspannung in meiner Stimme konnte ich kaum noch verbergen. »Weißt du, was die Innschrift bedeutet?«

Ich schwieg.

Ohne mich anzusehen, schnalzte Asazel mit der Zunge und zuckte leicht mit den Schultern. »Ich werde es früher oder später ohnehin herausfinden. Ich habe bereits jemanden damit beauftragt.«

»Was?«

»Jay hat es sich angesehen, während du geschlafen hast.«
Ich fuhr hoch. »Was? Ihr schleicht euch nachts in mein Zimmer? Das ist doch nicht euer Ernst?!«

Nun hatte ich seine ungeteilte Aufmerksamkeit und seine Augen bohrten sich in meine: »Setz dich.«

»Nein!«

»Du setzt dich sofort hin und hörst mir zu!«, knurrte er, seine Stimme schneidend und voller Autorität. »Wenn du nicht willst, dass dir die Hölle selbst einen Besuch abstattet, musst du uns alles sagen, was du weißt. Sie werden bald kommen, Bellena. Und wenn es darauf ankommt und ich mich für meine Familie oder dich entzscheiden muss, verlierst du. Ich frage dich jetzt noch einmal. Was wusste deine Oma?«

»Ich weiß es nicht.«

»Und die Gravur? Weißt du, was sie bedeutet?«

»Nein.«

»Was ist mit deinen Träumen? Hast du sie noch? Weißt du, was sie bedeuten?«

Ein Moment des Zögerns, dann entschied ich mich instinktiv für eine Lüge. »Nein.«

Langsam erhob er sich. Sein Blick eiskalt, seine Mimik unbewegt wie Marmor. »Dann bleibt uns nur zu hoffen, dass dir bald etwas einfällt. Deine Zeit läuft ab.«

Mit diesen Worten ließ er mich zurück und ich sah ihm eingeschüchtert hinterher. Gedanken rasten unkontrolliert durch meinen Kopf. Ich musste hier weg, aber wie? Allein? Wer könnte mich begleiten? Und wohin sollte ich überhaupt gehen? Dämonen waren hinter mir her und hier war ich nicht mehr sicher. War ich das denn überhaupt jemals gewesen?

Ich blinzelte die Tränen weg. Mein Herz war in tausend Einzelteile zersprungen, denn Jay hatte mich verraten, hintergangen. Was hatte er noch herausgefunden? Wusste er von meinen Träumen? Hatte er alles an Asazel weitergegeben? Ich stellte mir so viele Fragen, auf die ich keine Antworten erhielt. Wer sollte sie mir auch beantworten? Jay hatte mein Vertrauen missbraucht. Maro und Toby waren Jays Freunde. Und so sehr ich sie mochte, konnte ich ihnen jetzt wirklich noch trauen? Dieser Ort war eine Falle. Ihn zu verlassen, wäre Selbstmord, doch hierzubleiben bedeutete, dasselbe Schicksal nur hinauszuzögern. Jedenfalls, wenn man Asazels Worten Glauben schenkte. Also, was hielt mich noch hier?

Mit neuer Entschlossenheit griff ich nach meinem Handy und schrieb Lukas. Ich aktivierte die Standortfreigabe und schickte ihm ein SOS.

Ich: *Hol mich hier raus. Ich erkläre alles später.*

Mit einem Klick sendete ich meinen Standort. Er würde kommen, da war ich mir sicher.

Leise schlich ich zurück in mein Zimmer. Mit zittrigen Händen packte ich meine Sachen in den Rucksack, den Jay vor ein paar Tagen für mich vorbereitet hatte. Danach schob ich ihn vorsichtig unter das Bett.

Plötzlich erklang der Nachrichtenton. Mein Herz setzte einen Schlag aus.

Lukas: *Ich bin auf dem Weg.*

Ich wusste, auf Lukas war Verlass – trotz allem, was zwischen uns wegen Leonie passiert war. Er war der Einzige, der mir helfen konnte, ohne sofort Erklärungen zu verlangen. So lief es immer bei uns, die wichtigen Fragen kamen erst später. Das verschaffte mir Zeit, einen Plan zu schmieden.

Ich: *Okay. Beeil dich bitte und gib Bescheid, sobald du in der Nähe bist. Komme bitte nicht direkt hierher. Ich treffe dich unterwegs.*

Danach teilte ich Julia und Chrissy mit, dass Lukas mich abholen kam und wir dann zu Ihnen fahren würde. Es dauerte nicht lange, bis ich eine Antwort erhielt.

Julia: *Was? Wieso? Bist du dir sicher?*

Ich: *Ja, ich habe keine Wahl. Ich muss hier weg. Ich erkläre alles, wenn wir uns sehen.*

Ich warf mein Handy aufs Bett und überlegte, wie ich die nächsten Stunden überbrücken sollte. Einfach im Zimmer bleiben und auf Lukas warten? Verlockend, aber es würde noch eine Weile dauern, bis er eintraf. Ich musste so tun, als wäre alles normal, ob ich wollte oder nicht. Mein knurrender Magen erinnerte mich daran, dass ich das Frühstück ausgelassen hatte. Ich entschied mich dafür, in den Speisesaal zu gehen. Es war der perfekte Ort, um unauffällig zu bleiben. Ich war in der Öffentlichkeit und niemand würde vermuten, dass ich in Wirklichkeit meine Flucht plante. Es war schon nach eins und ich hoffte, dass sich der größte Andrang gelegt hatte. Für den Moment schien mein Plan aufzugehen. Mit einem kleinen Salat zog ich mich in eine stille Ecke zurück und genoss die Ruhe. Doch sie hielt nicht lange an.

Eine helle Stimme durchbrach die Stille: »Bellena, du hier … ganz allein? Wo ist denn deine Security?« Dara ließ sich provokant mir gegenüber nieder, ihre Augen funkelten vor Spott.

»Entschuldige, aber ich würde gern in Ruhe essen«, sagte ich knapp und zwang mir ein höfliches, aber offensichtlich falsches Lächeln auf.

»Oh, tut mir leid. Ich wollte nur nett sein, so wie Jay es sich gewünscht hat.« Ihr Mund formte ein flüchtiges Lächeln, aber ihre Augen blieben kalt.

»Wieso sollte Jay verlangen, dass du nett zu mir bist?«

»Weil sein Vater will, dass du dich ganz auf Jay konzentrierst und offenbar stehen dem unsere Differenzen im Weg.« Fassungslos starrte ich auf ihre Lippen, die sie zu einem selbstgefälligen Grinsen verzog.

»Ach Bellena, du solltest besser aufpassen. Du hast doch nicht ernsthaft geglaubt, dass Jay dich mag? Sein Vater hat ihn auf dich angesetzt. Er meinte, dass du durch die Illusion von Liebe gefügiger wärst. Dass du dich Jay öffnest und ihm alles erzählst. Ich dürfte dir das eigentlich nicht verraten, aber da Jay und ich ein Paar sind, ertrage ich eure vorgetäuschte Romanze nicht länger.«

Wie versteinert saß ich da, unfähig, mich zu rühren, während sie seelenruhig ein Salatblatt von meinem Teller nahm und genüsslich daran kaute, bevor sie weitersprach.

»Das Problem ist, dass Jay alles für seinen Vater tun würde. Aber das werde ich nicht länger hinnehmen. Wenn man sich liebt, achtet man aufeinander. Jay sind meine Gefühle egal, wenn es um die Wünsche seines Vaters geht. Jeden Tag versichert er mir, dass es bald vorbei ist und es bei eurem harmlosen Rumgeknutschte bleibt. Aber Asazel? Er würde nicht zögern, noch viel weiterzugehen.« Ihr bösartiger Blick ließ mein Blut gefrieren. »Jay gehört mir, Bellena. Es ist mir egal, wer du bist oder ob du uns alle retten kannst. Weder du noch sein Vater werden das ändern.« Mit einem letzten, siegessicheren Blick stand sie auf und ließ mich zurück.

Ich wusste nicht, wie lange ich dort saß. Immer wieder spielte ich die Szenen mit Jay wie einen endlosen Film in meinem Kopf ab. Der erste Moment, als ich ihn traf. Die Gespräche, seine zärtlichen Berührungen, unser Kuss – hatte all das von Anfang an einen Hintergedanken? War ich nur eine Schachfigur in einem größeren Plan? An diesem Tag war meine Welt gleich zweimal in sich zusammengebrochen und das nur durch Jay, dem Jungen, dem ich mein Herz geöffnet hatte. Demjenigen, dem ich zum ersten Mal erlaubte, mir wirklich nahezukommen. Derjenige, mit dem ich bereit war, meine Ängste und Sorgen zu teilen. Ich atmete tief durch, dankbar, dass ich ihm meine tiefsten Geheimnisse doch noch nicht anvertraut hatte. In wenigen Stunden wäre ich weg und würde Jay sowie die anderen nie wieder sehen. Zumindest hoffte ich das.

Ich beschloss, sofort aufzubrechen. Als ich mich erhob, trat Jay plötzlich vor mich, als hätte er aus dem Nichts Gestalt angenommen. »Ich habe dich überall gesucht,« sagte er mit Nachdruck.

Ohne ihm eine Antwort zu schenken, hob ich den Kopf und schritt wortlos an ihm vorbei.

»Bellena, was ist los?«, rief er und eilte mir nach. Vor der Tür packte er mich am Oberarm. »Was soll das? Rede mit mir!«

»Lass mich sofort los«, fauchte ich ihn an.

Ohne auf meine Worte zu hören, zog er mich zur nächsten Tür und schob mich in einen kleinen, fast leeren Raum. Nur ein schmales Fenster und ein paar Bilder an den Wänden durchbrachen die Leere. »Jetzt sag mir, was los ist«, verlangte er eindringlich.

Ich verschränkte die Arme und würdigte ihn keines Blickes. Das hatte er nicht verdient. Stattdessen starrte ich aus dem Fenster.

Meine Stimme bebte, als ich fragte: »Vielleicht sollte ich dich das fragen. Wo warst du, Jay?«

»Das kann ich dir nicht sagen. Noch nicht.«

Langsam drehte ich mich zu ihm um. »Kannst, oder willst du nicht? Es spielt keine Rolle. Ich weiß längst, dass du bei Dara warst.«

»Was? Nein, wie kommst du darauf?« Er war gut, das musste ich ihm lassen. Doch ich war schlauer und durchschaute seine Lüge. »Du schleichst dich nachts in mein Zimmer und spionierst mich aus.«

»Ich habe dich nicht ausspioniert. Ich habe dir beim Schlafen zugesehen. Ich … ich wollte bei dir sein. Das ist keine Neuigkeit für dich.«

»Dass du mich nachts beobachtest, war mir klar. Aber dass du dabei Informationen an deinen Vater weitergibst, wie die Gravur in meinem Amulett, *das* ist neu.«

»Was? Ich weiß überhaupt nicht, wovon du sprichst? Ich habe dir gesagt, dass ich ohne deine Zustimmung...«

»Hör auf zu lügen, Jay! Dara hat mir alles erzählt. Dein Vater hat dich beauftragt, mich gefügig zu machen, indem du mir Liebe vorspielst. Dabei bist du mit Dara zusammen!« Meine Augen füllten sich mit Tränen, die langsam über meine Wangen rollten.

Beschämt sah er zu Boden und ließ die Schultern sinken. »Bellena, hör mir zu.«

»Nein, ich will keine Erklärung. Sag mir, dass es nicht wahr ist! Bitte, sag mir, dass das zwischen uns echt war!«

Er seufzte und sah erneut betroffen auf dem Boden »Das kann ich nicht.«

Tränen brannten in meinen Augen. »Ich will nichts mehr von dir hören, Jay. Du bist ein verlogener Mistkerl. Für mich gibt es nichts mehr zu sagen.«

Ich marschierte an ihm vorbei, doch er packte meinen Arm und zog mich zurück. »Bellena, bitte ... es tut mir leid«, flüsterte er, seine Stimme kaum mehr als ein Hauch.

Verzweifelt versuchte ich, gegen seinen Griff anzukommen, meine Fäuste trommelten dagegen seine Brust, während Tränen mein Gesicht überfluteten. Doch er hielt mich fest, ließ mich nicht los. Stattdessen zog er mich eng an sich und wir standen wortlos in dem kleinen Raum. Meine Tränen flossen unaufhaltsam, während die Stille zwischen uns immer schwerer wurde.

»Warum hast du das getan? Bin ich dir so egal?«, flüsterte ich an seiner Brust, als ich nach einigen Minuten wieder meine Worte fand.

»Nein, Bellena, du bist mir nicht egal.« Vorsichtig löste er mich ein Stück von sich, nahm mein Gesicht in seine Hände und wischte sanft die Tränen von meinen Wangen. Seine Stimme zitterte leicht, als er weitersprach: »Ich bin und war nie mit Dara zusammen. Sie lügt, Bellena. Sie will einfach nicht wahrhaben, dass ich echte Gefühle für dich habe.«

Ich schloss verwirrt die Augen.

»Bellena, bitte, sieh mich an«, bat er eindringlich, während seine Hände weiterhin meinen Kopf umschlossen. Meine Augen wollten ihm ausweichen, doch ich gehorchte seiner Bitte und sah schließlich in seine türkisblauen Iriden, die sich wie Suchscheinwerfer in meine bernsteinfarbenen bohrten. Seine Stimme bebte, als er weitersprach: »Mein Vater hat mir diesen Auftrag erteilt und ja, er wollte, dass wir uns näherkommen, aber ...«

Plötzlich flog die Tür mit einem Knall auf und Dan trat ein. »Du sollst Bellena zu Asazel bringen.«

»Sag ihm, wir brauchen noch einen Moment«, antwortete Jay bestimmend.

Dan ließ seinen Blick zwischen Jay und mir hin- und herspringen, bevor er knapp erwiderte: »Asazel hat ausdrücklich *sofort* befohlen.«

Mit einem resignierten Seufzen fügte sich Jay dem Willen seines Vaters. Ganz wie erwartet. »Wir reden später weiter, okay?«, murmelte er und ließ mich los.

Ich trat einen Schritt zurück, verschränkte die Arme vor der Brust und fixierte ihn mit einem stummen Vorwurf in den Augen.

»Bellena, bitte.« Jays Stimme wurde weicher, fast flehend. »Wir müssen gehen. Es geht um deine Sicherheit.«

Doch ich rührte mich nicht, meine Füße blieben, wie angewurzelt stehen. Erst als Dan erneut das Wort ergriff, durchbrach seine Stimme die Spannung. »Bellena, Jay hat recht. Die Zeit drängt. Wir treffen uns jetzt mit Asazel, um den weiteren Plan zu besprechen. Also komm mit. Eure romantischen Dramen könnt ihr genauso gut später klären.«

Schnaubend vor Wut und Frustration, weil mir keine Wahl blieb, folgte ich Ihnen. Direkt in mein Verderben.

Kapitel 22

Schweigsam liefen wir Dan folgend nebeneinander her. Aus dem Augenwinkel bemerkte ich, wie sich Jay immer wieder verstohlen zu mir drehte. Zweimal hob er leicht die Hand, als wolle er nach meiner greifen, doch jedes Mal hielt er im letzten Moment inne.

Als wir Asazels Saal betraten, spürte ich sofort die Schwere der Blicke, die sich auf uns richteten. Trotz der Ungewissheit über das, was mich erwartete, hielt ich mich überraschend ruhig. Bis zu dem Moment, als ich erkannte, dass neben Aria, Toby und Maro obendrein Nathan zugegen war, der zur Begrüßung zurückhaltend seine Hand in meine Richtung hob. Verstohlen sah ich zu Jay, für den seine Anwesenheit offensichtlich keine Überraschung war. Jays türkisblauen Augen funkelten, fixiert auf seinen Vater, oder vielmehr auf die Person neben ihm. Mein Blick folgte seinem und ich sah Dara, die direkt neben Asazel stand. Ihr missbilligender, zorniger Blick traf mich wie ein Dolch. Die Vertrautheit, die sie mit Jays Vater ausstrahlte, ließ mich innerlich frösteln. Mein Herzschlag beschleunigte sich so sehr, dass ich befürchtete, es würde mir aus der Brust springen. Was machte sie hier? Hatte Asazel uns ihretwegen rufen lassen? Oder schlimmer noch – hatte Nathan Lukas entdeckt und sie wussten von meiner geplanten Flucht? Für den Moment war ich gewillt, nach Jays Hand zu greifen, ließ den Gedanken aber fallen.

Dara beugte sich zu Asazel und flüsterte ihm etwas ins Ohr, bevor sie mir einen eiskalten Blick zuwarf. Dann verzog sie

252

ihre Lippen zu einem süßlichen Lächeln, das sie Jay schenkte. Ich wagte nicht, zu ihm zu sehen und seine Reaktion zu analysieren.

Die Luft im Raum war so dicht, dass jede Bewegung wie eine Provokation gewirkt hätte. Niemand wagte es, die Stille zu brechen, bis Jay schließlich das Wort ergriff. Seine Stimme war angespannt, fast anklagend: »Vater, was soll das? Wir hatten vereinbart, dass ich zuerst mit Bellena reden würde.«

»Die Zeit ist knapp«, erwiderte Asazel mit kühler Bestimmtheit.

»Was soll das heißen?«

»Nathan, du hast das Wort«, entgegnete sein Vater auf Jays Frage und setzte sich auf seinen Thron. Zu beiden Seiten Asazels standen zwei Männer in dunkler Kleidung. Ihre Augen bohrten sich prüfend und abschätzend in mich. Ihre Präsenz strahlte eine kühle Autorität aus, die mir Unbehagen bereitete.

»In unmittelbarer Nähe habe ich Dämonen gesichtet und ihr Gespräch belauscht«, berichtete Nathan mit ernster Miene.

»Nathan, wir waren letzte Nacht zusammen auf Patrouille. Das ist nichts Neues für mich,« warf Jay gereizt ein, seine Stimme schneidend vor Ungeduld.

Jays Blick traf meinen und ich hielt verwirrt inne. Er war also gar nicht bei Dara gewesen? Ein Funken Hoffnung keimte in mir auf. Vielleicht hatte sie doch gelogen, zumindest in diesem Punkt. Ich richtete meinen erbosten Blick auf sie, doch sie lächelte nur selbstsicher zurück und reckte stolz das Kinn.

»Wie du weißt, bin ich etwas länger geblieben wie du. Ich habe gehört, wie sie Nachschub anforderten«, hörte ich Nathan sagen, der durch diese Botschaft wieder meine volle Aufmerksamkeit auf sich zog.

Ein Flüstern ging durch die Runde, sodass die Spannung spürbar zunahm. Doch Jay schien den Ernst der Lage noch immer nicht zu erfassen. »Ja und?«

»Jay, sie fordern Nachschub, weil sie wissen, wo sie ist. Sie wissen, wo Bellena ist,« warf Toby ein, seine Stimme angespannt.

»Das kann nicht sein. Wie hätten sie uns finden können?«

»Das wissen wir nicht«, erwiderte Nathan leise.

»Jemand muss uns verraten haben«, sagte Jay mit eisiger Stimme und ließ seinen Blick auf Dara ruhen.

Ihr Blick wirkte fassungslos aufgrund seines Vorwurfs. »Du glaubst doch nicht ernsthaft, dass ich das war?«

»Du hast Bellena mit deinen Lügen vergiftet. Wer weiß, wie weit du noch gehen würdest, nur um deinen Willen durchzusetzen? Also ja, ich beschuldige dich!«

»Genug!«, donnerte Asazel. »Ohne Beweise wird hier niemand als Verräter bezeichnet. Wir wissen nichts über das Mädchen. Es ist genauso möglich, dass Bellena selbst uns verraten hat.«

Mein Herz setzte einen Schlag aus. Wieso war ich auf einmal die Böse in dieser Geschichte?

»Vater, ich bitte dich. Das kann doch nicht dein Ernst sein?«

»Schweig Jerahmel«, schrie er in den Raum, woraufhin ihn alle ehrfürchtig ansahen. Er nickte den zwei dunkel dreinschauenden Gestalten zu, die sich daraufhin Bewegung setzten. Und zwar direkt auf mich zu.

Instinktiv trat ich ein paar Schritte zurück und knallte mit dem Rücken an Dan, der sich nach unserem Eintreffen nicht wegbewegt hatte.

Die beiden Männer packten mich grob an den Armen und zogen mich in die Raummitte. Ihre Griffe waren wie Schraubstöcke, und als sie mich losließen, brachen meine Knie unter mir weg. Durch die Spiegel war es mir möglich, Jay zu sehen, der wie eine Statue dastand. Maro, Toby, Nathan und Aria stellten sich an seine Seite, während Dan ein wenig abseits blieb.

Dara stand weiterhin an Asazels Seite. Ihr Grinsen war schmaler geworden, doch ihre Augen funkelten vor Genugtuung. Sie genoss jede Sekunde dieser Szene.

Asazel ergriff erneut das Wort. »Bellena, dies ist deine letzte Chance. Was macht dich so besonders, dass selbst die Engel dich vor uns verbergen wollten?«

»Ich weiß es nicht,« flüsterte ich, meine Stimme brüchig. »Ich... ich weiß es wirklich nicht.«

»Was war mit deiner Großmutter? Wusste sie etwas?«

»Ich weiß es nicht!«

»Was ist mit deinen Träumen? Hast du Sie noch?«

Wahrheit oder Lüge? Die Gedanken wirbelten chaotisch in meinem Kopf. Würde die Wahrheit mich retten, oder alles zerstören? Was, wenn ein ›Ja‹ das Ende bedeutete? War eine Lüge sicherer? Das vertraute Flüstern kehrte zurück, schneidend und bestimmt.

»Bellena, du musst lügen. Vertraue mir.«

Die Worte hallten in meinem Kopf, wie ein Befehl, den ich nicht ignorieren konnte. Asazel kam auf mich zu. »Bellena, antworte mir!«, verlangte er schroff.

»Vater, das reicht!«, rief Jay, seine Stimme bebend vor Anspannung. »Nathan hat gesagt, dass wir bald angegriffen werden. Wir haben keine Zeit für deine Fragen.«

»Dann geht. Kümmert euch darum«, antwortete er Jay, ohne den Blick von mir zu nehmen.

»Nein, ich lasse Bellena nicht allein bei dir zurück!«

»Das ist ein Befehl, Jerahmel!«, brüllte Asazel, während er bedrohlich nah an Jay herantrat. »Du wirst jetzt gehen. Alle von euch.«

Doch niemand rührte sich oder sagte etwas, bis Asazel erneut laut wurde. »Raus hier!«

Ich sah durch die Spiegel zu den anderen. Sie hielten Jay an der Schulter und signalisierten ihm, mitzugehen. »Bitte tu das nicht«, flehte er ihn an.

Sein Vater reagierte nicht. Regungslos blieb er stehen und ließ seinen Blick auf mir ruhen.

»Komm, Jay. Draußen wirst du gebraucht«, drängte Nathan mit eindringlicher Stimme. Widerwillig gehorchte er, obwohl ihm nicht gefiel, was er tun musste. Immer wieder sah er über die Schulter zu mir zurück, bis schließlich die Tür hinter ihm ins Schloss fiel.

Tränen strömten über mein Gesicht und tropften lautlos auf den kalten Steinboden, wo sich bereits kleine Pfützen bildeten. Ich war allein, Jay war fort. Alle hatten mich verlassen, selbst Dara war verschwunden. Die erdrückende Stille des Saals verstärkte nur die Leere in mir.

Ein Zittern durchlief meinen Körper. Sie hatten mich zurückgelassen – allein mit zwei finsteren Gestalten und einem Engel, der all seine Masken fallen ließ. Asazel, unbarmherzig und tyrannisch, verlor endgültig die Kontrolle.

Die beiden Schatten packten mich grob, zogen mich auf die Beine und umklammerten fest meine Oberarme mit ihren eisigen Händen. Asazel trat vor, sein Gesicht eine Maske aus Zorn. Mit voller Wucht schlug er mir ins Gesicht.

»Sprich endlich! Was ist mit deinen Träumen?«, brüllte er, seine Stimme schneidend und fordernd.

»*Lüge!*« Ein vertrautes Flüstern drang an mein Ohr, eine leise Warnung.

»Ich habe keine mehr«, presste ich hervor.

Asazels Blick brannte sich in meinen, als er weiter schrie: »Weißt du, was die Gravur bedeutet?« Er kam so nah, dass ich seinen Atem auf meiner Haut spüren konnte.

Trotz des Schmerzes und der Angst begegnete ich ihm mit festem Blick. »Nein.«

Mit einem knappen Nicken wandte er sich an seine Helfer. »Nehmt ihr das Amulett ab.«

»*Sie dürfen das Amulett nicht bekommen, Bellena*«, hallte die Stimme eindringlich in meinem Kopf.

»Fasst es nicht an. Es gehört mir!« Mit aller Kraft trat ich um mich, meine Stimme bebend vor Wut und Angst. Einer der Männer rechts von mir stolperte überrascht, verlor das Gleichgewicht und schlug hart auf den Boden. Seine Hand, die meine umklammerte, löste sich. Ich zögerte keinen Moment. Mit einem gezielten Stoß rammte ich dem anderen meinen Finger ins Auge. Er jaulte auf und ließ mich ebenfalls los.

»*Der Selbstverteidigungskurs hat sich doch ausgezahlt*«, bemerkte die Stimme in meinem Kopf trocken.

Frei! Ohne zurückzublicken, stürmte ich Richtung Tür. Doch mein Triumph währte nur kurz. Eine Hand packte meinen Fuß und zog mich zu Boden. Schmerzhaft schlug ich auf. Noch bevor ich mich wehren konnte, war der zweite Angreifer über mir. Mit seinem Gewicht drückte er mich nieder, seine Knie drücken sich schmerzhaft in meine Arme. Ich schrie, meine Stimme hallte durch den Raum.

»Bellena«. Die Stimme in meinem Kopf blieb ruhig, aber eindringlich. »Du musst dich konzentrieren. Konzentriere dich auf das Amulett und spüre die Wärme in deinem Körper.«

»Tötet sie. Sie ist nutzlos.« Asazels Stimme war anfangs gedämpft, doch seine nächsten Worte hallten wie ein Donner durch den Raum. »Tötet sie!«

Die Tür flog mit einem lauten Knall auf.

»Vater, tu das nicht!« Jays Stimme war verzweifelt. Ich spürte, wie einer der Männer meinen Kopf, gegen die eiskalten Fliesenboden presste, bis mir der Atem stockte. Jay stürmte auf Asazel zu, seine Worte ein drängender Strom, doch sie schienen nur langsam zu ihm durchzudringen. Jays Stimme wurde schwächer, entfernte sich, während eine andere, viel Vertrautere in meinem Geist lauter wurde.

»Bellena, du musst brennen.«

Der Druck auf meiner Brust nahm zu. Der Mann über mir zögerte nicht, sein Körper straff vor Entschlossenheit. Doch das Chaos hinter ihm und Jays verzweifeltes Gerangel mit seinem Vater ließen ihn für einen Augenblick innehalten. Trotzdem fühlte ich, wie die Welt um mich herum zu verblassen begann. Jeder Atemzug wurde mühsamer, meine Lungen brannten. Gerade als die Dunkelheit mich zu verschlingen drohte, spürte ich plötzlich, wie der Druck verschwand. Jay war da, seine Hände rissen meinen Angreifer von mir weg. Ich rang nach Luft, doch kaum hatte ich mich aufgesetzt, brach erneutes Chaos aus. Die beiden Männer warfen sich auf ihn. Er kämpfte wild, seine Tritte und Schläge zeugten von einem verzweifelten Mut, der Asazels Zorn nur weiter anfachte.

»Haltet ihn fest!« Asazels Stimme war voller unbändiger Wut. »Er soll zusehen, wie ich es beende.«

Durch den Spiegel an der Wand sah ich, wie Jays Freunde in den Raum eilten. Doch bevor sie auch nur einen Schritt machen konnten, donnerte Asazel: »Bleibt, wo ihr seid! Wer mich aufhält, ist der Nächste.«

Noch immer lag ich nach Luft ringend am Boden, während meine Augen starr auf die Spiegelbilder von Jays Freunden gerichtet blieben. Sie wirkten wie versteinert, unentschlossen, hin- und hergerissen zwischen Furcht und Loyalität.

Dann regte sich Toby. Für einen Moment entschied er sich für mich. Ein sanfter, beinahe tröstlicher Schleier legte sich um meinen Körper, doch es dauerte nicht lange. Asazels mahnender Blick genügte und der Schleier verschwand so plötzlich, wie er erschienen war.

Stille. Keiner wagte, sich zu bewegen. Jays Blick huschte verzweifelt zwischen seinem Vater, seinen Freunden und mir hin und her, bis seine Schultern schließlich sanken. Leise, kaum hörbar, murmelte er: »Es tut mir leid, Bellena.«

Doch bevor ich reagieren konnte, erklang erneut die flüsternde Stimme, die sich wie ein Gift in mein Ohr schlich. »Brenne, Bellena!«

Mit zitternden Fingern griff ich nach meinem Amulett, doch ein stechender Schmerz unterbrach die Bewegung. Er durchfuhr meinen Körper, begann in meinem Oberarm und breitete sich wie Feuer aus. Ein Schrei formte sich in meiner Kehle, aber ich biss die Zähne zusammen, als ich das kalte Metall von Asazels Schwert spürte, das in meine Schulter drang. Blut tropfte schwer auf den Boden, vermischte sich mit den Tränen, die bereits dort lagen.

Asazel kniete sich zu mir, seine Stimme ein kaltes Flüstern, das mit jedem Wort schärfer wurde. »Du hast meinen Sohn gegen mich aufgebracht. Dafür wirst du bezahlen.«

Die Stimme in meinem Kopf war wieder da, jetzt lauter, entschlossener. »Bellena. Konzentriere dich. Spüre deinen Körper. Schalte den Schmerz aus«.

»Jay, bitte... hilf mir,« flehte ich, meine Stimme gebrochen.

Jays Kampf gegen die Männer, die ihn festhielten, wurde heftiger, aber vergebens. Er hatte keine Chance. Mit einem gequälten Ausdruck sah er zu Boden, unfähig, meinen Blick zu ertragen.

Die Tränen in meinen Augen machten alles unscharf, bevor ich sie schließlich schloss. Doch dann durchbohrte ein neuer Schmerz meinen Bauch. Mein Körper krümmte sich instinktiv, während ein heiserer Laut aus meiner Kehle drang. Die Welt um mich verblasste erneut, doch diesmal war da auch Wut, ein letztes Aufflackern von Widerstand.

»Nun, mein Kind, ich glaube, das reicht. Bringen wir es zu Ende«, kündigte Jays Vater an und jemand zog mich nach oben. Furchtlos hielt ich Asazels Blick stand, während meine Finger sich fester um das Amulett schlossen. Mit einem letzten, resignierten Blick wandte ich mich Jay zu, bevor ich meine Augenlider senkte.

»Vater, nein!« Jays Schreie hallten durch den Raum, durchdrangen die Stille, doch ich wartete nur auf das Ende.

Ein letztes Mal erhob sich die Stimme in meinem Kopf. Das vertraute Flüstern wuchs mit jeder Silbe, wurde lauter, eindringlicher, bis es schließlich wie ein Donnerschlag durch meinen Geist hallte: »Bellena. *Spüre die Wärme des Amuletts. Und dann brenne. Bellena, du musst brennen!*«

Plötzlich durchströmte eine gewaltige Wärme meinen Körper, eine Kraft, die alles andere überlagerte. Die Schmerzen, die Angst – alles wich diesem unaufhaltsamen Feuer. Mein Körper erhob sich vom Boden, als ob ich vom Licht selbst getragen wurde. Die Hitze umhüllte mich, durchflutete jede Faser meines Seins. *Fühlt sich sterben so an*, fragte ich mich, doch stattdessen fühlte ich eine überwältigende Lebendigkeit. Eine Kraft, wie ich sie nie zuvor gekannt hatte.

Als ich meine Augen öffnete, traf ich zuerst auf Asazels schockierten Blick. Seine sonst so kalten Augen waren weit aufgerissen. Dann sah ich Jay. Seine türkisblauen Augen spiegelten Erstaunen und Erleichterung zugleich, während er sich langsam von den Fesseln seiner Peiniger befreite.

In den Spiegeln hinter ihnen sah ich es. Einen Engel, dessen ganzer Körper in Flammen stand. Die Flügel loderten wie brennende Fackeln. Immer heller, immer intensiver. Das Feuer zog sich in die Flügel zurück, legte den Körper nach und nach frei und dann begriff ich, dass *ich* dieser Engel war.

Das Amulett in meiner Hand pulsierte in einem glühenden Rot. Ein Tetraeder, das Symbol des Feuers leuchtete darauf auf. Die Energie in mir wuchs mit jedem Atemzug und ließ mich eine unaufhaltsame Macht in meinen Adern spüren. Meine Augen brannten nun nicht mehr in ihrem üblichen

Bernsteinton, sondern loderten in einem tiefen, intensiven Rot.

Zorn loderte in mir auf, ein Sturm aus Feuer und Rache. Ich richtete meinen Blick auf Asazel, der reglos vor mir stand. Mit einer einzigen Bewegung ließ ich Flammen in meinen Händen aufsteigen, formte sie zu glühenden Feuerbällen.

»Bellena, tu das nicht«, hörte ich Jays Stimme, ruhig, doch flehend. »Das bist nicht du. Ich weiß, er hat dir Schlimmes angetan, aber er ist mein Vater.«

Seine Worte bohrten sich in mein Bewusstsein, doch der Zorn in mir flammte weiter auf. Mein Blick blieb auf Jay gerichtet, während er verzweifelt weiter sprach. »Bitte, Bellena, vertrau mir.«

Vertrauen? Mein Blick wanderte zurück zu Asazel. Vertrauen, nach allem, was geschehen war? Nach dem Schmerz, der Demütigung? Er hatte mein Vertrauen längst verspielt. Und Gnade? Auch die war nicht für ihn bestimmt. Doch Jays Worte klangen in mir nach, hallten wider in meinem brennenden Inneren. Er hatte recht. Ich wollte nicht wie Asazel sein. Das war nie mein Ziel.

Ich hob den Blick und fixierte die Glaskuppel über uns, das einzige Hindernis zwischen mir und der Freiheit.

»Bellena, bitte«, flehte Jay erneut, seine Stimme nun fast ein Flüstern. »Sie warten auf dich da draußen. Aber ich kann dich nicht beschützen, wenn du gehst.«

Meine Augen wanderten zurück zu ihm und für einen Moment begegneten sich unsere Blicke. Schmerz, Hoffnung, Verzweiflung – all das spiegelte sich in seinen türkisblauen Augen. Doch mein Entschluss war gefasst.

»Bellena, bitte bleib bei mir«, bat er, seine Stimme gebrochen.

Doch statt zu antworten, hob ich die Hand und schleuderte den glühenden Feuerball gegen die Kuppel. Ein lautes Krachen ertönte, als das Glas zersplitterte und tausend funkelnde Scherben wie Sternenstaub herabregneten.

Ein letztes Mal sah ich zu Jay, der sich schützend unter den fallenden Splittern duckte. Seine Augen suchten meinen Blick, voller unausgesprochener Worte. Dann wandte ich mich ab und stieg hinauf. Empor zum Himmel, der mich rief.

Kapitel 23

Feuer durchströmte meinen Körper, pulsierte mit jeder Faser, während ich mühelos durch die Lüfte schoss. Der kühle Wind umspielte mein Haar und ein ungeahnter Rausch von Freiheit durchflutete mich. So frei hatte ich mich noch nie gefühlt.

Doch dann bemerkte ich. Das Feuer, das wie ein lebendiges Wesen die Landschaft unter mir verschlang. Es breitete sich rasend schnell aus, eine unaufhaltsame Flut aus Flammen. Auf einen felsigen Abhang ließ ich mich nieder und überblickte das Ausmaß, das ich hinter mir gelassen hatte. Die Flammen loderten und breitete sich zunehmend aus. Das Feuer zischte und knackte, während es sich wie eine riesige Schlange durch die Bäume und Büsche wand. Gnadenlos umschlang es seine Beute und ließ nichts als Asche zurück. Schwärme von Vögeln schossen panisch in den Himmel. Ihre Schreie waren ein Echo der Verzweiflung, während sie vor der alles verschlingenden Flammenwand flohen.

Ich drehte mich im Kreis. Das Feuer hatte mich eingekreist. Feuersäulen schossen in den Himmel und tanzten um mich herum, als wäre ich das Zentrum ihres wütenden Rituals. War ich für dieses Ausmaß verantwortlich? Ich musste etwas tun, wusste aber nicht was. Verzweifelt kämpfte ich gegen das Feuer in mir an, schüttelte meine Hände, als könnte ich die Flammen von meiner Haut dadurch lösen. Doch je mehr ich mich wehrte, desto stärker schien es zu lodern.

Ich stieg erneut in die Lüfte und erblickte eine Stadt, die in einem Meer aus Flammen versank. Häuser und Straßen loderten, das Feuer verschlang alles. Menschen rannten schreiend durch die Straßen, ihre Gesichter von Panik und Verzweiflung gezeichnet. Verzweifelt versuchten sie, das Feuer zu bekämpfen, doch es war vergebens. Ich schoss hinab und landete mitten im brennenden Chaos. Die Bewohner hielten inne, ihre Augen füllten sich mit Ehrfurcht. Doch es war keine Angst in ihren Gesichtern, sondern eine seltsame, unergründliche Ruhe. Nein, im Gegenteil, sie verbeugten sich vor mir. Kinder mit leuchtenden Augen traten zaghaft näher, ihre kleinen Hände ausgestreckt, als suchten sie meinen Schutz. Niemand hielt sie zurück, als ob ich ihr sicherer Hafen wäre.

Erkannten sie denn nicht, dass ich die Flammen mitbrachte? Dass ich die Gefahr war, vor der sie fliehen sollten?

Plötzlich durchzog eine unsichtbare Kraft meinen Körper, die mich ergriff. Mein Körper gehorchte mir nicht mehr und ich wurde unaufhaltsam in die Höhe gezogen. Höher und höher, bis die Erde unter mir wie eine leuchtende Kugel erschien. Eine Kugel, die von unaufhaltsamen Flammen verschlungen wurde. Ein leises Flüstern drang in meinen Geist, klar und überdeutlich. »*Bellena, nur du kannst es verhindern.*«

Langsam kam ich zu mir, mein Kopf ruhte weich auf einem Kissen und eine warme Decke schützte mich wie ein Kokon. *Ein Traum*, dachte ich erleichtert. Es war wieder nur ein

Traum. Ich setzte mich mit noch halb geschlossenen Augen auf und erschrak. »Lukas?«

»Hey. Gut geschlafen?« Seine Worte ignorierend starrte ich ihn fassungslos an.

»Lukas, was machst du hier?«, fragte ich, meine Stimme vor Unglauben kaum mehr als ein Flüstern.

»Was soll das heißen? Du hast doch um Hilfe gerufen?«

»Was?« Ich ließ meinen Blick durch den Raum schweifen und stellte fest, dass ich mich an einem fremden Ort befand. Dunkle, dicht verschlossene Vorhänge schluckten jegliches Licht.

Gegenüber von mir hing ein großer Fernseher, der stumm lief. Darunter erstreckte sich ein langer Schreibtisch, der links nahtlos an einen massiven Kleiderschrank anschloss. Neben dem Schrank gab es eine kleine Nische, in der ein Kleiderständer und eine Tür Platz fanden. Direkt gegenüber war eine weitere Tür zu sehen.

Ich selbst saß in einem großen Bett, eingehüllt in karamellbraune Bettwäsche. Die Lampe über meinem Kopf warf warmes Licht auf die Szene.

»Sind wir in einem Hotel?«

»Ja, ich wusste nicht, wo ich dich sonst so schnell unterbringen sollte.« Sein Blick war ernst, fast durchdringend. »Was ist passiert? Du siehst schrecklich aus und riechst nach verbrannter Haut.« Sein Gesicht verzog sich kurz, bevor es wieder von Sorge geprägt war. »Woher hast du diese Wunden und blauen Flecken? Ich musste dich erst einmal notdürftig verarzten.«

Ich schwieg, meine Gedanken ein einziges Durcheinander. War es doch kein Traum gewesen? Mein Blick wanderte über meinen Körper bis hin zu meiner Kleidung. Sie war schmutzig und völlig hinüber. Instinktiv tastete ich nach dem Amulett. Es hing noch immer um meinen Hals. Ich versuchte, mich zu erinnern, wollte wissen, was nach meiner Flucht passiert war, aber es gelang mir nicht. »Wo hast du mich gefunden?«

»In der Nähe des geschickten Standortes. Ich war auf dem Weg dorthin, als ich dich am Ufer eines Sees fand. Du warst völlig apathisch und unterkühlt. Deine Kleidung war völlig durchnässt. Bist du in den See gefallen?«

Der See. Schlagartig kehrten die Erinnerungen zurück. Ich hatte keinen Ausweg gesehen, also war ich in den See geflogen, um die brennenden Flügel loszuwerden. Danach hatte ich mich ans Ufer geschleppt. O Gott. Es war kein Traum, es war alles real. Ja, sein Vater, dass er mich umbringen wollte. Wie Jay mich anflehte, bei ihm zu bleiben. Und ich ... wie ich brennend davonflog.

Ein heftiges Zittern durchfuhr mich, meine Tränen strömten unaufhaltsam. Schließlich brach ich in heftiges Schluchzen aus.

Lukas rutschte, ohne zu zögern näher, legte einen Arm um mich und zog mich an sich. So dicht, bis sein Kopf auf meinem ruhte. »Pscht, ganz ruhig. Ich bin hier. Egal, was passiert ist, ich bin da.«

Ich klammerte mich an ihn, als wäre er der letzte Halt in einem Meer aus Chaos, und weinte, bis mich die Erschöpfung erneut in den Schlaf zog.

Als ich aufwachte, lag ich noch immer in Lukas Armen. Er hatte den Fernseher eingeschaltet und schaute leise vor sich hin. Vorsichtig rückte ich von ihm ab.

»Hey, du Schlafmütze.« Sein Ton war beruhigend, fast schon zärtlich.

Ich versuchte, meine Gedanken zu ordnen. »Wie spät ist es?«

»Es ist fast zwanzig Uhr.«

Verwirrt starrte ich ihn an. »Wie lange habe ich geschlafen?«

Er hob zwei Finger in die Luft.

»Zwei Stunden?«, wiederholte ich ungläubig.

»Hmm, eher zwei Tage«, korrigierte er mit einem leichten Schmunzeln.

Meine Augen weiteten sich und augenblicklich schoss mir ein Gedanke durch den Kopf. Chrissy, Julia und meine Mum! Sie mussten sich längst Sorgen machen. »Ich brauche sofort mein Handy. Ich muss mich bei meiner Mum melden. Und bei Chrissy und Julia!«

Lukas hob beschwichtigend die Hände. »Keine Panik. Du hattest dein Handy nicht bei dir, aber ich hab alles geregelt. Chrissy und Julia wissen, dass du bei mir bist. Und deiner Mum habe ich erklärt, dass dein Handy kaputt ist und ich zu euch gefahren bin. Übrigens«, fügte er mit einem amüsierten Unterton hinzu, »hat sie sich ziemlich gefreut.«

Das glaubte ich ihm sofort, denn meine Mutter mochte Lukas schon immer und war ebenfalls in tiefer Trauer, als sie erfuhr, dass wir nicht miteinander sprachen.

»Kann ich dein Handy haben, um sie anzurufen?«

»Natürlich, aber erst lasse ich dir ein Bad einlaufen.« Lukas verzog das Gesicht und grinste. »Sei mir nicht böse, aber du stinkst.«

Ohne nachzudenken, griff ich nach einem Kissen und warf es ihm direkt ins Gesicht. Er lachte laut auf, aber auch mir entwich ein Kichern.

»Danke, dass du gekommen bist, um mich abzuholen«, sagte ich schließlich leise.

»Immer. Das weißt du doch. Du wirst immer meine Freundin sein. Egal, was oder wer sich zwischen uns stellt.«

Seine Worte wärmten mein Herz und ich schenkte ihm ein dankbares Lächeln.

Lukas schwang seine Beine aus dem Bett, stand auf und streckte mir die Hand entgegen. Ohne zu zögern, umarmte ich ihn fest, nachdem er mir aufgeholfen hatte. Die vertraute Nähe ließ die Last der letzten Tage für einen Augenblick verschwinden.

»Es tut mir leid, dass ich so abweisend war«, murmelte ich gegen seine Brust.

»Schon vergessen. Wir reden später darüber. Vorzugsweise beim Essen.« Beruhigend strich er mir über den Rücken. »Ich habe vorhin etwas bestellt. Es sollte in etwa einer halben Stunde hier sein. Aber jetzt ab mit dir in die Wanne.«

Mit einem sanften Schubs dirigierte er mich Richtung Badezimmer. »Ach und ich habe dir neue Klamotten besorgt. Ich hoffe, sie gefallen dir.«

Ein leises `Danke`murmelnd schloss ich die Tür hinter mir. Ich war ihm so dankbar dafür. Das Letzte, was ich sah, war sein aufrichtiges, warmes Lächeln.

Im Bad ließ ich mir Wasser einlaufen. Während es die Wanne füllte, fiel mein Blick auf eine kleine Flasche mit einem lavendel Badezusatz. Ich öffnete sie und ließ ein paar Tropfen ins Wasser fallen. Ein wohltuender, beruhigender Duft breitete sich im Raum aus und zum ersten Mal seit Tagen fühlte ich mich ein wenig leichter.

Während das Wasser in die Wanne lief, hob ich meinen Blick zum Spiegel. Was ich darin sah, ließ mich schlucken. Kratzer zogen sich über mein Gesicht, blaue Flecken bedeckten meinen Körper wie eine Landkarte des Schmerzes, und an meinem Oberarm sowie an der linken Flanke prangten tiefe Schnittwunden. Mein Rücken war mit Schrammen übersät, die vermutlich vom groben Schleifen über den Boden stammten. Die Bilder des Kampfes fluteten plötzlich meinen Geist. Ebenso Asazels Schreie, die mich unwillkürlich zusammenzucken ließen. Es war, als würde ich die Szene erneut durchleben, unfähig, sie zu begreifen. Jays Verrat brannte in meinem Herzen. Dara hatte zwar gelogen, was ihre Beziehung zu ihm anging, aber das änderte nichts an der Tatsache, dass er den Befehlen seines Vaters gefolgt war. Selbst dann noch, als dieser versuchte, mich umzubringen. Und als ob das nicht schon schlimm genug gewesen wäre, hatte Jay die Unverfrorenheit besessen, um das Leben seines Vaters zu flehen. Warum? Warum hatte er seine Kräfte nicht eingesetzt, um mir zu helfen? War seine Angst um das eigene Leben so groß gewesen?

Und die anderen – Toby, Maro. Feige hatten sie weggeschaut, als ob mein Schicksal sie nichts anginge. Sie standen nur da, regungslos, und überließen mich dem sicheren Tod. Ein bitteres Gefühl kroch in mir hoch, eine

Mischung aus Enttäuschung und Wut. Ich ließ den Kopf hängen und spürte Tränen über mein Gesicht laufen. Sie tropften auf meine Hände, die sich so verkrampft am Waschbecken festhielten, dass die Knöchel kreideweiß hervortraten.

»*Bellena*«, flüsterte es schwach in meinem Kopf.

Erstarrt wanderte mein Blick. Langsam zurück zum Spiegel. Für einen Augenblick sah ich meine Augen rot aufleuchten, bevor sie wieder ihre vertraute bernsteinfarbene Tiefe annahmen. Ein Schauder lief mir über den Rücken. »Wer bist du?«, hauchte ich leise, doch die Stimme blieb stumm, ließ mich mit meinen Fragen allein.

War es diese Stimme, die mir geholfen hatte? Die mich ermutigte, meine Kräfte zu nutzen, als ich am Rande der Verzweiflung stand? Oder war es das Amulett, das wie ein stummer Zeuge an meinem Hals hing?

Ich hob es vorsichtig an, ließ meine Finger über die kühle Oberfläche gleiten. Die Gravur war noch immer klar erkennbar. Das Zeichen des Feuers, das zuvor leuchtend präsent gewesen war, hatte sich wieder zurückgezogen, kaum sichtbar, verborgen in den Linien von Metatrons Symbol. Ein weiteres Rätsel, das darauf wartete, gelöst zu werden. Ich ließ es wieder los, atmete tief ein und wischte mir mit den Handflächen die Tränen aus dem Gesicht. Entschlossen drehte ich den Wasserhahn zu und stieg in das warme Wasser, das mich umhüllte. Nach und nach entspannte sich mein Körper.

Nach einer halben Stunde stieg ich aus der Wanne. Mein Körper hatte sich zwar beruhigt, meine Gedanken aber blieben rastlos. Ich zog die Sachen an, die Lukas mir besorgt hatte: ein schlichtes graues Shirt und eine schwarze Jogginghose, die angenehm locker saß. Perfekt für den Moment.

Meine Haare ließ ich nass, denn der Gedanke ans Föhnen war mir zu anstrengend. Stattdessen kämmte ich sie sorgfältig und flocht sie zu einem seitlichen Zopf.

Als ich das Badezimmer verließ, war Lukas gerade dabei, den Schreibtisch als improvisierten Esstisch herzurichten. Er hob den Kopf, als er mich bemerkte, und ein zufriedenes Lächeln legte sich auf sein Gesicht. Von oben bis unten musterte er mich. »Nicht meine beste Stilberatung, aber Hauptsache bequem«, kommentierte er mit einem Augenzwinkern.

Grinsend drehte ich mich einmal im Kreis, damit er mich von allen Seiten begutachten konnte.

»Wie eine Prinzessin.«

Augenrollend gab ich ihm einen spielerischen Schlag auf den Oberarm. So, wie er grinste, hatte er eine genau solche Reaktion von mir erwartet. »Prinzessin Bellena«, setzte er mit einer knappen Verbeugung an und deutete auf den Schreibtisch. »Der Tisch ist gedeckt. Dürfte ich Sie zu Ihrem Platz geleitet?« Wie ein Kellner schob er meinen Stuhl für mich zurück, sodass ich mich setzen konnte. Neben mir nahm er Platz. »Ich hoffe, es ist genehm, dass ich neben Ihnen speise. Die Gäste sind heute leider ferngeblieben und ich möchte Sie ungern allein zurücklassen.«

»Aber nein, der Herr. Es ist mir eine Freude.«

Wir beide brachen in schallendes Gelächter aus. Lukas hob die kleine silberne Glocke vom Teller und enthüllte eine dampfende Portion Spaghetti Bolognese. Ohne zu zögern, schob ich mir die erste Gabel in den Mund und spürte, wie die Wärme des Essens meinen knurrenden Magen beruhigte.

»Na, schmeckt's? Bei Jay hast du wohl nichts zu essen bekommen, was?« Bei der Erwähnung seines Namens zog sich mein Herz schmerzhaft zusammen. Ich schluckte schwer und zwang mich, ruhig weiterzuessen. Lukas bemerkte es sofort und wechselte geschickt das Thema.

»Du hast Julia leider verpasst. Sie hat vorhin angerufen und lässt dich lieb grüßen. Sie und die anderen stürzen sich jetzt ins Partygetümmel. Ach und Grüße von deiner Mum. Sie musste heute spontan die Nachtschicht übernehmen.«

»Schade, dass ich sie nicht erwischt habe«, murmelte ich. »Ich hätte gerne ihre Stimmen gehört.«

Doch kaum hatte ich das gesagt, schoss mir ein beunruhigender Gedanke durch den Kopf. Was, wenn sie die Anrufe zurückverfolgten? Sie wussten nicht, wo ich war. Was, wenn sie über meine Freunde versuchten, mich zu finden? Und was, wenn sie bereits auf der Party waren? Mein Puls beschleunigte sich und ich spürte, wie sich die vertraute Unruhe in meiner Brust ausbreitete.

»Bellena, was ist los? Du wirkst gerade, als hättest du ein Gespenst gesehen.«

»Ich habe Angst, dass sie mich finden könnten. Dass sie Julia und Chrissy benutzen, um an mich ranzukommen. Oder dass sie deinen Standort zurückverfolgen.« Meine Stimme war kaum mehr als ein Flüstern.

Lukas runzelte die Stirn, seine Skepsis war deutlich zu sehen. »Was? Wer denn?«

Ich schwieg, unsicher, ob ich ihm die ganze Wahrheit anvertrauen sollte und somit in diese Gefahr hineinzuziehen?

Aber war das nicht längst geschehen, als ich ihn um Hilfe gebeten hatte?

»Bellena, rede mit mir«, drängte er sanft, aber eindringlich. »Wer soll dich nicht finden? Etwa Jay?«

Seine stahlgrauen Augen bohrten sich in meine, suchten nach Antworten. Doch ich brachte es nicht über mich, etwas zu sagen. Schließlich brach er die Stille mit mehr Nachdruck: »Bellena, jetzt rede endlich mit mir.«

»Lukas, ich kann nicht. Noch nicht. Bitte, gib mir ein bisschen Zeit.«

Sein Gesicht blieb ernst, doch er nickte. »Okay.«

»Und würdest du bitte dein Handy ausschalten? Nur zur Sicherheit.«

Umgehend zog er es aus seiner Tasche, tat, worum ich ihn gebeten hatte, und legte es demonstrativ auf den Tisch. Sein Blick traf meinen und ein kleines Lächeln umspielte seine Lippen. »Aber nur, wenn du aufisst. Sonst gibt's kein Eis zum Nachtisch.«

Trotz meiner Anspannung konnte ich mir ein dankbares Lächeln nicht verkneifen. Lukas war immer noch Lukas. Mein Anker inmitten des Chaos, indem ich mich befand.

Meine Portion schaffte ich komplett, so ausgehungert war ich. Lukas sammelte die Teller ein und brachte sie zurück zum Hotel eigenen Restaurant. Er hatte mit den Hotelangestellten ausgemacht, dass sie keine Fragen zu meinem »Dornröschenschlaf« stellten. Ein weiteres Beispiel dafür, wie aufmerksam er war.

Während er weg war, trat ich ans Fenster und schob die Vorhänge ein Stück zur Seite. Draußen war es stockfinster.

Der Mond lugte nur halb hinter einer Wolke hervor, am Himmel funkelten spärlich ein paar Sterne.

Vor dem Hotel erstreckte sich ein großer Garten, in dem die Schatten der Nacht wie eine undurchdringliche Decke lagen. Sofort fluteten Erinnerungen an Jay und unsere gemeinsamen Spaziergänge meinen Kopf. Sein Lachen, die Art, wie er mir Geschichten erzählte, als würden wir ewig Zeit haben. Ich schüttelte den Kopf, versuchte, diese Bilder loszuwerden. Sie fühlten sich wie Geister an, die mich verfolgten, also richtete ich meine Aufmerksamkeit wieder auf die Gegenwart. Die Dunkelheit verschluckte die entfernten Häuser, ließ sie fast gespenstisch wirken. Nur einige Straßenlaternen kämpften dagegen an und warfen ihre kalten Lichtkegel auf den Asphalt. Eine von ihnen flackerte unregelmäßig, als würde sie geheime Botschaften in den Nachthimmel senden. Das unruhige Blinken fesselte mich für einen Moment und ließ meine Gedanken wieder abschweifen.

»Du solltest lieber vom Fenster weggehen. Nicht, dass dich einer sieht.« Lukas kam zurück und balancierte einen riesigen Schokoladeneisbecher, gekrönt mit Sahne und knusprigen Krokantstreuseln, in seinen Händen. »Der ist ganz allein für dich.«

»Danke, du bist mein Held«, sagte ich mit einem Lächeln und zog die Vorhänge wieder zu. Auf dem Bett machte ich es mir gemütlich und ließ mir das Eis von ihm reichen. Während ich genüsslich den ersten Löffel aß, bemerkte ich, wie er mich aus dem Augenwinkel beobachtete.

»Möchtest du probieren?«

Er nickte stumm, hielt dabei jedoch seinen Blick unverwandt auf mein Gesicht gerichtet. Ich schaufelte eine großzügige Portion Eis auf den Löffel und hielt sie ihm hin. Ohne ein Wort öffnete er den Mund und ich schob ihm den Löffel vorsichtig hinein. Seine Augen suchten dabei unentwegt meine, intensiv und durchdringend.

Mein Atem stockte. Etwas an der Art, wie er mich ansah, ließ Unbehagen in mir aufsteigen. Es fühlte sich plötzlich zu nah, zu intensiv an. Hastig wandte ich den Blick ab und zog mich ein Stück von ihm zurück.

»Habe ich etwas falsch gemacht?«, fragte Lukas sofort, sein Ton besorgt.

»Nein, es ist nur... Jay, er...« Meine Stimme brach, die Worte wollten nicht über meine Lippen kommen.

Das Klingeln seines Handys kam mir wie eine Rettung vor. Dankbar nutzte ich den Moment, um tief durchzuatmen. Während Lukas abgelenkt war, kehrten meine Gedanken unweigerlich zu Jay zurück. Sein Blick, diese türkisblauen Augen, die einst so vertraut waren. Trotz allem, was er mir angetan hatte, vermisste ich ihn schmerzlich.

In meinem Kopf hallten seine letzten Worte wider: »Es tut mir leid.« Worte, die so bedeutungslos wirkten in diesem schrecklichen Moment. Warum hatte er sich nicht für mich entschieden? Warum hatte er mich verraten, als ich ihn am meisten brauchte?

Ein eisiger Entschluss formte sich in mir. Ich würde ihm das niemals verzeihen.

Lukas‹ Stimme erhob sich. Mit wem telefonierte er? Und warum war sein Telefon an? Hatte er es nicht abgeschaltet?

»Sie ist bei mir sicher und wird hierbleiben. Ist das klar?«, fauchte Lukas ins Telefon, seine Stimme eine Mischung aus Wut und Entschlossenheit. »Nein, du bleibst, wo du bist. Ich weiß nicht, was zwischen euch passiert ist, aber du wirst ihr nicht mehr zu nahe kommen.«

Mein Herz zog sich zusammen. Es konnte nur Jay sein. Lukas legte ohne ein weiteres Wort auf.

»Was wollte er?«, fragte ich, obwohl ich die Antwort längst wusste. Er wollte mich. Die Frage war nur, wie nah er uns schon gekommen war. Wusste er, wo wir uns versteckten? Und was würde er tun, wenn er mich fand? Mich wieder zu seinem Vater bringen? Jays Stimme riss mich plötzlich aus meinen Gedanken: »Es tut mir leid, Bellena.« Worte, die nun wie Gift in mir wirkten. Er hatte mich verraten, benutzt. Er durfte mich niemals wiederfinden.

»Wir müssen hier weg«, murmelte ich, während Panik in mir aufstieg.

Lukas runzelte die Stirn. »Warum? Er weiß doch gar nicht, wo wir sind.«

»Das kannst du nicht wissen. Vielleicht war der Anruf nur ein Vorwand? Woher wussten sie, dass ich bei dir bin? Was, wenn er Nathan geschickt hat, um mich zu finden?« Meine Stimme überschlug sich und ich begann, wie ein gefangenes Tier im Zimmer auf und ab zu gehen.

Ich wollte meine Sachen packen, obwohl ich genau wusste, dass ich keine hatte. Dennoch riss ich die Schranktüren auf. *Leer. Natürlich.*

»Bellena, bitte beruhige dich«, versuchte Lukas beschwichtigend, doch ich war längst zu sehr in meinen eigenen Strudel aus Angst und Wut geraten.

»Nein, Lukas, du verstehst das nicht!«, schrie ich, meine Stimme bebte vor Panik. »Ich habe dir gesagt, dass du das Telefon auslassen sollst! Warum hattest du es an? O Gott, wir müssen ...« Meine Stimme versagte und die Worte blieben mir im Hals stecken.

Mein Herz schlug wie ein Vorschlaghammer, schneller und lauter mit jedem Augenblick. Eine Welle von Hitze stieg in mir auf, brannte durch meinen Körper wie ein loderndes Feuer. Die Wände schienen sich zu bewegen, der Boden unter meinen Füßen schwankte. Alles drehte sich. Aus der Ferne hörte ich Lukas‹ Stimme besorgt und eindringlich meinen Namen rufen. Doch seine Worte verschwammen, verloren sich in dem dröhnenden Rauschen in meinem Kopf. Und dann wurde alles schwarz.

Als ich die Augen öffnete, war es dunkel. Lukas gleichmäßiger Atem erfüllte den Raum – er schlief. Ich tastete nach dem Schalter über dem Bett, um das Licht anzuschalten, doch meine Finger glitten ins Leere. Stattdessen stieß ich etwas um, das mit einem dumpfen Geräusch auf den Boden fiel.

Der Aufprall weckte ihn. Er murmelte etwas Unverständliches und knipste das Licht an. Verschlafen blickte er mich an und blinzelte mehrmals. »Hey, geht es dir besser?«

Langsam setzte ich mich auf, nickte knapp und senkte den Blick. Unfähig, ihm direkt in die Augen zu sehen. Er rückte näher und legte sanft seine Hand an meine Wange. Zögernd sah ich auf, bis er mir eine lose Haarsträhne hinter das Ohr strich.

Die Geste ließ unwillkürlich Erinnerungen an Jay aufsteigen. An unseren ersten Kuss, die flüchtige Wärme, die er damals in mein Leben gebracht hatte. Die Bilder waren so lebendig, dass ich die Augen schloss, als könnte ich sie dadurch verscheuchen. Doch sie blieben.

Ich wandte mich von Lukas ab. Nicht fähig, die Gegenwart und die Vergangenheit zu trennen. Erst als ich den Raum genauer betrachtete, wurde mir bewusst, warum ich den Lichtschalter nicht finden konnte. Wir waren in einem anderen Zimmer. »Wo sind wir?«, fragte ich und ließ meinen Blick durch das fremde Zimmer schweifen.

»Ich dachte, du würdest dich wohler fühlen, wenn wir weiterziehen«, antwortete Lukas ruhig.

»Aber wie hast du mich hierhergebracht?«

»Mit dem Taxi.«

»Und der Taxifahrer hat nicht gefragt, warum du mich tragen musstest? Wie hast du mich eigentlich beim letzten Mal ins Hotel bekommen?«, hakte ich nach, meine Skepsis wuchs.

Lukas lehnte sich entspannt zurück. »Beide Male habe ich ihnen gesagt, du wärst betrunken.«

»Du hast was?«, fragte ich ungläubig und sah ihn mit großen Augen an.

Ein selbstzufriedenes Grinsen zierte seine Mundwinkel. »Hat doch funktioniert, oder?«

Seufzend wechselte ich das Thema. »Und wo genau sind wir jetzt?«

»Keine Ahnung. Ich habe dem Taxifahrer gesagt, er soll eine halbe Stunde in eine beliebige Richtung fahren und uns dann bei einem Hotel absetzen.«

»Und das fand er nicht merkwürdig?«

Lukas hob lässig eine Augenbraue. »Anscheinend nicht. Ich habe ihn anständig bezahlt.«

Ich konnte mir ein leises Lachen nicht verkneifen. »Danke. Hat Jay sich nochmal gemeldet?«

Er zeigte mir sein Handy. »Es ist aus. Nach deiner Panikattacke habe ich auf dich gehört. Aber du kannst gerne nachschauen.«

Ich senkte den Blick, meine Augen fixierten meine leicht zitternden Hände, die auf der Bettdecke ruhten. »Nein, lieber nicht«, flüsterte ich kaum hörbar.

Lukas rutschte näher, seine Stimme wurde sanfter, aber eindringlich. »Bellena, würdest du mir bitte sagen, was passiert ist? Was hat er dir angetan?«

Meinen Blick stur auf meine Finger gerichtet, begann ich unruhig an der Bettdecke zu zupfen. »Es ist ... kompliziert.« Die Worte schmeckten bitter auf meiner Zunge.

Aber Lukas ließ nicht locker. »Wir können nicht ewig weglaufen. Irgendwann müssen wir nach Hause. Und ich kann dir nicht helfen, wenn ich nicht verstehe, worum es überhaupt geht.«

Nach Hause. Das Wort hallte in meinem Kopf wider und ich wiederholte es unwillkürlich. »Nach Hause.« Kaum hatte ich es ausgesprochen, kroch die Angst in mir zurück. Ich konnte nicht nach Hause. Es wäre der erste Ort, an dem sie nach mir suchen würden. O Gott, Mum, Noah, Julia, Chrissy — was, wenn sie einen von ihnen benutzen würden, um mich zu finden? Der Gedanke ließ mir das Blut in den Adern gefrieren.

»Ich muss sofort Mum oder Julia anrufen!«

»Was, jetzt? Es ist 2 Uhr morgens?!«

»Ja, jetzt!« herrschte ich ihn an. Meine Stimme überschlug sich vor Dringlichkeit. Mit erstauntem Gesichtsausdruck wandte er sich wortlos von mir ab.

Ich atmete tief durch und senkte meine Stimme. »Es tut mir leid, Lukas. Aber sie müssen wissen, dass es mir gut geht. Und ich muss sie warnen.«

»Das habe ich schon gemacht«, erwiderte er ruhig. »Zumindest habe ich ihnen gesagt, dass es dir gut geht.«

»Was? Wann?«

»Als wir auf dem Weg hierher waren.« Seine Stimme war sachlich, fast kühl, und er vermied es, mich anzusehen. Stattdessen setzte er sich an den Rand des Bettes und zog sein Shirt an. Daraufhin schlüpfte er in seine Schuhe.

Erst in diesem Moment fiel mir auf, dass er vorher oberkörperfrei neben mir gelegen hatte. Ein seltsames Unbehagen machte sich in mir breit. Als hätte er damit eine Grenze überschritten, die ich nicht bewusst gezogen hatte. Es fühlte sich falsch an. Nicht weil er hier war, sondern *wie* er hier war. Seine Nähe, seine Berührungen, alles fühlte sich plötzlich bedrückend an.

»Hast du Hunger?« Lukas durchbrach meine Gedanken mit seiner beiläufigen Frage. »Ich könnte jetzt ein ganzes Schwein verdrücken.« Doch selbst jetzt sah er mich nicht an, sein Blick wanderte stattdessen über den Boden.

Das Gefühl der Beklommenheit wuchs, während ich ihn nachdenklich beobachtete. »Danke, ich brauche nichts«, antwortete ich nur knapp. Zu viele Gedanken schossen mir durch den Kopf.

»Okay, dann hole ich mir etwas. Oder soll ich lieber hierbleiben und etwas bringen lassen?«

Lukas hielt inne und sah mich an. Doch seine Augen blieben seltsam ausdruckslos, obwohl seine Mundwinkel ein leichtes Lächeln andeuteten.

»Nein, geh ruhig«, murmelte ich, obwohl mein Magen sich vor Unbehagen zusammenzog.

Ohne ein weiteres Wort drehte er sich um und verließ das Zimmer. Leise fiel die Tür hinter ihm ins Schloss und ein mulmiges Gefühl stieg in mir auf. Etwas stimmte nicht. Ich ließ die letzten Stunden in meinem Kopf noch einmal Revue passieren. Asazels Angriff, Jay, die anderen ... und Lukas, wie er plötzlich da war und mich mitgenommen hatte. Seitdem war ich wie von der Außenwelt abgeschnitten. Immer, wenn ich meine Mum oder meine Freundinnen anrufen wollte, gab es einen Grund, warum es nicht klappte. Entweder erreichte ich niemanden, oder die Zeit war angeblich ungünstig.

Und dann war da sein Handy. Lukas hatte gesagt, es sei seit Jays Anruf ausgeschaltet. Aber das konnte nicht stimmen. Er musste es zwischendurch benutzt haben, um meiner Mum oder Julia Bescheid zu geben. Warum hatte er gelogen? War es wirklich nur, um mich nicht noch mehr zu beunruhigen? Oder steckte mehr dahinter? War Jay wirklich am Telefon gewesen?

Misstrauen nagte an mir. Ich beschloss, es zu überprüfen. Doch als ich mich im Zimmer umsah, war Lukas‹ Handy nirgendwo zu finden. Hatte er es mitgenommen? Aber warum?

Fragen türmten sich in meinem Kopf und mit jeder Sekunde wuchs mein ungutes Gefühl. Manisch lief ich im Zimmer auf und ab und ließ wie wild meine Gedanken kreisen. Zusehends kamen mehr Fragen auf, für die ich keine Antwort hatte. Luft, ich brauchte dringend frische Luft. Hastig riss in die Vorhänge auf und öffnete das Fenster. Frische Luft strömte kühl in meine Lungen und verdrängte die stickige Enge des Zimmers. Mit jedem tiefen Atemzug beruhigte sich dass Wirrwarr in meinem Kopf ein wenig mehr, bis die wirren Gedanken langsam zur Ruhe kamen.

Erst jetzt hob ich den Blick und sah hinaus. Der Himmel war klar, die Sterne funkelten wie winzige Diamanten und der Mond leuchtete in voller Pracht. Die friedliche Szenerie wirkte fast surreal, als hätte die Welt draußen nichts von meinem inneren Sturm mitbekommen. Dann fiel mir etwas auf. Ein Flackern. Am Rande meines Sichtfelds flackerte eine Straßenlaterne unregelmäßig, genau wie zuvor. Ich stutzte. Mein Blick wanderte zu den umliegenden Häusern. Sie sahen genauso aus wie die beim anderen Hotel. Und die flackernde Lampe? Unverkennbar dieselbe.

Ein kalter Schauer lief mir über den Rücken. Das konnte kein Zufall sein. Asazel. Das musste sein Werk sein! Er hatte uns gefunden. Aber wenn das stimmte …

Mein Magen krampfte sich zusammen, als mir eine weitere erschreckende Möglichkeit bewusst wurde: Lukas. Hatte er mich angelogen? Hatte er mit Asazel zusammengearbeitet? Die Beweise stapelten sich und mit jedem weiteren Gedanken schnürte sich meine Kehle enger zu. *Nein, das durfte nicht sein.*

Ich rannte zur Tür und griff nach der Klinke. Doch sie bewegte sich nicht. Panisch zog und rüttelte ich daran, schlug mit der Faust gegen das Holz und schrie. »Lukas! Mach die Tür auf!« Keine Reaktion. Mein Herz raste und ein kaltes Grauen durchzog meinen Körper.

Verzweifelt rannte ich zurück zum Fenster, doch in diesem Moment öffnete sich die Tür. Lukas trat ein, seine Silhouette zeichnete sich gegen das Licht im Flur ab. Seine Augen funkelten bedrohlich und seine Stimme war eiskalt. »Habe ich dir nicht gesagt, du sollst vom Fenster wegbleiben?«

Meine Kehle war wie zugeschnürt und ich wich einen Schritt vor ihm zurück. »Lukas, was ist das hier?«, brachte ich mühsam hervor.

Er schloss die Tür hinter sich und fixierte mich mit einem düsteren Blick. »Was ist los, Bellena? Gefällt dir nicht, was du entdeckt hast?«

Ich konnte nicht glauben, was ich sah, was ich hörte. Mein Lukas, mein Fels in der Brandung, stand jetzt vor mir wie ein Fremder. Die Worte blieben mir im Hals stecken, mein Körper fühlte sich an, als wäre er aus Stein.

Dann kam er auf mich zu, seine Schritte langsam, aber entschlossen. Die Panik kehrte zurück. Als er nah genug war, handelte ich instinktiv. Mit aller Kraft trat ich ihm auf den Fuß und verpasste ihm eine schallende Ohrfeige.

Lukas zuckte zurück, doch nur für einen Moment. Sein Gesicht verfinsterte sich und er griff nach meiner Hand, zog mich mit einem Ruck an sich. »Das war ein Fehler«, zischte er, während sein Blick vor Wut glühte. »Schade, Bellena«, zischte er mit einer Stimme voller kalter Verachtung. »Das ist jetzt das zweite Mal, dass du dich mir in den Weg stellst. Kannst du nicht einmal das tun, was man von dir erwartet?«

Sein Griff um mein Handgelenk wurde fester, schmerzhaft, doch ich konnte mich nicht rühren. Sein Blick bohrte sich in meinen und jede Spur des warmherzigen Freundes war verschwunden. »Ich habe es auf die nette Art versucht«, fuhr er fort, seine Stimme jetzt gefährlich leise, »doch diese Chance hast du verspielt.«

Die Erkenntnis traf mich härter, als jede Ohrfeige es je gekonnt hätte. Das hier war nicht der Lukas, den ich kannte. Der Mann vor mir war ein Fremder, unberechenbar und gefährlich. Plötzlich überkam mich erneut dieser Schwindel. Die Welt, um mich herum begann sich zu drehen. Meine Brust zog sich schmerzhaft zusammen, als würde mir jemand die Luft abgeschnürt. Bevor ich auch nur einen klaren Gedanken fassen konnte, zog die Dunkelheit mich unaufhaltsam in ihren Bann. Ich spürte noch, wie zwei starke Arme mich auffingen, ehe ich endgültig in die Bewusstlosigkeit glitt.

Kapitel 24

Ich zuckte zusammen, als der schwere Riegel mit einem lauten Klacken geöffnet wurde. Lukas trat ein und ließ die Tür hinter sich krachend ins Schloss fallen. Er blieb davor stehen, seine stahlgrauen Augen fixierten mich mit einem kalten, hämischen Glitzern. Die Wärme, die ich einst darin gesehen hatte, war wie ausgelöscht.

Kraftlos wandte ich meinen Blick ab, ließ ihn auf den dunkelgrauen Steinboden sinken, auf dem ich saß. Meine Handgelenke waren in kalte Ketten gelegt, die straff zu beiden Seiten an der Wand befestigt waren. Die Berührung des Metalls war rau und unnachgiebig, ein ständiges Mahnmal meiner Hilflosigkeit.

Lukas begann, die gegenüberliegende Seite des Raumes entlangzugehen, seine Schritte hallten dumpf wider. Mit den Fingernägeln fuhr er kratzend an der Steinwand entlang. Das schrille Geräusch durchbohrte die Stille und ließ mir die Nackenhaare zu Berge stehen.

Vor einem schlichten Tisch hielt er an und lehnte sich lässig dagegen, ohne den Blick von mir abzuwenden. Seine Augen bohrten sich in meine, als wolle er jede Regung, jeden Gedanken in mir ablesen.

Wie hatte ich mich nur so in ihm täuschen können? Ich hatte ihm vertraut, geglaubt, er sei mein Freund. Jetzt saß ich hier, ausgeliefert und gefangen. Alles nur seinetwegen. Er hatte mich verraten. Sein Verrat hatte mich direkt zurück in Asazels Fänge gebracht.

»Na, meine Süße? Hast du dich wieder beruhigt?« Ein gehässiger Unterton schwang in seiner Stimme mit und zerschnitt die bedrückende Stille zwischen uns. Demonstrativ rieb er sich seine linke Wange, wo meine Hand zugeschlagen hatte. »Das hat wehgetan. Ich wusste gar nicht, dass Mädchen so zuschlagen können.«

Ich atmete schwer, mein Blick weiterhin auf den Steinboden gerichtet. Meine Stimme war rau, aber bestimmt, als ich antwortete. »Erstens: Hör auf, mich Süße zu nennen.« Meine Fäuste ballten sich, die Ketten klirrten leise. »Zweitens: Sei froh, dass es nur dein Gesicht war. Hätte ich mehr Zeit gehabt, würdest du jetzt nicht mehr aufrecht vor mir stehen.« Mit aller Kraft hob ich den Kopf und funkelte ihn voller Trotz und Zorn an. »Und drittens...« Ich ließ die Worte in der Luft hängen, bis meine Stimme zu einem gefährlichen Flüstern wurde. »Was willst du?« Ich war so müde, fühlte mich wie betäubt.

Lukas' Grinsen wurde breiter, als hätte er genau diese Reaktion erwartet. »Endlich die Bellena, die ich kenne«, sagte er leise, fast schon genüsslich. »Ach meine Bellena. Was habe ich dich vermisst.«

Als er nähertrat, hob ich ruckartig meinen Kopf und fixierte ihn mit den Augen. Mein Blick war eine stumme Warnung: Komm nicht näher.

Für einen Moment hielt er inne, sein hämisches Grinsen verblasste leicht. Doch in mir brodelte es. Ich spürte, wie die Wut in Wellen durch meinen Körper pulsierte, heiß und unkontrollierbar. Wie ein Vulkan, der kurz vor dem Ausbruch stand. Jeder Muskel spannte sich an, als würde ich gleich explodieren. Doch dann, so plötzlich wie sie gekommen war, verließ mich die Energie wieder. Mein Körper fühlte sich leer an, ausgebrannt und kraftlos. Was war nur mit mir los? Warum konnte ich meine Kräfte nicht länger halten? Es war, als würde mir etwas entgleiten. Etwas, das ich dringend brauchte, um zu überleben.

»Geht es dir nicht gut, meine Süße?«, fragte er mit einem sarkastischen Unterton, bevor er auflachte. »Glaubst du wirklich, dass ich in deinem Zustand Angst vor dir habe? Ich kann mit dir machen, was ich will. Ich kann dich berühren, dich küssen, dir wehtun und du hättest nicht einmal die Kraft zu schreien.«

»Was hast du mit mir gemacht?«, krächzte ich, meine Stimme kaum mehr als ein Flüstern.

Lukas lachte leise, ein kaltes, abfälliges Geräusch. »Ich? Gar nichts.« Er nickte in Richtung meiner Handgelenke. »Das verdankst du diesen hübschen Schmuckstücken.«

Ich folgte seinem Blick und starrte auf die kalten Metallfesseln, die sich wie ein unerbittlicher Griff um meine Haut legten.

»Diese kleinen Dinger blockieren deine Magie und ziehen dir gleichzeitig Energie aus dem Körper. Aber keine Sorge, sie nehmen dir nur so viel, wie nötig. Töten werden sie dich nicht.«

Seine Worte waren wie Gift, das langsam in meine Adern sickerte. »Sie funktionieren ähnlich wie die Kräfte, die Asazels kleiner Laufbursche benutzt.« Er tippte mit einem Finger nachdenklich an seine Schläfe. »Wie hieß er noch mal? Ah, genau. Baragel. Netter Kerl, aber nicht gerade der Hellste.«

Lukas beugte sich leicht vor, seine Stimme senkte sich zu einem beinahe verschwörerischen Tonfall. »Bei dir hat er seine Kräfte vermutlich gar nicht einsetzen müssen. Du warst ja schon hilflos genug. In dem Moment warst du es schlicht nicht wert.« Ein selbstgefälliges Grinsen huschte über sein Gesicht. »Bei Jay hingegen ...«

Er ließ die Worte bewusst in der Luft hängen und eine eisige Stille breitete sich aus, während mein Herz schwer in meiner Brust pochte. Bei Jays Namen zuckte mein Kopf nach oben, meine Augen bohrten sich in seine. Mein Magen krampfte zusammen, als sich seine Mundwinkel zu einem höhnischen Lächeln verzogen.

»Ich wette, er hatte eine Menge Spaß daran, Jay seine Magie zu entziehen, während du deinem Tod so nahe warst«, sagte Lukas mit einer unbarmherzigen Kälte, die mir das Blut in den Adern gefrieren ließ.

Geschockt starrte ich ihn an, unfähig, auch nur ein Wort herauszubringen. Die Wahrheit in seinen Worten traf mich wie ein Schlag.

Lukas beobachtete mich aufmerksam, seine Stimme triefte vor Spott. »Es ist wirklich schön, dir dabei zuzusehen, wie die Erkenntnis dich langsam trifft. Wärst du doch einfach bei Jay geblieben, als er dich angefleht hat.«

Einen Schritt nach vorne nehmend, ließ er sich vor mir in die Hocke sinken. So nah, dass ich seinen Atem auf meiner Haut spüren konnte. »Aber weißt du was? So ist es doch gleich viel besser.« Dieser unheimliche Glanz in seinen Augen gefiel mir nicht. »Findest du nicht auch? Wir beide, zusammen. Wir werden so viel Spaß miteinander haben.«

Der letzte Satz kam mit so viel übertriebener Freude, als würde er vorschlagen, eine Zirkusvorstellung zu besuchen. Doch die Drohung, die in seinen Worten mitschwang, war unverkennbar. Ich blieb stumm und drehte meinen Kopf von ihm weg. Ruckartig drehte er mein Gesicht zurück, sodass ich ihn wieder ansehen musste.

»Sei doch nicht so, Bellena. Es hat sich nichts zwischen uns geändert. Ich werde dir nicht wehtun, solange du dich an unsere Regeln hältst.«

»Asazel hätte mich fast getötet. Du sperrt mich hier ein. Und da soll ich dir glauben, dass du mich nicht verletzt? Ich dachte, du wärst mein Freund«, brachte ich ihm keuchend und mit rauer Stimme entgegen.

In seinen Augen funkelte es vor Schadenfreude. »Freund? Wirklich?« Er lachte leise, ein kaltes, spöttisches Geräusch. »Glaubst du tatsächlich, dass ich jemals dein Freund war? Von Anfang an wusste ich, dass ich dich brauche. Also musste ich dein Vertrauen gewinnen. Dein ›Freund‹ werden.« Er machte eine Pause, ließ die Worte sacken, bevor er mit einem selbstgefälligen Lächeln hinzufügte: »Dass du dich dabei in mich verliebst, war nicht Teil des Plans. Aber es hat auch nicht geschadet.«

Die Wahrheit traf mich wie ein Hammerschlag. Mein Herz fühlte sich an, als würde es unter der Last seiner Worte zerbrechen. Ein brennendes Gefühl stieg in meinen Augen auf, doch ich biss die Zähne zusammen und kämpfte verzweifelt gegen die Tränen an. Er hatte mich die ganze Zeit benutzt.

Zwischen uns legte sich eine bedrückende Stille. Ich konnte seinen triumphierenden Blick auf mir spüren, doch ich weigerte mich, ihm die Genugtuung zu geben, mich brechen zu sehen.

»Na, bist du jetzt sprachlos über meine Ehrlichkeit? Ist es die Klarheit über deine Naivität, die dich bremst, oder weil du zu schwach bist?«

Langsam stand er auf und begann, durch das Zimmer zu gehen. Wie ein Raubtier, das seine Beute fest im Blick behält. »Um deine Frage zu beantworten, warum du uns helfen solltest ...« Er machte eine bedeutungsschwere Pause, bevor er weitersprach. »Es heißt, dass alle Gefallenen ins Engelsreich zurückkehren werden, sobald die Tore wieder geöffnet sind. Auch die Toten.«

Ein kalter Schaudern lief mir über den Rücken. »Und warum sollte mich das interessieren?«, flüsterte ich kaum hörbar.

Lukas hielt inne, sein Blick bohrte sich in meinen. »Weil deine Oma ...« Er ließ die Worte absichtlich hängen, genoss jede Sekunde meiner Unsicherheit. »Eine. Von. Uns. War.«

Mein Atem stockte vor Unglaube. Ihn amüsierte es, wie sehr mich seine inszenierte Enthüllung aus der Bahn brachte. »Sie hatte dasselbe Ziel wie wir«, fügte er beiläufig hinzu, als wäre es die selbstverständlichste Sache der Welt. »Du willst deine Oma doch wiedersehen, nicht wahr? Sie in die Arme schließen?«

»Du lügst«, zischte ich, die Worte voller Wut und Schmerz. »Sie war keine von euch! Sie hätte mir das niemals angetan.«

Tadelnd schüttelte er den Kopf und tat so, als würde er mit einem ungezogenen Kind sprechen. »Glaub, was du willst, Bellena. Aber tief in dir drin weißt du, dass ich recht habe. Überleg doch mal.« Lukas' Stimme war nun sanfter, beinahe verführerisch. »Die Zeichen, die alten Bücher in ihrem Haus. Ihr plötzlicher Tod. Alles, was danach passiert ist. Und jetzt bist du genau da, wo sie dich haben wollte.«

Er konnte sagen, was er wollte, aber ich glaube ihm kein Wort. »Sie wollte immer, dass du uns hilfst. Aber sie kam all die Jahre nicht weiter. Du wurdest zu einer Last. Also holte sie Hilfe — *Mich.* Verstehst du nicht, Bellena? Du bist der Schlüssel zu allem.«

Seine Worte fielen wie schwere Steine in die Stille des Raumes. »Jay, deine Oma, Aria… Sie alle könnten wieder frei sein, wenn du dich uns anschließt.«

Ich starrte ihn an, die Luft schien mir aus der Lunge gepresst zu werden. Doch dann hob ich das Kinn, meine Stimme war fest, wenn auch leise: »Lieber würde ich sterben.«

»Vorsicht mit deinen Wünschen, Süße.« Lukas' Stimme war gemäßigt, fast ein Flüstern, doch jedes Wort traf wie ein Messer. »Sie gehen schneller in Erfüllung, als dir lieb ist. Vielleicht ist dein Tod ja genau das, was passieren muss? Wer weiß, vielleicht bringt genau das die Aufmerksamkeit, die wir so dringend brauchen.«

Ich schreckte auf, als er in die Hände klatschte. Als wäre unser Gespräch nun beendet und ein lästiger Punkt auf seiner To-do-Liste abgehakt. »Nun gut, wir können das später weiterführen. Ich habe noch etwas Wichtiges zu erledigen.«

Bevor er die Tür hinaustrat, drehte er sich noch einmal zu mir um. »Nicht weglaufen, ich bin gleich zurück.« Zum Abschluss zwinkerte er mir zu, als wäre das alles nur ein Spiel.

Die Tür fiel krachend hinter ihm ins Schloss und zurück blieb das Echo seiner Worte, das in meinem Kopf nachhallte. Die Enttäuschung überrollte mich. Mir war längst klar, dass meine Oma schon lange über all das Bescheid wusste. Sie hatte die Aufzeichnungen über die Gefallenen, die Engel und Luzifer in ihrem Haus aufbewahrt, sorgfältig versteckt, aber nie wirklich vor mir verborgen. Doch trotz allem war sie immer da gewesen.

Sie war es, die mich bei meinen ersten Schritten an der Hand hielt. Die mich stolz in den Kindergarten brachte, mir am ersten Schultag Mut zusprach und jedes meiner Erlebnisse mit einem warmen Lächeln begleitete. Sie war auch da, als ich mich das erste Mal verliebte – in den Idioten, der jetzt behauptete, sie hätten die gesamte Zeit gemeinsame Sache gemacht.

Das konnte nicht wahr sein. Nicht meine Oma. Sie war meine Vertraute, mein sicherer Hafen. Der Gedanke, dass sie mit Lukas unter einer Decke stecken sollte, fühlte sich an wie ein Verrat an allem, woran ich je geglaubt hatte. Ich glaubte immer, dass meine Oma zu den Guten gehörte und sie mich nur beschützen wollte.

Doch jetzt versuchte man, mir diesen Glauben zu nehmen. Ihn Stück für Stück zu zerschlagen und ein bodenloses Loch in mir zurückzulassen. Wem konnte ich überhaupt noch vertrauen? Wenn nicht einmal mehr meiner eigenen Familie?

Meine Gedanken wanderten zu Mum und Noah. Gehörten sie auch dazu? War das der Grund, warum Aria plötzlich in unser Leben getreten war? Wusste Noah, wen er da zu uns geholt hatte? Oder war auch er nur eine Marionette in diesem perfiden Spiel?

Ein heftiges Schluchzen brach aus mir heraus und Tränen strömten unaufhaltsam über mein Gesicht. Ich fühlte mich zerrissen, verloren, allein. Fast jeder, dem ich jemals mein Vertrauen geschenkt hatte, hatte mich enttäuscht. Erst Jay, dann Lukas. Und jetzt sogar meine eigene Familie?

Die Erkenntnis schnürte mir die Kehle zu. Die Einsamkeit wog schwerer als je zuvor.

Ich weiß nicht, wie lange ich alleine war, denn ich war mehrfach weggedöst. Trotz des Schlafes fühlte ich mich nicht besser. Im Gegenteil. Ich hatte kaum noch Kraft, meine Augen zu öffnen.

Die Tür öffnete sich mit einem Knarren und ich sah die vertrauten Schuhe von Lukas, die direkt vor mir zum Stehen kamen. Noch bevor ich den Kopf heben konnte, fiel die Tür mit einem lauten Knall ins Schloss. Der Klang war unheilverkündend. Ich zuckte zusammen, mein Herzschlag beschleunigte sich unwillkürlich.

»So, meine Süße.« Seine fröhliche, fast schon singende Stimme bildete einen unheimlichen Kontrast zu der Kälte, die von ihm ausging. »Wir erlauben uns jetzt einen kleinen Spaß.«

Er beugte sich leicht zu mir hinunter und sein Tonfall wechselte zu einem sanften, beinahe tröstenden Säuseln. »Jay ist bestimmt schon wahnsinnig vor Sorge, weil er dich nicht finden kann. Keiner kann ihm helfen. Selbst Julia und Chrissy sind völlig ahnungslos.«

Sein Grinsen wurde breiter, als er meinen entsetzten Gesichtsausdruck sah. »Es wird immer besser, oder?«

Lukas zog sein Handy hervor und wedelte damit triumphierend vor meinem Gesicht. »Hmm...«, murmelte er mit gespielter Nachdenklichkeit, »aber vielleicht kennt Jay mein kleines Geheimnis ja schon.«

Er ließ die Worte kurz wirken, bevor er weitersprach: »Natürlich habe ich ihm dein Telefon schön sichtbar bereitgelegt. Und weißt du, was das Beste ist? Ich habe eine vermeintliche SOS-Nachricht von dir hinterlassen, die von meinem Handy stammt.«

Mein Magen zog sich schmerzhaft zusammen, als er grinsend hinzufügte: »Und jetzt, wenn ich dieses Handy einschalte ...« Er tippte genüsslich auf den Bildschirm. »Wird er sofort wissen, dass ich wieder erreichbar bin. Was meinst du, wie lange es dauert, bis er reagiert?«

Sein Blick brannte sich in meinen, doch ich konnte nichts tun, außer ihm zuzusehen, wie sehr er die Situation genoss. »Warum tust du das?«

»Hmm.« Ich hasste dieses widerliche Grinsen. »Weil es einfach unglaublich viel Spaß macht, diesem kleinen Wichser eins auszuwischen und dich leiden zu sehen, wenn du seine Stimme hörst.«

Er beugte sich näher zu mir, seine Hand strich langsam über meine Wange. Das Gefühl seiner Berührung ließ mir das Blut in den Adern gefrieren und Abscheu in mir aufkommen. Dann flüsterte er, seine Stimme voller Genugtuung: »Und das Beste daran? Du kannst ihm nicht antworten, da du viel zu schwach bist.«

Seine Worte brannten wie Feuer, während ich vor Wut und Hilflosigkeit innerlich kochte. Doch mein Körper gehorchte nicht, die Ketten hielten mich gefangen. Meine Kräfte, die mich einst beschützt hatten, waren nichts weiter als eine entfernte Erinnerung.

Das Handy vibrierte. »Oh, das ging schnell.« Er stand auf und lief in die andere Ecke des Raumes.

»It's Showtime!«, rief Lukas mit einem breiten Grinsen, bevor er das Gespräch annahm und den Lautsprecher auf volle Lautstärke stellte.

Sofort ertönte Jays Stimme aus dem Handy, rau und verzweifelt: »Du mieser, verlogener Arschloch. Wo ist sie?«

Lukas' Gesicht erhellte sich mit einem schadenfrohen Strahlen. Er hatte das Spiel gewonnen und Jay hatte es durchschaut. »Na, na, Jay. Wer wird denn gleich so ausfällig? Sie ist bei mir.«

»Wo?« In seiner Stimme war die pure Verzweiflung zu hören.

Entspannt lehnte Lukas sich zurück und genoss das Spiel, das er mit ihm spielte. »Hältst du mich für so dumm, dass ich dir einfach sage, wo du uns finden kannst? Glaube mir, sie ist hier in besten Händen. Wir amüsieren uns köstlich miteinander.«

Seine Stimme triefte vor Spott, während er sich noch weiter zurücklehnte, das Handy in der Hand wie ein Joker, der jedes Wort mit Bedacht platzierte.

»Jay«, krächzte ich. Doch es war so leise, dass selbst Lukas es nicht vernahm. Verzweifelt hob ich den Kopf und ließ ihn nach hinten gegen die Wand fallen, bevor er kraftlos zur Seite fiel. Erneut liefen mir Tränen über das Gesicht.

»Wenn du ihr auch nur ein Haar krümmst… Ich schwöre dir, ich werde sie finden, ich werde dich finden. Und wenn es das Letzte ist, was ich tue!«

»Oh, ich zittere vor Angst.« Die Freude in seiner Stimme war kaum zu überhören, als er ihm eine Ansage machte. »Junge, finde dich damit ab. Du hast versagt. Sie ist dir weggelaufen oder sollte ich besser sagen weggeflogen?«

Es folgte eine theatralische Pause, in der er sich an Jays Schmerz labte. »Und jetzt, sag Lebewohl zu ihr. Denn der kleine Engel gehört jetzt mir. Und ich verspreche dir — mir entkommt sie nicht.«

Das letzte Wort ließ er wie einen gefährlichen Schwur in die Stille fallen. Die Bedrohung in seiner Stimme war unmissverständlich. Er warf das Handy zu Boden und ich konnte nur noch zuschauen, wie Lukas es mit dem Fuß zertrat. Die Geräusche des zerbrechenden Geräts hallten in meinen Ohren wider und ich schloss erschöpft die Augen.

Plötzlich wurde die Tür mit einem Ruck aufgerissen.

»Was ist hier los?« Eine markante, tiefe Männerstimme ertönte. Für einen Moment dachte ich, es sei Asazel, doch als ich mit letzter Kraft den Kopf hob, sah ich einen älteren Mann im grau melierten Anzug, der einen Gehstock in der Hand hielt. Seine Haare waren ordentlich zurückgegelt und sein weißer, gestutzter Bart sah gepflegt aus. Eine autoritäre Präsenz ging von ihm aus.

»Schön, dass du kommst. Hast du unsere Botschaft erhalten? Ich habe ein Geschenk für dich«, hörte ich Lukas mit einem freudigen Unterton sagen, als er sich zu dem älteren Mann wandte.

»Was treibst du hier?«, zischte der Mann ihn an und ging vor mir in die Hocke. Seine Augen fixierten mich.

»Nichts, wir hatten nur etwas Spaß. Die Handschellen waren notwendig. Ich konnte sie ja nicht einfach hier herumspazieren lassen. Womöglich hätte sie uns die ganze Bude abgefackelt.« Er pausierte kurz, als ob er das Bild in seinem Kopf genoss, bevor er mit einem noch breiteren

Grinsen fortfuhr. »Ich dachte, du freust dich, sie hier zu haben.«

Die Anspannung im Raum war beinahe greifbar, als der ältere Mann still blieb und Lukas´ Gesagtes überdachte.

Ich sammelte all meine Kräfte, um die Worte herauszupressen: »Wer bist du?«

Leise schnalzte er mit der Zunge. »Ich habe viele Namen. Mein Vater nennt mich Mortifer. Aber nenn mich doch einfach Luzifer.«

Mit aller verbleibenden Energie hob ich den Kopf und traf seinen Blick. Die Dunkelheit in seinen Augen schien alles zu verschlingen, was noch an Hoffnung in mir war.

Ein selbstgefälliges Lächeln umspielte seinen Lippen, als er mich mit den Worten begrüßte, die mir das Blut in den Adern gefrieren ließen: »Willkommen in der Hölle, Bellena.«

Warum auch immer du weiterliest – der wahre Kampf hat gerade erst begonnen.

Danksagung

Mein herzlicher Dank gilt zunächst meinen Töchtern Lena und Isabella, deren Liebe, Unterstützung und unerschütterlicher Glaube mich immer wieder inspiriert haben. Ohne euch wäre dieses Buch nicht das, was es heute ist. Ihr seid die wahren Helden dieses Projekts, und zwar im wahrsten Sinne des Wortes. Ein Dank geht auch an meinen Mann, der mich während meiner Schreibsessions oft mit einem skeptischen Blick beobachtet hat. Deine Geduld und dein Humor haben mir immer wieder den Rücken gestärkt.

Ich möchte mich von ganzem Herzen bei meinen Testleserinnen Taiba, Celina, Tamara, Lee-Ann, Anna Lena, Nadine und Sarah bedanken. Ihr habt nicht nur meine Arbeit unterstützt, sondern auch dazu inspiriert, die Geschichte aus neuen Perspektiven zu betrachten. Eure Zeit und Mühe, die ihr investiert habt, sind für mich von unschätzbarem Wert.

Ein großer Dank geht an Eva von Lunas Coverdesign für das wunderschöne Cover. Deine Kreativität und dein Gespür für Details haben das perfekte Design für dieses Buch erschaffen. Es spiegelt die Essenz der Geschichte wider und zieht die Leser auf einzigartige Weise in seinen Bann.

Mein Dank gilt ebenfalls Alex vom Lektorat Büchersinne. Deine professionelle Arbeit hat dieses Buch auf das nächste Level gehoben. Deine Liebe zum Detail haben mir geholfen, die richtige Form und Struktur zu finden, sodass meine Gedanken klar und präzise auf den Seiten widerhallen.

Ein ganz besonderer Dank geht an die wundervolle Autorin Yara Soneva. Sie hat nicht nur diesen wunderbaren Buchsatz erstellt, sondern stand mir mit wertvollen Tipps zur Seite. Deine Erfahrungen und dein Wissen sind für mich eine große Inspiration und es war eine wahre Freude, mit dir zusammenzuarbeiten. Danke für die vielen Lacher und all deine Unterstützung.

Ich danke auch meiner Familie, Freunden, Bloggern und allen, die mir mit ihrem Rat, ihrer Geduld und Zuversicht zur Seite standen. Euer Glaube an meine Vision hat mir die Kraft gegeben, weiterzumachen.

Nicht zuletzt danke ich allen, die dieses Buch gelesen und auf die Reise der Träume begeben haben. Ich hoffe, dass es euch genauso inspiriert und motiviert hat, wie mich beim Schreiben.

Und so geht es weiter mit Bellena:

Während sie sich in Band 1 ihren eigenen Herausforderungen stellen muss, wird sie im nächsten Band durch die Hölle geführt, wo sie auf neue, aber auch alte Weggefährten trifft, die sie auf ihrem Weg begleiten. Doch nichts ist, wie es scheint, und viele Geheimnisse warten darauf, gelüftet zu werden. Bleibt gespannt, was noch auf sie wartet und welche dunklen Wahrheiten ans Licht kommen!

Eure Nicole